천사가 날 대신해

천사가 날 대신해

김명순과 박민정

작가
정신

소
설

잇   다

이 책에 대하여

최초의 근대 여성 작가 김명순이 데뷔한 지 한 세기가 지났습니다. '소설, 잇다'는 강경애, 나혜석, 백신애, 지하련, 이선희 등 활발한 작품 활동을 이어나갔으나 충분히 언급되지 못한 대표 근대 여성 작가들의 주요 작품을 오늘날 사랑받는 현대 작가들의 작품과 나란히 읽는 시리즈입니다. '소설, 잇다'는 풍요로운 결을 지닌 근현대 작가들의 소설을 독자들과 함께 읽고자 합니다.

1세대 여성 작가 김명순은 여성이 글을 쓴다는 것이 당연시되지 않던 시기에 소설가, 시인, 언론인, 번역가로 왕성하게 활동한 작가입니다. 걸출한 능력을 가졌음에도 온당한 평가를 받기보다는 온갖 추문에 시달려야 했고, 끝내는 문단과 사회에서 추방되었습니다. 식민지 시기 여성에게 가해지는 차별적 폭력을 경험한 그의 작품은 연애와 결혼, 신여성의 삶, 자전적 글쓰기로 압축됩니다. 이책에도 이러한 특징이 잘 드러난 대표 작품 세 편을 수록했습니다.

박민정은 "한국의 극우주의와 여성 혐오를 탐구하는 소설의 최전선"(강지희 문학평론가)이라는 평가를 받았습니다. 그는 감정노동으로 착취당하는 항공사 승무원 유나의 죽음을 추적하는 첫 장편 『미스 플라이트』부터 성차별과 성폭력의 문제를 다룬 소설집 『바비의 분위기』까지, 여러 소설들을 통해 우리들의 안팎을 점령한 '혐오'와 '폭력'의 지형도를 다층적이고도 섬세하게 그렸습니다.

혐오와 폭력의 세계를 살아가는 여성이라는 존재에 대한 박민정의 사유는 식민지 조선의 여성 혐오를 다루는 김명순의 시선과 닿아 있습니다. 세간의 평가를 벗고 자신을 규명하고자 '자전적 글쓰기'라는 형식을 모색했던 김명순과 '사회적 상상력'을 통해 예각화된 문제의식을 담았던 박민정은 억압적 현실을 폭로하는 한편 사랑과 이상, 연대에 대한 희망을 놓지 않았습니다.

세상에 감응하고 때론 맞서며, 두 작가가 치열하게 써 내려간 세계가 시작됩니다.

편집부

차례

일러두기

* 「의심의 소녀」와 「돌아다볼 때」는 1925년에 출간된 작품집 『생명의 과실』 (한성도서주식회사)을, 「외로운 사람들」은 신문 연재본을 저본으로 삼았고 본문 마지막에 발표 지면을 명기했다. 또한 발표 연대별로 작품을 수록했다.

* 본문은 현행 한글맞춤법과 외래어표기법에 따랐으나, 작품 분위기에 영향을 주는 구어체 표현, 방언, 일본어, 의성어, 의태어 등은 최대한 원문을 살렸다.

* 원문의 문장 표기는 현행 표기에 맞게 고쳤다. 대화나 인용은 " ", 생각이나 강조는 ' ', 책 제목은 『 』, 글 제목은 「 」, 잡지나 신문의 이름은 《 》, 영화, 연극, 노래 등은 〈 〉로 통일했다.

* 원문의 한자는 가급적 한글로 바꾸었고, 작품 이해를 위해 필요한 경우에는 한자를 병기했다.

* 원문에서 판독할 수 없는 부분은 □로 표시하고, 기타 부호는 원문에 있는 대로 표시했다.

김명순

_____

김명순은 근대 여성 문학에 관한 이야기를 시작할 때 맨 앞에 놓이는 이름이다. 그러면서도 당시 사회로부터 극심한 '학대'를 겪은 여성 작가로 일컬어지기도 한다. 1925년 여성 문인으로서는 처음으로 창작집 『생명의 과실』을 펴낸 김명순은 머리말에 다음과 같이 썼다. "이 단편집을 오해받아 온 젊은 생명의 고통과 비탄과 저주의 여름으로 세상에 내놓습니다."

한국 최초의 근대 여성 소설가. 시인이자 평론가. 언론인. 일본어 · 영어 · 독일어 · 프랑스어를 구사한 번역가. 그러나 세상은 김명순을 '나쁜 피'가 흐르는 부정한 여성으로 규정하려 했다. 가부장적인 조선 사회는 '첩의 딸'이라는 굴레를 씌워 집요하게 그를 괴롭혔다. 천부적인 재능과 높은 지적 능력을 지녔음에도 결국 문단과 사회에서 추방, 유폐된다.

김명순은 국정여학교 재학 시절 일본 육군 소위에게 성폭행을 당한다. 당시 《매일신보》는 이 사건의 보도로 김명순에게 치명상을 입힌다. 1924년 김기진은 「김명순 씨에 대한 공개장」을 통해 작품

에 대한 비난은 물론 기생 출신 소실의 딸이라고 공격한다. 1939
년 《문장》에 발표된 김동인의 「김연실전」은 성적으로 방종한 신여
성의 일대기를 그린 것으로 김명순을 모델로 했다. 이 무렵 김명순
은 세 번째로 일본에 건너가 조국으로부터 영영 등을 돌리고 생을
마감한다.

"추방과 유폐, (…) 무지하고 천박한 사람들의 학대"(「네 자신의
위에」)에 들볶인 김명순은 "고통과 비탄, 저주"일지언정 세상을
향해 자신의 목소리를 냈다. 유학 시절 《매일신보》 보도로 학업을
마치지 못하고 귀국한 뒤 1917년 《청춘》 현상문예에 「의심의 소
녀」를 응모해 당선되면서 데뷔했다. 「의심의 소녀」는 소녀와 할아
버지에 대한 이야기로, 여성을 향한 폭력의 시선을 고발한 작품이
다. 그 외에도 소실의 딸을 주인공으로 선구적인 의식을 담은 「돌
아다볼 때」, 최씨 가문 네 남매의 삶을 통해 사랑과 이상의 관계를
고찰한 「외로운 사람들」, 여성의 갈등과 고뇌를 섬세하게 그린 자
전소설 「탄실이와 주영이」까지 의욕적으로 작품을 발표했다.

「유언」이라는 시에서 김명순은 "조선아, (…) 이다음에 나 같은 사
람이 나더라도/할 수만 있는 대로 또 학대해보아라./이 사나운 곳
아 사나운 곳아"라고 부르짖는다. '사나운 세상'일지언정 주체적
여성상에 대한 고민을 쉬이 놓지 않았다. 그가 힘겹게 걸어온 길은
그다음 걸음들을 위해 잊히지 않을 모습으로 마련되어 있다.

소설

*

의심의 소녀

1

평양 대동강 동안*을 이 리쯤 들어가면 새마을
이라는 동리가 있다. 그 동리는 그리 작지는 않다.
그러고 동리의 인물이든지 가옥이 결코 비루치도
않으며 업業은 대개 농사다. 이 동리에는 '범네'라
하는 꽃인가 의심할 만하게 몹시 어여쁘고, '범'이
라는 그 이름과는 정반대로 지극히 온순한 팔구
세의 소녀가 있다. 그 소녀가 이 동리로 온 것은 두
어 해 전이니, 황 진사라는 육십여 세 되는 젊지 않
은 백발옹과 어디로선지 표연히 이사하여 와 거한
다. 그 후 몇 달을 지나서 범네의 집에는 삼십 세가

---

* 동쪽 기슭.

량 된 여인이 왔으나 역시 타향인이었다. 업은 없으나 생활은 흡족한 듯이 보이며 내객이라고는 일 년에 일 차도 없고 동리 사람들과 사귀지도 않는 다. 그런고로 이 동리에는 이 범네의 집 일이 한 의심거리가 되어 하절 장마 때와 동절 기인 밤에 담뱃대 털 사이의 이야깃거리가 되었다.

범네라는 미소녀는 그 이웃 소녀들과 사귀기를 간절히 바라는 것 같다. 혹 때를 타서 나물하는 소녀들을 바라보고 섰으면 이웃 소녀들은 범네의 어여쁜 용자*에 눈이 황홀하여져서, 서로 물끄러미 바라보고 있을 때에 백발옹은 반드시 언제든지

"야— 범네야— 야— 범네야."

하고 부른다. 범네는 가여운 모양으로 뒤를 돌아보며 도로 들어간다. 또한 의심을 일으키게 하는 것은 삼 인이 각각 타향 언어를 쓰는 것인데. 옹은 순연한 평양 사투리요, 범네는 사투리 없는 경언**이며, 여인은 영남 말씨다. 또 범네는 옹더러는 '할아버지', 여인더러는 '어멈'이라고 칭호한다.

---

* 용모와 자태.
** 서울말.

모르는 촌 소녀들은 그 여인이 범네의 모친인가
하였다. 촌인들도 이렇게 외에는 범네의 집 내용
을 구태여 알려고도 아니 하였다.

2

그들이 이사하여 온 지 만 이 년이나 지난 하절
이라.

어떤 장날, 마침 옹은 오후 두 시경에 외출하여
어슬어슬한 저녁때까지 귀가치 않았더라. 범네는
심심함을 못 이김이든지 싸리문 안에서 문을 방긋
이 열고 내다보고 섰다. 그때 동리 이장의 딸 특실
이가 그 어머니를 찾아 방황하는 양을 보고 살며
시 문밖으로 흰 얼굴만 나타내어 자기를 쳐다보는
특실이를 향하여 미소하며 은근하게

"네가 특실이냐?"

특실이는 반갑게 그 토지어土地語로

"응, 너의 하루바니 어디 가셨니?"

물었다. 범네는 어여쁜 얼굴에 웃음을 띠우며

"벌써부터 성내에 가셨는데……"

하고 말 마치기 전에 은행피 같은 눈꺼풀을 붉

혔다. 두 소녀는 잠깐 잠잠하다가

"너는 아바니는 안 계시니?"

하고 특실이가 물으매 범네는

"아바니는 서모*하고 큰언니하고 서울 계시구……"

또다시 눈꺼풀이 붉어진다.

"지금 같이 있는 이는 너의 누구가?"

"외할아버지하고 밥 짓는 어멈이다……"

두 소녀의 담화가 점점 정다워갈 때에 멀리서 옹의 점잖고 화평한 모양이 보였다. 범네는 특실이를 향하여 온정하게**

"내일 또 놀러 오너라."

하고 걸음을 빨리하여 옹의 옷소매를 붙들며 옹의 귀가를 무한히 기꺼워한다. 옹은 범네의 손목을 이끌어 싸리문으로 들어가며

"심심하던?"

한다. 범네가 이같이 특실이와 이야기한 것도 이 년이나 한 동리 앞뒤 집에 살았지만 비로소 처

---

* 아버지의 첩.
** 조용하고 온화하게.

음이었더라.

3

혹독한 서중暑中에 기다리던 추절이 기별 없이
와서 맑고 시원한 바람에 오동잎이 힘없이 떨어지
매 연년이 변치 않고 돌아오는 추석명절이 금년에
도 돌아왔다. 도都에나 비鄙에나*** 성묘 가는 사
람이 조조****부터 그칠 새 없이 각기 조선祖先,
부모, 부처, 자녀의 고혼故魂을 위로키 위하여 술이
며 음식을 준비하여 남녀노소를 물론하고 북촌 길
로 향한다. 새마을 동리의 범네와 옹도 누구의 묘
에 가는지 그중에 끼었더라. 어느덧 해는 모란봉
서편에 기울어지고 능라도***** 변에 연연한 세
파******는 금색을 대帶하였다. 이슬아침과 주간
畫間에 그리 분요*******하던 성묘인들도 지금은

***   도시에나 시골에나.
****   이른 아침.
*****   평안남도 평양시 대동강에 있는 섬.
******   잔물결.
*******   어수선하고 소란스러움.

끊어져 벌써 청류벽 아래 신작로에는 얼근히 취하여 혼자 중얼거리며 돌아오는 사람이 사이사이 보이기 시작하였다.

대동강 건너 새마을 동리를 향하고 바삭바삭 모래를 울리는 노유* 두 사람의 그림자가 보였다. 심히 피로하여 귀촌하는 옹과 범네라. 범네의 발뒤꿈치에 내려드리운 검은 머리가 제 윤에 번지르하다. 대리석으로 조각한 듯이 흰 양협**에 앞이마 털이 한두 올 늘어져 시시로 불어오는 청풍에 빗날리어 그의 아름다움을 더하였다. 풋남藍 순인치마***에 담황색 겹저고리 입고 분홍신을 신었다. 실로 새마을 동리 소녀들과는 군계 중에 학이라. 옹도 무언, 소녀도 무언. 소녀의 어여쁜 얼굴에는 어린 아해에게는 없을 비애에 지친 빛이 보인다. 강안江岸에는 석향****을 준비하는 촌부들이 있다. 처음 보는 바가 아니로되 이날은 더욱이 호기심을 일으켜가며 주목한다. 그중 한 아이

* 늙은이와 어린아이.
** 두 뺨.
*** 폭이 넓고 길이가 긴, 스란을 단 치마.
**** 저녁밥.

"어드메 살던 아해인지 곱기도 하다."

또 한 아이

"늘 보아도 늘 곱다. 한번 실컷 보았으면 좋겠다."

또 한 아이는 하하 웃으며

"범네야, 어디 갔다 오니?"

하고 묻는다. 범네는 촌부들을 향하여 눈만 웃으며 입 다문 채 옹의 뒤를 따른다. 이때에 대동문 밖 우뚝 솟은 난벽卵壁의 이 층 양옥에서도 이편을 향하여 망원경을 눈에 대고 바라보는 외국인인지 조선인인지 분별키 어려운 신사가 있다. 신사는 급히 상노*****를 부른다. 상노는 주인의 명을 받아 문전 녹색 소주小舟에 제등******을 달고 속히 저어 강안을 향하여 배 대었을 때는 옹과 범네가 새마을에 들어갔을 때이라.

신사는 새마을 가는 길을 두고 다른 동리의 길로 향하였다. 그 신사가 낙심한 안색으로 강안에 돌아왔을 때는 동천에 둥근 달이 맑은 광선을 늘

***** 잔심부름을 하는 아이.
****** 들고 다니다 걸어둘 수 있게 만든 등.

이어 암흑한 곳 몇 만민에게 은혜 베푼 때이니 평양 대동문 밖에는 전등 빛이 반짝반짝 불야성이요, 강 위에는 오늘이 좋은 날이라고 선유하는 소선小船이 루비 홍옥 같은 등불을 밝히고 남녀 성聲을 합하여 수심가*를 부르며 오르락내리락한다. 신사는 실심한 듯이 강가에서 바라보고 섰다. 한참 만에 힘없이 배에 올라 도로 저어 저편에서 내리어 조 국장의 별장으로 들어갔다. 신사는 그 별장 주인일 듯싶다.

4

강안에서 신사의 모양을 본 촌부 중에 '언년 어멈'이라는 남의 일 참견 잘하는 사람이 있다. 보고 싶은 범네도 볼 겸 범네의 집을 찾아가 신사의 일을 고하였다. 옹은 별로 놀라지도 않으며 천연스럽게 언년 모에게 감사하였다. 언년 모가 돌아간 후 두 시가량이나 지나 옹과 범네는 동리 이웃에

---

* 평안도, 황해도 등지에서 전해오는 구슬픈 가락의 민요.

게 고별하려고 이장의 집을 심방**하였다. 옹이 이장의 집을 심방함도 이사 왔을 시와 이번뿐이라.

동리 머슴들이 행담*** 칠팔 개와 기타 가구를 강안으로 나르고 옹과 범네의 뒤에는 그 집 여인과 인심 후한 이웃 사람들이 별로 깊이 사귀었던 정도 아니건만 전별****차로 따라 나온다. 강가에는 마침 물아래로 가는 배가 있다.

잔잔한 파도는 명랑한 월야의 색채를 비추었다.

선인船人이 준비 다 됨을 고할 때 옹은 서서히 전별 나온 이웃 사람들에게 고별하였다. 동리 사람들은 소리를 합하여 여중旅中의 안녕을 축祝하였다. 그 소리에 산천까지 소리를 합하였다. 범네의 흰 얼굴은 월광을 받아 처창히***** 보인다. 백설 같은 담요를 두르고 오슬오슬 떠는 모양 감기에 걸린 것 같다. 범네도 떠는 목소리로 인사를 마치고 옹의 손을 잡고 차박차박 걸어 뱃머리에 오르다가 고개를 돌리며 둥글고 광채 있는 눈으로 동

**　방문.
***　싸리나 버들로 엮은 작은 상자.
****　예를 차려 작별함.
*****　몹시 구슬프고 애달프다.

리 사람들을 한 번 더 본다……

밤은 깊어 사방이 적막한데 옛적부터 그 억만 년의 비밀을 담은 대동강 물이 고금을 말하려는 듯이 가는 물결 소리를 낸다. 배 젓는 노 소리는 물에서 철석철석 심야의 적막을 파한다. 배가 물아래를 향하여 십여 간間*쯤이나 갔을 때에 특실이가

"범네야, 잘 가거라—"

하매 저편에서도 범네가

"특실아, 잘 있거라—"

한다. 그 소리가 양금 소리같이 떨리어 들린다. 촌인들은 배가 멀리서 희미하게 보이고 노 소리가 안 들릴 때까지 그곳에 서서 의논이 분분하여 물이 밀어 그들의 발을 적시는 것도 몰랐더라. 이장은 저녁때 일을 언년 모에게 듣고 머리를 기울여 가며 생각하더니 한참 만에 언년 어멈을 향하여

"그래 그 신사는 어디서 옵디까?"

물었다. 언년 어멈은 원시遠視를 잘하는 양이라

"저기 보이는 우뚝 솟은 이 층 집에서 시커먼 것을 눈에 대고 보더니……"

---

* 길이의 단위. 한 간은 약 2미터.

이장은 또 한 번 머리를 기울였다…… 한참 만에 이제야 비로소 수년래의 의심을 푼 듯이

"알았소. 범네는 그렇게 봄에 자살한 조 국장 부인의 기출인 가희 아기구려."

일동은 무슨 무서운 말을 들은 듯이 눈이 휘둥그레진다. 이장은 한숨을 지으며

"불쌍한 아해!"

하고 부르짖는 듯이 말하였다.

5

이는 연전** 가정의 파란으로 인하여 자살하여 버린 조 국장 부인의 기념으로 끼친 일녀 가희니 외양과 심지가 과히 아름다우므로, 그 반대로 그 외조부가 개명하여 범네라 한다.

가희의 모씨는 평양성 내에 그 당시 유명한 미인이기 때문에 피서차로 왔던 조 국장의 간절한 소망에 이끌리어 그 부인이 되었었다. 부인은 재산가 황 진사의 무남독녀이니 십사 세에 그 모친

** 몇 해 전.

이 별세하매 그 부친 황 진사가 재취도 아니 하고
금지옥엽같이 기른 배라. 누가 뜻하였으리오. 그
옥여*가 형극**으로 얽은 것인 줄이야. 조 국장
은 세세世世로 양반이라 농화***에 교巧하고 사적
****에 묘妙하다. 저는 세 번 처를 바꾸고 첩을 갈
기도 십여 인이라. 화류에 놀고 촌백성의 계집까
지 희롱하였고, 그의 별업*****에서는 주야를 전
도하고 놀았다. 부인이 그에게 가嫁하여 그 딸 가
희를 낳았다. 육肉의 미美는 스러지지 않기가 어려
운 것이매 남편의 난행은 부인의 불행과 같이 자
랐다. 새로 들어온 첩은 남편의 사랑을 앗았다. 남
편은 친척 간에도 끊었다. 전처의 딸은 매사에 틈
을 타서 부인을 무함한다. 사랑을 원하여도 얻지
못하고, 자유를 원하여도 얻지 못하고, 이별을 청
하여도 안 들어 의심받고, 학대받고 갇혀 비관하
던 나머지 병든 몸을 일으켜 평양의 별장에서 자

* 귀인이 타는 화려한 가마.
** 나무의 온갖 가시, 즉 '고난'을 비유함.
*** 꽃을 가꾸는 일.
**** 활이나 총을 쏘는 일.
***** 별장.

살하였다. 길바닥에 인마의 발에 밟힌 이름 없는 작은 풀까지 꽃 피는 4월 모일에 인세人世의 끝일 이십사 세의 젊은 부인은 단도로써 자처하였다. 가련한 부인의 서러운 죽음이 그때에는 원근에 전파되어 모든 사람이 느끼었더라. 고어古語에 "사람은 없어진 후 더 그립다"는 것같이 그 후 조 국장은 얼마큼 정신을 차려 얼마큼 서러워도 하였다. 그러나 늦었더라. 그 후 조 국장은 부인 생시生時보다도 가희를 사랑하였다. 그러나 그 외조부 황 진사는 조 국장의 첩이 그 총애를 일신에 감으려고 하는 간책이 두려워 가희와 함께 가없은 표랑의 객이 되었다. 하시에나 표랑객인 가련한 가희에게는 춘양여일春陽麗日이 돌아올는지—

절기는 하추동夏秋冬 삼계三季가 지나면 반드시 양춘이 오건만—

불쌍한 어머니의 불쌍한 아해?

(일천구백십육년 춘원 선생이 《청춘》 잡지에 뽑으신 것)

『생명의 과실』, 1925.******

****** 이 작품은 처음 《청춘》 1917년 11호에 발표되었다.

소설

*

돌아다볼 때

1

여름밤이다. 둥글어가는 열이틀의 달빛이 이슬
내리는 대기 속에서 은실같이 서리어서 연못가를
거니는 설움 많은 가슴속에 허덕여든다.

이슬을 머금은 풀밭에서 반딧불이 드나들어 달
빛을 받은 이슬방울과 어리어서는 공중에 진주인
지 풀밭에 불꽃인지 반짝반짝한다.

소련은 거닐던 발걸음을 멈추고 연못가에 조는
듯이 앉았다. 바람이 언덕으로부터 불어 내려서
연잎들이 소련을 향하여 굽실굽실 절을 하듯이 흐
느적거렸다. 무엇인지 듣지도 못하던 남방南邦의
창자를 끊는 듯한 설움이 눈앞에 아련아련하다.

마치 그의 생각이 눈앞에 이름 지을 수 없는 일

들을 과거인지 미래인지 분간치 못하게 함과 같다.

음침히 조용한 최병서 집 서편 울타리 밖에서는 아이들이 하늘을 쳐다보면서

"별 하나 나 하나, 별 두울 나 두울, 별 셋 나 셋, 별 백 나 백, 별 천 나 천."

하고 노란 소리들을 서로 불러 받고 주었다. 이 어린 소리들이 그의 가슴속 맨 밑까지 들어서 '왜, 결합된 한 생명같이 한 법칙 아래 한 믿음으로 이 세상을 지나면서 하필 남북에 헤어져 있다가, 우연히 또 한 성에 모이게 되어서도 만나지도 못하고 울지 않으면 안 되었느냐' 하고 애달픈 은방울을 흔들었다.

'그러나 아무도 우리를 못 만나게 할 사람은 없는 것이 아니냐, 같은 회당에 모일 몸이' 하고 또다시 만날까 말까 오뇌할 때, 이 생각의 아—득함을 꿰뚫는 듯이 귀뚜라미들이 그들의 코러스를 간단히 업기어 울렸다.

여름밤 하늘의 맑음이 하늘 가운데로 은하를 건너고 그 가운데 던져버렸다는 '오르페우스'의 슬픈 거문고를 지금 이 밤에 그윽이 들려주는 듯하다.

구원久遠한 하늘을 우러러 옛사람들이 지은 옛

이야기가 또다시 그 머리 위에 포개져서 설움을
북돋운다.

소련은 이슬에 젖어서 역시 이날도 뒷방 삼간
속으로 들어갔다. 그는 문을 잠그려다가 방문을
열어놓은 채 발을 늘이다 말고 우두커니 섰었다.

이때 마침 창전리 언덕길 아래로 지나는 사람들
의 음성이

"이 집이지?"

"응—"

"송 군, 자— 언덕 위로라도 올라가서 잠깐이라
도 보게그려. 그렇게 맑은 교제 사이였는데 못 만
날 벌을 받을 죄가 왜 있단 말인가."

"원! 그렇지 않더라도 생각해보게. 남의 잠잠한
행복을 깨뜨릴 의리가 어디 있겠나."

"그럴 것이면 그 연연한 생각조차 씻은 듯이 없
이하든지……"

하면서 이야기하는 발소리들은 소련이가 향해
선 벽돌담 밑까지 가까이 오면서

"이 군, 이것이 유령도 아니고 동물도 아닌 사람
의 우수憂愁일 것일세. 자— 부질없으니 내려가세.
겹겹이 벽돌로 쌓아 높인 담 밖에 와 서서 본다기

로, 무슨 위로가 있겠나."

하고 한 발소리가 급급히 내려가면서

"이 군, 어서 가서 Y양의 반주할 것을 좀 더 분명히 익혀주게."

하매 그 뒤로 다른 발소리들도 따라 내려가는 듯하다.

소련은 또다시 소금 기둥이 된 듯이 그 자리에 섰었다. 이 순간이 지나자 그의 마음속은 급히 부르짖는다―

'오― 송 씨의 음성이다. 그이가 아니면 어디서 그런 음성을 가진 사람이 있으랴, 그렇다 그렇다' 하고 그는 버선발로 벽돌담 밑까지 뛰어 내려가서 뒷문을 열려고 하나, 빗장을 튼튼히 찌르고 자물쇠를 건 문이 열쇠 없이는 열려질 리가 없었다. 그는 허둥지둥 연못 앞으로 가서 석등용 주춧돌 위에 발돋움을 하고 서서 담 밖을 내어다보나 달밤에 넓은 신작로가 비인 듯이 환히 보일 뿐 저편 길 끝에 사람의 그림자 같은 것이 가물가물할지라도 긴가민가하다.

소련은 실심한 듯이 방 마루로 올라오면서 버선을 벗고 방으로 들어갔다.

소련은 생각만이라도 되돌려보겠다는 듯이, 여름 문을 꼭꼭 잠그고 지나온 생각에 잠겼다.

그 일 년 전 봄에, ××학교 영문과를 좋은 성적으로 졸업한 소련은 그 봄부터 역시 경성에서 ××학교 영어 교원이 되어서 그 아름다운 발음으로 생도들을 가르쳤다. 그와 생도들 사이도 지극히 원만하였고 또 선생들 틈에서는 좀 어린이 취급을 받았을지라도 근심거리가 없었다. 하나 소련은 그 봄부터 나날이 수척해갔다.

혹여 그의 수척해감을, ―그가 어릴 때부터 엄한 그 고모의 감독 아래서만 자라나서 그렇다 하기도 하고,―어떤 귀족과 혼설이 있던 것을 영리한 체하고 신분이 다르니까 할 수가 없습니다, 하고 거절은 하였지만 미련이 남아서 번민한다고 하기도 하였다.

그러나 그의 사실은 이런 구역이 날 헛소리들을 뒤집어엎고 버리지 못할 이야기를 짓는다.

2

소련은 ××여학교 영어 교사가 된 그 이듬해 사

월 하순에 학교 전체로 수학여행을 하게 되었을
때, 고등과 삼 년생들을 이끌고 다른 일본 선생들 틈
에 섞여서 인천측후소仁川測候所로 가게 되었었다.

그때 일기는 매일같이 구물구물하고 그러면서
도 빗방울을 잠깐잠깐 뿌려보기도 해서 옹송그리
게 뼛속까지 사무치는 봄추위가 얇은 솜저고리 입
은 어깨를 벗은 듯이 으스러뜨렸었는데 소련이가
인천측후소를 찾은 것도 이러한 날들의 하루였다.

선생들과 생도들은 얼버무려서 모든 기계실에
인도되어 자못 천국에서 내려온 듯이 고상한 풍채
를 가지고 또 그 음성이란 한번 들으면 영원히 잊
혀지지 않을 젊은 이학자의 설명을 들었다.

젊은 이학자를 앞에 두고 사십여 명의 선생과
생도들은 지하실에서 지하실로 층층대에서 층층
대로 올라갔다 내려갔다 하였다.

젊은 이학자는 가장 열심으로 그 희던 뺨에 불
그레한 핏빛을 올리면서…… 생도들이란 것보다
특별히 소련에게 향해서

"아시겠습니까, 아시겠습니까?"

하고 설명했다. 소련도 열심으로 들으면서 알아
듣는 듯이 고개를 끄덕여 보였다.

　　모든 기계실의 설비를 구경시키고 나서 젊은 이
학자는 ×명학교 선생들에게 차를 대접하려고 응
접실로 인도하였다. 거기서 그들은 서로 명함을
바꾸었는데 소련은 그가 조선 청년인 것을 알고
귀밑이 달아오르는 것을 간신히 참고 있었다. 그
러나 송효순은 뺨이 발개진 소련에게 조선말로 그
부드러움을 전부 표면에 나타내서

　　"나는 당신이 생도인 줄 알았어요. 아주 어려 보
이니까요."

　　하고 그의 귀밑에 속삭였다. 이때에 소련은 처
음으로 이성에게 대해서 그 향기로움을 알았다.
지금까지 사내 냄새는 그리 정하지* 않았던 것으
로만 알았던 것이―그 예상을 흐리고 이상한, 그
몸 가까이만 기다려지는 무엇을 깨닫게 되었을 때
또다시

　　"언제부터 그 학교에 계셨습니까. 영어만 가르
치세요, 과학에 대해서는 아무 취미도 안 가지셨
어요?"

　　하고 그 달아오르는 귀밑에 송 씨의 조용한 말

---

　*　맑고 깨끗하다.

을 들었다.

그는 온몸이 무슨 벽의 튼튼함을 의지하고 싶기도 하고 자기 홀로인 고요하고 정결한 방 속에 숨기고 싶기도 한 힘없음과 비밀스러운 기분에 취했었다.

그는 그러면서 송효순이가 그 몸 가까이 오지 않기를 바랐다. 그럴 때 효순도 같은 기분에 눌리우는 듯이 점점 말을 없이하고 그 옆에서 다른 일본 선생들과 어음語音 분명한 동경말로 이야기를 했다. 선생들은 송효순에게 대단한 호의를 보이는 듯한 시선을 보내면서 소련을 유심히 바라보았다. 그리고 그 눈들이 모두 소련을 부러워해서 그 이학자의 몸 가까이 앉은 것을 우러러보는 듯하였다. 측후소를 떠나올 때 효순과 소련은 특별히 조용하게

"서울 어디 계세요?"

"저 숭이동……이에요."

"거기가 본댁이십니까?"

"아니, 그렇지 않아요."

"그럼, 여관입니까?"

"아니요, 제가 자라난 고모의 집이에요."

"그럼, 양친이 안 계십니까?"

"네……"

하고 그는 발뒤꿈치를 돌리려다가 또 한참 만에

"그럼 안녕히 계십쇼."

했다. 이때 효순은 무엇을 생각하는지 멍히 섰
다가

"고모 되시는 어른은 누구세요?"

"저— ××학당의 류애덕이에요."

"그러면 훌륭하신 어른을 친척으로 모시는구먼.
혹시 찾아가보면 모르는 체나 안 하시겠습니까?"

하고 이야기를 했었다.

소련은 이처럼 효순과 이야기를 바꾸고 생도들
틈에 섞이어서 산등성이를 내려왔었다.

그 후로 그는, 도저히 잊지 못할 번민을 가지게
되었다. 그는 길거리에서라도 (그이가 자기를 찾아
와본다고 하였으므로) 혹여 넓은 가슴을 가진 준수
한 남자의 쾌활한 걸음걸이를 볼 것 같으면 그이
나 아닌가 하게 되었었다. 그럴 동안에 그는 점점
수척해가고 모든 일에 고달픔을 깨닫게 되었었다.
그는 단 한 번이라도, 다시 효순을 만나고 싶었다.
그의 그리워하는 효순에게 대한 동경은 드디어 감

성感性으로부터 영성에까지 믿게 되어 그는 새로이 과학에 대해서도 취미를 가지게 되었었고……
영원한 길나들이에서라도 만나지라는 소원까지 품게 되었다. 그는 밤과 낮으로 그이를 다시 만나지라고 기도했다. 잠깐 동안이었을지라도 그 아름다운 순결을 표시한 듯한 감성이 정결한 마음속에 잊지 못할 추억의 보금자리를 치게 하였던 것이다. 하나 그의 마음은 망설거리지 않을 수 없었다. 아무리 굳센 의지가 있다 할지라도 단 한 번의 만남으로 얻은 감명이 걸핏하면 새로이 연구하려던 과학 같은 것을 잊어버리고는 다만 자기의 눈으로 만나고만 싶었다.

그는 드디어 밤과 낮으로 기도하던 보람도 없이 만나지지 못하므로, 시름시름 병을 이루게까지 되었다. 그 처녀의 마음에서는 송효순 이외에 모─든 남자들이 초개*같이 보였다. 그러나 그러함을 돌아보지 않고 류애덕을 향해서 소련에게 청혼을 하는 사람들은 결코 헤일 만치 드물지 않았다.

류애덕은 부모 없는 조카를 남부럽지 않게 십여

---

* '지푸라기'라는 뜻으로, 보잘것없고 하찮은 것.

넌 기른 피로로 인함인지, 또는 그의 장래를 위함
인지 분명히 말을 하지 않으나 다만 하루바삐 그
를 결혼시키고 싶어 했다. 어떤 때는 소련의 삼십
원 받는 시간 교사의 월급이 너무 적어서 수치라
기도 했다.

소련은 이때를 당해서 그 마음을 더욱 안정할
수가 없었다. 그는 얼마나 삶에 대해서 맹랑한 쓸
쓸스런 일인 것을 깨달았었는지 또 그 고모의 교
훈이 얼마나 표리가 있었던지 헤아려보려면 헤아
려볼수록 분명히 그릇됨을 찾아낼 수도 없건마는,
뜨거운 뜨거운 눈물이 저절로 그 해쓱한 뺨을 굴
렀다. 다만 그는 밤과 낮으로 그렇지 않아도 처녀
때에 더더군다나 외로운 처지의 근심스러움과 쓸
쓸스러움을 너무도 지독하게 맛보았다. 그는 어느
날은 침식을 잊고 이 분명히 이름도 지을 수 없는
아픔을 열병 앓듯 앓았다. 그는 흡사히 병인같이
되어서 ×명학교에 가기를 꺼렸다. 하나 그는 하는
수 없이 거기 가지 않으면 고모의 생계를 도울 수
없었다.

그는 매일같이 사람 그리운 불타는 듯한 두 눈
을 너른 길거리에 사려져 보이면서 ×명학교에를

왕래하였었으나 나중에는 아주 근력을 잃어서 눈을 땅 위에 떨어뜨리고 길 지나는 사람들을 쳐다보지도 않았다. 이런 때 처녀의 처음으로 사람 그리는 마음이 그대로 들떠지기도 쉬웠지마는 소련은 힘써서 자기의 마음을 누르고 무엇을 그리는 그 비밀을 속으로 속으로 감추어서 드디어 모든 삶에 대해서 생각하게 되고 또 여자의 살림살이들 중에도 조선 여자의 살아온 일과 살아갈 일에 대해서 생각하게 되었었다. 또 모―든 사람의 살림살이들을 비교도 해보면서 과학에 대하여 알고 싶어지는 마음은 마치 고향을 떠난 어린이의 그것과 같이 이름만 들을지라도 가슴이 두근거려졌다.

어떤 때는 물리학이라든지 또는 천문학이라든지 하는 학문의 이름이 송효순의 대명사나 되는 듯했다. 하지만 소련이 스스로 그 동무들 간에는 그런 마음을 찾아볼 수 없는 것을 볼 때 얼마나 섭섭함과 외따로움을 알았으랴. 그는 벌써 이십이 넘은 처녀인데 이 처음으로 남 유달리 하는 근심은 그에게 부끄러운 듯한 행동거지를 하도록 시켰다.

그는 어떤 때는 ×명학교 이과 선생에게 열심으로 물어도 보고, 어떤 때는 여인들의 지나온 이

야기에도 귀를 기울여보고 그들이 얼마나, 그릇
된 살림살이를 하여왔는지도 정신 차리게 되었었
다. 하나, 소련의 건강은 나날이 글러갈 뿐이어서
그 쓸쓸스러운 류애덕 여사도 놀라지 않을 수 없
게 되었었다. 이러할 틈에, 소련은, 그 향할 곳 없
는 마음에 병까지 들게 되었으므로 이학과 여인들
의 모임에도 힘쓰지 못하고, ×명학교에서 영어를
가르치고 집으로 돌아오면 문학 서류를 손에 들
게 되었었다. 거기에는 모든 세상이 힘들지 않게
보여 있는 탓이었다. 전일에는 피아노도 열심으로
복습했지만 깊은 비밀을 가진 마음은 자연히 어스
름 저녁때와 같이 불그레한 저녁 날빛 같은 희망
조차 잃어버리기 쉬워서 캄캄히 명상에 빠져 마음
의 소리를 내기도 꺼려졌었다. 그는 얼마나 뒷동
산 언덕 위에 서서 저녁 하늘을 바라보고 처창함
을 느끼었을까. 만일 누구든지 그이의 마음을 알
면, 비록 그 연애란 것이 아닐지라도 사람들의 일
반으로 가지는 번민을 그렇게도 깊이도, 삼가롭
게 함을 얼싸안고 불쌍히 여겨주었을 것이다. 하
나 그에게는 아무의 동정도 향해지지 않았다. 그
는 문학 서류를 들고 고모의 눈치를 받게도 되고

(류애덕의 교육은 생계를 얻기 위하여 학교 졸업을 받는 것이 주장이었으니까) 어두운 마음의 비밀을 품고는 학교에서 같은 선생들의 의심스러운 눈치를 받고, 생도들의 속살거림을 받았다. 그는 그 눈들에 대해서, 은근히 검은 눈을 둥그렇게 뜨면서,

'아니요, 그렇진 않아요. 하지만 당신들이 모르는 내 마음에 힘 있게 받은 기억이 나를 이같이 괴롭게 해요' 하고 눈으로 변명했다. 하나 그 마음이 아무에게도 통치는 못하고, 같은 선생들은 단순히,

"처녀의 번민— 상당히 허영심도 있을 것이지."

"글쎄 답답해, 류애덕 씨가 완고스러우니까 그때 왜 기회를 놓쳤던고. 벌써 그 귀족은 혼인 예식을 지났다지……"

"불쌍해라, 그런 자리를 놓치다니, 너무 영리한 체하는 것도 손이야."

하고 자기네들끼리 쭝얼거리기도 하고,

"왜 그렇게 수척해가시오, 류소련 씨. 그런 귀여운 자태를 가지고 번민 같은 것을 가질 필요야 있습니까. 아무런 행복이라도 손쉽게 끌어올 것을……"

"몸조섭*을 잘하세요. 이왕 지난 일이야 쓸데 있

습니까, 또 다음 기회나 보시지요."

하고 직접 아무 관계 없는 기막힌 동정을 해주었
다. 소련은 이런 때마다 수치와 모욕을 한없이 깨
닫고, 자기가 마치 이 세상에 쓸데없는 사람인 것
같기도 하고 또 송효순에게 대한 비밀을 영영히 숨
겨버려야만 옳을 듯한 미신이 생겨지기도 했다.

모든 것이 다— 어둡게 그의 마음을 어두운 곳
에만 떨어뜨리려고 했다.

하나 그는 역시 송효순이가 그리웠다. 잊히지
않았다. 그래서 그는 혼인 말이 있을 때마다 거절
했다. 그 고모 류애덕 여사는 그 연고를 묻지만, 저
편에 학식이 없다는 불만족들보다 자기가 신분이
낮다는 겸손보다 또 재산이 없노라는, 감당 못할
정경에 있다는 것보다,

"찾아가도 모르는 체 안 하시겠습니까?"

하던 믿음성과 겸손과, 활발함을 갖추어 보이고
또 고상한 음성으로 모든 대담스러움을 감추어버
리던 그 인천측후소의 송효순이가 그리웠다. 그는
그 참을성과 진정한 그리움에서 나온 부끄러움이

---

* 몸조리.

아니면 인천측후소를 찾아갔을지도 모르겠지만,
다만, 재치 있는 손끝을 기다리는 듯한, 덮어놓은
피아노의 하얀 키—가 아무 소리도 못 내고 잠잠
할 뿐이었다.

3

　류애덕은 소련의 아버지보다 다섯 해 위 되는 윗
동생이었으며, 그의 고향은 반도 북편에 있는 박천
고을이었다. 류애덕의 부친은 한국시대의 유자*로
류 진사란 이름을 얻은 엄한 노인이었으나 불행히
늦게 본 아들 때문에, 속을 몹시 태우다가, 그 아들
이 이십도 되기 전에 그만 이 세상을 떠나버렸다.
이보다 전에, 류애덕은 열다섯 살이 되자, 그 이웃
이 주사 집으로 출가를 했으나, 유자와 관리官吏
편 사이에는 일상** 설왕설래가 곱지 못했을 뿐
아니라, 류애덕의 남편은 불량성을 가진 병신이
었으므로 갖은 못된 행위를 다 하다가 집과 처를

---

　*　유학을 공부하는 선비.
　**　날마다. 늘.

버리고 영― 나가버렸다. 그러므로 아직 어리어
서 생과부가 된 류애덕은, 흔히 친정살이를 했으
나 그도 소련의 적모***와 사이가 불합해서 가장
고울 을녀乙女****의 때를 눈물과 한숨으로 보내
다가, 조선 안을 처음으로 비치는 문명의 새벽빛
을 먼저 받게 되어서 훗 세상을 바라려고 교회당
에도 다니게 되고, 또 공부까지 하게 되어서 쓸쓸
한 삶에 향할 곳 없는 마음을 배움으로 재미 붙여
나날이 그 학식을 늘리었으나 그 역 반도 부인 태
반이 그러하도록, 미신적 믿음 외에는 달리 광명
을 못 받은 이였다. 그러나 그 환경에서 남성에 대
한, 사모할 마음을 영구히 잃어버린 그는 다시 출
가할 마음을 내지 않고 교육에 뜻을 두게 되었다.
그는 운명이 그러한 탓인지 여기에 이르도록 비교
적 순한 경로를 밟아오게 되었었다. 과부가 되자
그 모친의 보호 아래 학비 얻어 공부하게 되고 또
밖으로부터 들어오는 유혹은 아주 없었으므로, 그
는 해변가에 물결을 희롱하고 든든히 움직이지 않

*** 서자가 아버지의 정실을 이르는 말.
**** 젊은 여성, 또는 소녀를 문어적으로 이르는 말.

는 바윗돌은 아니었다. 그러므로 그는 편벽했으며 자기만 결백한 체하는 폐단을 버리지 못했다. 그러나 교회 안에서 그 엄하고 단출한 행동은 모든 교인과 젊은 학생들의 존경을 받게 되었다. 그래서 그는 그 안에서 공부하고 또 직업을 잃지 않게 되어, 가장 안전한 지위에서 생활하게 되었었다. 그 후에 늘, 그에게 근심을 끼치던 그의 양친은 한 달 전후하여 이 세상을 하직하고 소련의 부친 류경환은 본처를 버리고 몇 달에 한 번씩 계집을 갈다가, 소련의 어머니에게 붙들리어 거기서 귀여운 딸을 보고 재미를 붙이게 되었으나 어떠한 저주를 받음인지 소련의 모친은 평생 한숨으로 웃음을 짓는 일이 드물고, 걸핏하면 치맛자락으로 거푸 나오는 눈물을 씻다가, 그도 한이 뭉쳐 더 참을 수가 없던지 소련이가 열한 살 되던 해에 이 세상을 하직해버렸다. 이때에 이르러 거의거의 가산을 탕진한 류경환은, 소련을 그 누이에게 맡겨버리고 다시 옛날 부인을 찾아갔으나 거기서 일 년이 못 된 가을에 체증으로 세상을 떠났다.

그때부터 소련은 그 고모의 보호 아래, 잔뼈가 굵어진 듯이 몸과 마음이 나날이 자라는 갔으나,

그의 마음속 맨 밑에 빗박힌＊ 얼음장을 녹여버릴
기회는 쉽게 다시 오지 않았다. 류애덕이 소련을
기름은 소련의 얼굴에 쓸쓸한 그림자를 남기도록
흠점이 있었다. 비록 의복과 학비를 군색하게 하
지 않을지라도 병났을 때, 약을 늦추＊＊ 써줌이 아
닐지라도 어딘지 모르게 데면데면하고 쓸쓸스러
웠다. 그 데면데면하고 쓸쓸스러움은 소련이가 공
부를 마치게 되었을 때 좀 감해가는 듯했으나, 어
떠한 노여운 말끝에든지 혹은 혼인 말끝에든지 반
드시

"너희 어머니를 닮아서 그렇지, 그러기에 혈통
이 있다는 것이야."

하고 불쾌한 말을 들리었다.

이러한 말을 듣고도 소련은 그 고모의 역설인
줄만 믿고, 자기의 혈통을 생각지 않았으나 온정
을 못 받은 그는 반드시 쾌활한 인물이 되지 못하
고, 그 성격에 어두운 그늘을 많이 박히게 되어서
공연한 눈물까지 흔하였다.

＊　비스듬히 박힌.
＊＊　때늦게.

그러한 소련이가 인천서 송효순을 만났을 땐 무엇인지 온몸이 녹을 듯한 따뜻함을 알았다. 하나 그것은 꿈에 다시 꿈을 본 것같이 언젠가는 힘을 다해서 잊어버려 버리지 않으면 안 될 환영일 것 같았다.

소련은 송효순을 몹시 생각한 어느 날 밤에 이상한 꿈을 보았다.

―조선 안에서는 흔히 보지 못하던 경도 하압천 신사下鴨川神社* 안 같은 곳이었다. 넓은 나무 숲속을 이룬 신사 뜰을 에둘러 물살 빠른 내―가 흐르고 신사 밖으로 나가는 다리 옆에는 큰 느티나무가 서 있어서, 그 까마득히 보이는 제일 높은 가지 위에는 여섯 잎으로 황금 테두리를 한 남빛 꽃이 달처럼 공중에 떠 있었다. 그 아래는 여전히 냇물이 빠르게 좔좔 소리를 내면서 흘러 내려갔다. 자세히 본즉 그 냇물에는 지금까지 보이지 않던 뗏목이 떠내려가는데 그 위에 젊은 여자가 빗누운** 채 흘러 내려가면서 남쪽만 바라본다. 온몸이 으쓱해

---

* 교토 시모가모가와 신사.
** 비스듬히 누운.

서 정신을 차리려 하여도 무엇이 귀에 빽빽 소리
를 치며— 저기 떠내려가는 것이 너이다! 너이다!
하고 그 귀를 가를 듯이 온몸이 저릿저릿하도록
소리를 지른다.

소련은 눈을 뜨려고 몸을 흔들어보고 소리를 내
어보려 하여도 내가 깼거니, 깼거니 하면서도
눈이 떠지지 않고 무서운 뗏목이 빠른 물을 따라
흘러가는 것이 눈에 선했다—

그럴 동안에 그는 잠이 깨어서 가슴 위에 손을
올려놓고 등걸잠을 자던 그 몸을 수습했다.

그는 눈이 깨어서 한번 여행 갔던 경도를 꿈꾸
었다고 생각했으나, 그 꿈이 무엇인지 효순을 생
각할 때마다 무슨 흉한 징조같이 생각되었다.

4

그러나 '때가 이르면 굳은 바위도 가슴을 열어,
깊은 속 밑에서 솟아오르는 샘물은 땅에 뿜는다'
는 듯이 낮에는 만나지라고 기도하고 밤에는 못
만나서 가위 눌리던 소련은 드디어 효순을 만나게
되었었다.

바로 지금부터 이 년 전 여름이었다. 하루는 애덕 여사가 소련의 건강을 염려하여 그더러 ×명학교는 퇴직하라고 권고할 때 가벼운 노동 시간과 공부 시간을 써놓고 곰곰이 타이르면서 몸조심해야 한다고 하던 애덕 여사는 급히 무엇을 잊었다 생각난 듯이 종잇조각을 소련에게 던져주며 손님이 올 터이라고 아이스크림 만들 복숭아를 사 오라고 일렀다.

소련은 매일같이 손님이 올 때마다 효순 씨가 오지 않나 하고 기다렸으나 매일같이 오지 않았으므로 오늘은 또 어떤 손님이 오시려나— 하고 풀기* 없이 일어나서 창경원 앞까지 걸어 나와 전차 위에 올랐다. 그 찌는 듯한 여름날 오후에 소련은 고모의 명령이라 어기지도 못하고 진고개**까지 가서 향기로운 물복숭아를 사 왔었다. 그때도 애덕 여사는 말하기를

"우리 여자 청년회를 많이 도와주시는 송달성 씨가 오실 터인데 새 옷을 갈아입고 민첩히 접대

---

* 씩씩한 활기.
** 서울 중구 명동에 있었던 고개.

하라."

하고 일렀다. 이 말을 들을 때 소련은 송이라는 데 깜짝 놀랐으나 이름이 다르고 또 그이를 아는 터이었으므로 얼마큼 안심하였었다.

그날 저녁에 사십이 넘은 신사와 이십오륙 세의 젊은 신사는 게으르지 않고 급하지 않은 흥크러운 걸음걸이로 공업전문학교 근처의 사지砂地를 걸어서 숭이동을 향하여 갔다.

하늘은 처녀의 마음을 펼쳐서 비단 보자기에 흰 솜덩이를 싸듯이 포돗빛 도는 연분홍을 다시 엷게 풀어서 여름 구름을 휘몰아 싼 듯하고 뽀―얀 지평선 한끝에서는 여인들이 우물물을 길어 오고 길어 갔다. 마치 하늘과 땅이 더운 때 하루의 피로를 잊으려고 저녁 바람을 시켜서 졸린 곡조를 주고받는 듯하였다.

소련은 요사이 보기 시작했던 어느 각본 책에서 본 대로 파―란 포도 덩굴로 식탁을 장식해놓고 부엌으로 가서 그 고모에게

"아주머니, 식탁 차려놓은 것 보세요."

했었다. 일상 희로애수喜怒哀愁의 표정이 분명치 않은 애덕 여사도 소련의 재치 있음을 보면 희색

이 만면해서

"그런 장난이야 네 장기지."

하였다. 소련은 그 고모의 습관을 잘 알므로 이 암만해도 경사나 당한 듯해서 연해 그 고모에게 말을 걸어본다.

"어떤 손님이 이렇게 우리의 공대*를 받으십니까."

하기도 하고

"왜 하필 저녁때 청하셨어요."

하기도 하고

"꼭 한 분만 오실까요."

하기도 했었다.

숙질은 이 저녁때 드문 버릇으로 재미스럽게 이야기하면서 아이스크림을 두를 때 뜰에서 낯서투른 발소리가 들리자

"이리 오너라."

하고 불렀다. 이 소리를 듣고 소련의 숙질은 하던 이야기를 그칠 때 그들의 옆에서 그릇을 닦던 영복이란 여인이 냉큼 일어서며

* 공손한 대접.

"에이구, 벌써 손님이 오신 게로군."

하고 뜰 앞으로 내려갔다. 애덕 여사도 허둥지둥 손을 씻으며, 일어나서 방 안으로 들어가려다가 뜰로 마주 나가서, 사교에 익은 음성으로 인사를 마치고 또 다른 처음 보는 사람에게 인사를 하는 듯하였다.

이때 소련은 무엇인지 가슴이 두근거려서 일어서서 내다보지 않고는 더 참을 수 없었다. 그는 사시나무같이 떨리는 몸을 일으켜서 부엌문 밖을 내다보았었다— 그때야말로 소련의 눈에 무엇이 보였을까. 그는 온몸이 굳어지는 듯이 자유로 움직일 수 없어서 그 머리를 돌리려다가 그러지도 못하고 우두커니 서서 내다보았다.

그러나 조금 후에 손님을 좌정하고** 부엌으로 돌아온 류애덕은 예사롭게 앉아서 아이스크림을 두르는 소련을 보고

"손님이 세 분이다."

하고 일렀다.

소련은 한참 말 없다가 떨리는 음성으로

** 자리 잡아 앉다.

"그이들이 누구입니까?"

하고 물었다. 총총히 그릇에 음식을 담던 애덕 여사는 그 손끝을 잠깐 멈추고 예사롭게

"참, 그 이야기를 네게는 아니 했었구나. 저— 이 제부터, 우리 집에 학생이 한 분 온단다. 윤은순이 라 하고 스물댓 살 된 부인인데 그 남편은 송달성 씨의 생질* 되는 송효순 씨라고 하고 동경서 대학 을 마치고 돌아와서 인천 계시다고 하시더라."

했다. 소련은 은연중에

"그럼 인천측후소에 계신 송효순 씨인 게지요."

하고 부르짖었다. 이때 그 고모는 좀 놀라운 듯이,

"그이가 인천측후소에 있는 것을 네가 어떻게 알았니? 나는 지금 막 인사를 한 터이다."

하고 물었다. 이때 소련은 잠깐 실수했다고 생 각했으나

"저, 인천측후소에 여행 갔을 때요."

하고 스스럽지 않게 말하고 그 낯빛을 감추기 위해서 저편으로 돌아서서 단 향내를 올리고 끓어 나는 차관** 뚜껑을 열어보았다.

이같이 되어서 음식 준비가 다 되고 식탁을 차 려놓았을 때 소련과 효순은 삼촌과 삼촌 사이에

또 절벽 같은 감시자 앞에서 외나무다리를 마주 건너려는 듯이 만났으니까 많은 이야기를 서로서로 바꾸지는 못하였으나 십이 촉 전등 불빛 아래 그들의 붉은 얼굴에 남빛이 돌도록 반가워하는 모양은 그 주위에 시선을 모았었다.

하나, 그들은 만나는 처음부터 두 사람은 다만 아는 사람으로밖에 더 친할 수도 없고, 다시 그 가운데 사랑이라거나 연애라거나 한 것을 일으켜서는 옳지 않은 것으로 그들의 운명인 사회제도에 자유를 무시한 조건에 인을 쳤었다.***

하나 소련은 그들의 그렇도록 반가운 만남을 만났으니 조용한 곳에 단둘이 만나서 한 기꺼움을 웃고 한 설움을 느껴보고 싶지 않았을까. 아무리 구도덕의 치맛자락에 싸여 자라서 굳은 형식을 못 벗어나야만 한다는 소련의 이성理性일지라도 이 당연한 자연의 요구를 어찌 금하고만 싶었으랴. 그러나 그들의 경우는 그들의 그러한 감정을 감추고 효순은 그 부인을 류애덕 여사의 보호 아래 수

* 누이의 아들.
** 찻물을 끓이는 그릇.
*** '인을 치다'는 '도장을 찍다'라는 뜻.

양시키려고 찾아오고 소련은 그 조수가 될 신세이
니 전일의 생각이 확실히 금단의 과실을 집으려던
듯해서 그 등 뒤에서 얼음물과 끓는 물을 뒤섞어
끼얹는 듯이 불쾌했다.

5

그 이튿날부터 송효순의 아내인 윤은순은 류애
덕의 집에 와서 있게 되었었다.

그는 본래부터 구가정에 자라난 구식 여자로 어
렸을 때 그 이른바 귀밑머리를 막 푼 송효순의 처
이다. 하나 지금에 이르러 그들은 각각 딴 경우에
서 다른 것을 숭상하며 자랐으니 그들 사이에는
같은 아무런 지식도 없고 똑같을 아무런 생각과
감정의 동화도 없으므로 서로 도와서 영원히 같은
거리를 밟아 똑같이 나아갈 동무는 못 될 것이나,
사회의 조직이 아직도 자유를 요구하는 사람은 넘
어뜨려 버리게만 되어 있는 고로 그의 발걸음을
이상理想의 목표인 자유의 길 위로만 바로 향하지
못하고 그 마음의 반분은 땅 위에서 위로 훨씬 높
이고, 또 반분으로는 다만 한 가련한 여자를 동정

하는 셈으로 이상에 불타오르는 감정을 누르는 듯
이 은순을 여자 청년회가 경영하는 이문안 부인학
교에 넣었다.

저는 은순을 학교에 넣고 늦게 뿌린 씨가 먼저
뿌린 건땅 위에 나무보다 속히 자라라는 기도로
복습할 것까지 염려해서(자기도 모르게는 소련을 만
나보고 싶은 마음은 스스로 분간치 못하고) 류애덕 여
사의 문을 두드리게 되었었다.

그러나 언문밖에 모르는 윤은순은 소련이가 가
르치기에도 너무 힘이 없었으므로 어찌하면 그의
복습 같은 것은 등한히 여겨지게 되고 의식주에만
상담하는 일이 많았었다.

그동안에 효순은 한 달에 한 번 두 공일*에 한
번 찾아와서 애덕 여사에게 치하를 하고 갔다. 그
럴 때마다, 효순과 소련 사이는 점점 더 멀어져가
고, 효순과 애덕 여사는 친해지며 은순과 소련 사
이는 가까워졌다.

소련과 효순은 마침내 아는 사람으로의 친함조
차 없어져서 사람 보이지 않은 곳에서 만나면 머

* 일을 하지 않고 쉬는 날.

뭇거리다가 인사를 하지 못하도록 서로 몰라보는 듯하였다. 이같이 되어서 은순과 소련 사이가 한 감독 아래 공부하고 살림할 동안에 서늘한 가을날들이 황금 같은 은행나무 숲에 잎 떨어져가고 긴 겨울이 와서 사람들은 방 안에서 귤 껍데기를 벗겨 쌓을 동안에 늙은이가 무거운 짐을 지고 긴 고개를 넘듯이 간신히 눈 녹았다.

그동안에 그들은 많은 마음속 옛이야기를 서로 바꾸었다. 사람들이 얼른 그들의 친함을 보고 형제들 사이 같다고 칭찬했다. 그러나 은순을 친형 같이 대접하는 소련의 낯빛에는 무엇을 참는 듯한 고난의 빛을 감출 수 없었다.

소련의 이야기는 흔히 자기가 몸이 약해서 그 고모의 노력을 돕지 못하고, 또 장차는 영구히 그 고모의 집을 아주 떠나야 할 이야기를 하고 은순은 자기의 사촌이 자기와 한집에서 자라나면서 그 부모와 삼촌들의 말리는 것도 듣지 않고 학대를 받아가면서 공부를 해서 지금은 재미나게 돈 모으고 산다는 부러운 이야기를 했다. 하나, 그들의 친함은 오래지 못하고 날이 따뜻함을 따라 틈이 생기게 되었다.

봄날에 아지랑이가 평평한 들의 먼 곳과 가까운 곳에 싹도 내지 않은 지평선 위에 아롱지게 할 때 마침 소련은 그 남편과 약혼하게 되었었다.

이런 때를 당하여 소련은 얼마나 난처하였으랴. 그 마음속에는 아직 송효순의 인상이 나날이 깊어가면 깊어갔지 조금도 덜어지지 않는데 다른 사람과 결혼하지 않으면 안 될 경우! 그것을 누구에게 호소해야 할지? 그는 심한 우울증에 걸렸다.

그는 다시 그 고모에게 직업을 얻어서 독립생활을 하면서 그 고모의 폐를 끼치지 않겠노라고까지 애원하여 보았으나 그 고모는 어디서 얻은 지식인지 제일第一에도

"핏줄이 있어서 안 돼."

하고, 제이第二에도

"아무나 다─ 마음먹은 대로 되는 것은 아니야."

하고 을렀다.

소련은 또다시 그 몸이 쇠침*하여져 갔다. 지루한 겨울의 추위가 풀리어 사람들의 마음속에는 놀고 싶은 마음이 모락모락 자랐건만 소련의 마음속

*　쇠하여 가라앉다.

59

에는 나날이 불어가느니 그 가슴속에 빗박힌 얼음
장이었다.

  그는 이 쓸쓸한 심정풀이를 향할 곳이 없어서
눈살을 찌푸리고 장래 의복 준비를 마지못해서 해
보기는 하나 딱히 원인을 말하지 못할 그 설움이
서책을 들고는 한없는 눈물을 지으며 이 아래 같
은 문구를 읊었다.

  누구 나 부르지 않나

  밤 가운데 밤 가운데
  등불을 못 단 작은 배는
  노를 잃음도 아니련만
  저어나갈 마음을 못 얻어
  누구 나 부르지 않나
  누구 나 부르지 않나.

  얼음 밑에 얼음 밑에
  빛을 못 받는 목숨에는
  흐를 줄을 잃음도 아니련만
  녹여내일 열도를 못 얻어

누구 나 부르지 않나

누구 나 부르지 않나.

오오 오오

빛光과 열도熱度 더위와 빛

한곳으로 나오련만

옳은 때를 못 얻어

누구 나 부르지 않나

누구 나 부르지 않나.

만일에

만일에 봄이 나를 녹이면

돌 틈에 파초 여름을 맺지요 맺지요

만일에 만일에.

만일에 좋은 때를 얻으면

바위를 열어 내 마음을 쏟지요 쏟지요

만일에 만일에.

6

그해 봄이 적이 무르녹아서 소련의 파리하던 몸은 보는 사람들의 마음을 놀라리만치 꽃송이처럼 피어올랐다.

송효순은 류애덕 씨 집에 자주 그 아내를 찾으러 오게 되었었다. 그러고, 저는 소련을 평양 최병서에게로 결혼시켜 보내겠다는, 류애덕 여사의 말을 듣고는 반대하는 듯이

"그런 인물들을 가정 안에 벌써부터 넣어버리면 이 사회운동은 누가 해놓을는지요. 조선의 가족제도가 좀 웬만할 것 같으면 결혼은 하고도 일을 못할 배 아니지만…… 아마 우물에 빠져서는 우물물을 치지도 못하고 제방을 다시 쌓지도 못할걸요. 좀 더 사회에 내놓아보시지요."

하고 입을 다물었다 한다. 소련은 이런 말을 듣고 참으로 감사하였다. 그래서 그는 마음속으로

'그러면 효순 씨는 내가 이 사회에서 의의意義 있게 생활해나가기를 바라시는구나' 하고 생각해보았다. 또 그 뜻을 저버리지도 못할 듯이 그의 마음이 '가정 밖으로 나가자' 하고 부르짖기도 했다. 그

후에 며칠이 지나서 송효순은 박사 될 논문을 쓰러 일본으로 가겠다고 하면서 류애덕 씨 집에 머무르게 되어서 소련과 말해볼 기회를 얻게 되었다.

어느 공일날 아침에 류애덕 여사와 효순은 일찍이 외출하였었는데, 효순이가 먼저 돌아와서

"아주 봄이 완연히 왔습니다. 그 보시는 책이 무엇입니까?"

하고 마루 끝에서, 책을 보던 소련에게 인사했다. 소련은 지금까지 효순의 아는 체 마는 체 하는 냉정함에 뭇새여 다만 '그 따라다니면서 할 듯하던 친절을 왜 그치었누. 그이가 내게 좀 더 친절이라도 하셨으면 이 마음이 풀리련만' 했었다. 하나 이날따라 효순은 급히 그에게 친절해졌으므로 막상 닥쳐놓으면 그렇지도 못하다는 심리로, 기쁜 듯하기는 하면서도 '이 마음에 잠긴 문이 열려지면 어찌하누. 그때야말로 무서운 죄악을 지을 테지' 하고 어름어름

"네, 아주 꼭 봄이 되었어요."

하고 자기 방을 치우느라고 그 남편이 온 줄도 모르는 은순이를 부르고 나서 소련은 급히 더한층 그 얼굴을 붉히면서 효순을 향해서 얼른,

"하웁트만*의 『외로운 사람들』."

하고 말을 마치지 못하고 은순이가 마루로 나오
는 것을 보고는 구원을 받은 듯이

"은순 씨, 벌써 오셨는데요."

하고 일렀다. 은순은 소련의 얼굴과 효순의 얼
굴을 번갈아 보아가면서 그 남편의

"무얼 했소?"

하는 물음에

"방 치우느라고."

하고 입을 오므렸다.

이 틈에 소련은 얼른 일어서서 저편 마루 구석
에 놓인 찬장 앞으로 가면서 다기茶器를 꺼냈다.

효순은 소련의 낭패한 듯이 어름어름하는 태도
를 민망히 눈여겨보면서

"애덕 선생님은 아직 안 돌아오셨습니까?"

하고 웃었다. 소련은 다기를 꺼내 들고

"네, 아직 안 오셨어요. 선생님과 같이 나가셨는
데."

하고 부엌을 향해 가며, 주인 된 직분을 지키려

---

* 게르하르트 하웁트만(1862~1946). 독일의 극작가·소설가.

는 듯하다.

한참 만에 소련은 차를 영복이라는 밥 짓는 이에게 들려가지고 나왔다. 그동안에 효순은 소련이가 보다 놓은 책을 열심으로 보고 있었다. 그러다가, 소련이가 그 앞에 차를 갖다 놓을 때는,

"이 책 어디까지 읽으셨어요, 처음으로 읽으세요? 우리도 이 책을 퍽 읽었지요."

하고 말을 걸었다. 소련은 효순의 앞에 맞앉은 은순에게도 차를 권하면서 다만 놀라운 듯이

"네, 네."

할 뿐이었다. 효순은 소련의 태도를 눈여겨보기는 하나, 그리 생소치는 않은 듯이

"이 하웁트만의 『외로운 사람들』 가운데는 우리 같은 사람이 있지요. 아직 맨 끝까지 안 보셨을지 모르지만 이와 같이 외국의 유명한 작품이 조선 청년의 가슴을 속 쓰라리게 하는 것은 드뭅디다."

하고 말하면서 그 윤택한 눈을 멍히 떴다.

소련은 은순의 편으로 가까이 앉으며 또다시

"지금 겨우 다 보았습니다."

하고 간단히 대답했다. 효순은 하늘을 쳐다보던 눈을 아래로 내려서 소련을 이윽히* 바라보며 그

부드러운 음성으로

"아직 생각까지 해보셨는지 모르지만, 책 속에는 저와 같이 부모가 계시고 처자까지 있어도 세상에 제일 외로운 사람이 있습니다. 저는 외국서 공부할 때는 그렇게까지는 그 책을 느낌 많게 보지 못했지만 이 땅 안에 돌아와서는 그렇게 우리의 흉금을 곱게 쓰다듬어 주는 것은 없다고 생각합니다."

소련은 이때 비로소 이야기를 좋아하던 그의 본능의 충동에 이끌려 정신없이

"그럼 그 요하네스와 마알은 서로 참사랑을 합니다그려…… 네……?"

하고 영채 있는 눈을 방울같이 떴다. 효순은 이때 미미히 웃으며

"소련 씨, 사랑하게 되는 것이 아닙니다. 우리는 과거와 미래를 통해서 한 이상을 세우고 거기 합당한 것을 사랑하는 것이고 하던 것입니다. 그러나 그러한 이상적 사랑은 사람들에게는 흔하지 않을 뿐 아니라, 그렇게 사상의 공명이 있고 정신상

* '그윽이'의 방언.

위안이 있으면 용해서는 헤어지지 못할 인정이 생길 것입니다. 그 각본 속에 인정 교환은 조선의 상태에 비하면 훨씬 화려하지만 무엇인지 그 요하네스가 구도덕의 지배 아래 그 몸을 꿇리게 되는 사정은 조선에 흔히 있는 사실입니다. 말하자면 우리는 이제 움 돋는 싹이고 그들은 자라나는 나무라고 하겠지요."

소련은 한참 머리를 숙이고 생각하다가,

"그럼 사람은 애써서 사랑을 구하거나 잃어버린다고 말할 수 없지 않습니까? 또 우리가 더 자라나서 꽃필 때까지 기다리더라도 결국 요하네스와 마알의 사이 같은 슬픔도 끊어지진 못합니까. 그때에는 또 새로운 비극이 생길 터인데요."

"네, 소련 씨, 사람이 사랑을 구한다거나 잃는다는 것은 거짓말입니다. 사람은 자기 자신 속에 사랑을 가지고, 어떤 대상으로 하여금 그것을 눈 깨우게 되어서 결국 분명한 생활의식을 가지는 데 불과한 일이니까요. 또 말씀하신 외로운 사람들 속의 비극 같은 것은 물론 어느 곳에서든지 사람 자신이 그 운명을 먼저 짓고 이 세상을 지배해나가게 될 때까지 또, 세상에 모든 사람들과 결탁해서 사는 것을 폐지하기까지는 면치 못할 일입니다."

"그래서 그 요하네스―"

하고 소련은 무엇을 머뭇거리다가

"그 요하네스도 구도덕의 함정에 빠져 멸망합니까. 저는 철학을 모르니까 그이가 아는 다윈이라든지 헤겔의 학설은 분명히는 모릅니다마는, 그 마알이라는 여학생은 아주 그이의 학설에 그이의 모든 것을 다 아는 인정에 절대로 공명이 됩니다그려. 아주 헤어지기는 어려운 사이가 되는 거지요."

"네―"

하고 효순은 좀 이상한 듯이 머리를 돌리다가 대답한다.

"그…… 요하네스는 이상적 동무를 만났습니다. 그러나 반드시 같이 살 수도 없고 그것은 고사하고 그 동무를 하루 이틀 더 위로할 수도 없지요. 그래서 그 동무는 가는 곳도 아니 가리키고 가버리지만 한 가지 이상한 말을 남기고 갑니다. 즉 두 사람이 헤어져 있지만 한 법칙 아래서 한뜻으로 살아나가자는 것이지요. 그들은 같은 학설을 믿으니까 그 학리에 적합한 행동을 해서 여러 가지 똑같은 사실을 행해나가면서 살자는 것이지요. 그렇지만 그 요하네스는 그 극렬한 육신의 감정을 오히려 장래 오랜 믿음을 믿겠다고는 생각지 않고 호수에 빠져 죽지요. 참 외로운 사람입니다."

하고 효순은 또다시 하늘을 쳐다보았다. 은순도 덩달아 쳐다보았다. 그러나 소련은 무릎 위에 손길을 내려다보다가

"그럼."

하고 '럼'이란 자에 힘을 넣으며

"그…… 요하네스는 믿음을 가지지 못할 사람입니까."

"아니."

하고 효순은 소련을 향하여 다시 힘 있는 시선을 던지며

"그렇지도 않을 테지만 사정이 마알보다, 더 난처하였습니다. 누구든지 괴테가 아니라도, 회색 같은 이론을 믿지는 못하고 생기 있는 생활을 요구하겠지요."

하였다. 이때 소련은 대리석상에서 생명을 불어나오는 듯이, 자기도 무의식하게

"그럼 그 요하네스는 그 목숨으로 어려운 문제를 해결해버렸습니다그려. 그러나 마알은?"

했다. 효순은 이 말을 가장 흥미 있게 대답하려는 듯이,

"오—"

하고 입을 열다가

"이 차 다 식습니다."

하는 은순의 말소리에 그 아내의 존재를 아주 잊었다가 비로소 정신 차려서 그를 걸핏 쳐다보고

"참!"

하며 이야기하노라고 말랐던 목을 축이었다.

"그 마알은 생활을 어찌 못할 경우를 당해서."

하고 책장을 뒤지다가 한곳을 찾아놓고,

"아닙니까. 공부해서 공부해서 그야말로 옆눈도 뜨지 않겠다고 했구먼요. 그러니까 종래 학리를 구하러 길 떠나는지 또 괴로움을 잊으려고 책으로 얼굴을 가리려는지 작자의 본뜻은 분명히 모를 일이지만 종래 길 떠나지요."

하고 말끝을 이었다.

이때 소련은 난처한 듯이

"그럼 그이들은 서로 다른 것 같지 않습니까? 요하네스는 더 앞서지 않았습니까? 또 마알은 요하네스를 절대로 믿지는 못하는 것 아닙니까? 그렇

지 않으면 마알이 더 많이 요하네스보다 발전성發
展性을 가졌던지요?"

하고 어린 생도가 선생에게 묻듯이 물었다.

"아니요, 그들의 환경이 달랐습니다. 그 두 사람
은 누구나 똑같이 같이 생활해나가기를 바랄 것이
지만 마알은 아마 심령心靈의 세계를 완전히 믿을
뿐 아니라 또 요하네스에게는 구도덕이 지은 대상
이 달리 있었으니까 마알은 자기가 아니라도 요하
네스는 그 옛날에 돌아가 생활할 줄 믿었겠지요.
그러나 그 고향의 따뜻함을 안 이상에야 어느 목
숨이 또다시 무미한 쓸쓸한 생활을 계속하려고 하
겠습니까. 작자는 거기까지 쓰고는 막음을 했지
만⋯⋯"

하고 말끝을 그치고 그 앞에 놓인 과자를 집었
다. 그러고 나서

"소런 씨, 사람은 절대로 누구와든지 꼭 육신으
로 결합해야만 살겠다고는 말 못할 것입니다. 그
것은 정을 유통시켜 보지 못하고 이 세상을 대항
하여 발전이라는 것을 모르는 사람에게는 능할
것이지만 우리는 한 대상對像을 알므로 그 주위에
모―든 것까지 곱게 보지 않습니까. 단지 그 대상

으로 인해 얻은 생활의식이 분명한 것만 다행하지
요. 하지만 여자의 경우는, 오히려 요하네스에 가
까우리라고 해요. 더군다나 조선 여자는 그렇지만
그것이 옳은 것은 못 됩니다."

하고 생각 깊은 듯이 소련을 바라보았다.

7

소련의 그 얼굴은 해쓱하게 변했다. 그는 입술
까지 남빛으로 변했다. 은순은 가만히 앉았다가,
차를 따르러 탁자 앞으로 가서 그 앞에 걸린 거울
속을 들여다보다가, 자기 눈에 독기가 띠운 것을
못 보고, 효순이가 소련이와 숨결을 어우르듯이
하던 이야기를 그치고 모―든 것이 괴로운 듯이
뜰 앞을 내려다보는 것을 보았다.

이때 두 사람은 뒤에서 반사되어 비치는 시선을
깨달으면서 똑같이 뒤를 돌아다보았다. 이때이다.
두 지식미를 가진 얼굴과 다만 무엇을 의심하고
투기하는 듯한 얼굴이 뾰족하게 삼각을 지을 듯이
거울 속에 모두었었다.*

이 한순간 후에 검은 보석을 단 듯이 해쓱해진

소련의 얼굴이 머리를 돌리며

"형님, 그 찬장 안에 고구마 구운 것이 있으니 내 놓아보세요. 내 손으로 아무렇게 해서 맛이 되잖았지만……"

했다. 은순은 그 말에는 대답 없이 차관은 갖다가 소련과 효순 사이에 놓고 자기 방으로 들어가서 드롭스 봉지와 초콜릿 봉지를 들고 나와서 목판에 담고 또 꺼리운 듯이 주춤주춤하다가 찬장에서 고구마 구운 것을 꺼내었다.

이 찰나에 계란 탄 냄새와 버터와 젖 냄새가 단 향기를 지어서 봄빛이 쪼인 고요한 마루 위에 진동하였다. 은순은 그 맛있어 보이는 것을 도로 들이밀어 버리려는 듯한 솜씨로

"이것 잡수세요?"

하고 목이 메어서 물었다. 효순은 말없이 미미히 웃으며 은순을 바라보고 소련을 바라보고 고개를 돌려 하늘을 쳐다보았다. 소련은 은순의 불쾌한 낯빛을 미안히 바라보고 숨결 고르지 못하게

"그까짓 것 그만 넣어버리세요."

* '모두다'는 '모으다'의 방언.

하고 말해버렸다. 은순은, 소련의 말대로 내놓던 것을 들이밀어 버리고, 다시 앉았던 자리로 와 앉았다.

하늘은 맑은 웃음을 띠고 나즈레하게 사람들의 생각을 돌보는 듯이 개어 있었다. 뜰에는 모락모락 김이 오르는 땅 위에 앉은뱅이와 멈둘레*가 피어 있었다. 화단에는 한 뼘이나 자란 목단과 또 두어 자나 자란 파초가 무엇인지 채 알지도 못할 꽃이파리들 가운데서 고요한 봄바람에 한들거리고 있었다.

차와 과자는 봄날 대낮의 남향한 마루로 들이쬐는 볕에 엷은 김을 올리면서 이 세 사람의 기억에서 떠나 있는 모양이었다.

그러나 한참 만에 은순은 이 고요함을 깨트리고 그 목멘 소리로

"차를 잡수세요."

하고 권했다.

하늘을 쳐다보고 땅을 굽어보던 두 사람은 듣는지 마는지 무슨 똑같은 생각을 같이하는 듯이 정

---

* '민들레'의 방언.

밀한 그들의 얼굴에는 조그만 잡미雜味도 섞여 보
이지 않았다.

이때였다. 무엇인지 효순과 소련 사이가 가까워
지고 은순과 소련 사이가 동떨어져 나간 듯이 생
각된 지가…… 우리는 지금까지 이 세상에서 모든
붙었던 것들이 떨어지는 것을 보고 모든 떨어졌던
것들이 붙는 것을 본다. 우리들의 먹는 떡과 김치
와, 과실과 고기를 생각할 때에도…… 또, 그렇다!
우리는 매일같이 그런 것을 안 볼 때가 없다. 그러
나 우리는 거기서 서로 헤어짐이 없는 나라를 짓
고 나라를 깨트리지 않을 경우를 지으려 한다. 하
나 우리는 매일같이 헤어지며 만나는 동안에 매일
같이 변함을 본다.

필경 육신과 영혼을 양편으로 가진 사람들은 약
함을 끝끝내 이기진 못하고 운명에게 틈을 엿보여
서 나라를 깨트리기도 하고 경우를 잃기도 해서 동
서에 울고 웃게 되며 남북에 헤매게 되는 것이다.

여기 이르러 소련의 운명은 그 갈 곳을 확실히
작정했다. 효순이가 와 있는 며칠 동안은 은순은
투기와 의심으로 날을 보내고 애덕 여사는 혹독한
감시를 게을리하지 않았으며 그중에 소련의 적모

는 서울 구경을 핑계하고 올라와서 이 여러 사람
들의 눈치에 덩달아

"제 어멈을 닮아서 행실이 어떠할지 모르리라."

고 말전주했다.* 효순은 난처한 듯이 동정 깊은
눈치를 소련에게 향할 뿐이요, 침묵을 지키게 되
었다. 이보다 전에 소련과 효순은 모―든 행동을
서로 비추어 하게 되고, 모든 의심을 서로 물으며,
모―든 것을 또 명령적으로 대답하며 모―든 행
동을 서로 복종하였다. 이러한 며칠 동안을 은순
은 눈물을 말리지 못하고 애덕 여사에게 자주 무
엇을 속삭였다.

이에 애덕 여사는 효순에게 정중한 행동을 취하
며 속히 소련의 혼인을 작정하려고 급한 행동을
했다. 이 틈에 효순은 소련에게 또다시 안 체 만 체
한 행동을 했다. 그리고 속히 동경 갈 준비를 했다.
그런 중에 또, 송도성이란 그의 부친은 시골서 올
라와서 효순을 그 여관으로 데려가버렸다. 소련은
꿈과 같이 그리운 사람과 며칠 동안을 기껍게 생활
했다. 하나 모―든 것은 꿈같이 지나가버려졌었다.

---

* 말을 좋지 않게 전하여 이간질하다.

8

소련은 그 고모와 적모의 위협에 급히도 최병서
와의 혼례를 허락하였다.

애덕 여사는 다시 효순에게 상냥한 태도를 보였
다. 소련은 다시 나날이 수척하여졌다. 은순의 낯
빛은 편안하여졌다. 그러나, 효순의 낯빛은 거슬
림과 비웃음과 날카로움으로 충만되어 있으면서
도 제일 온화한 행동을 낙종하는** 듯했다. 애덕
여사는 힘써서 최병서를 그 집으로 이끌어들였다.
병서는 흔한 금전으로 나이 먹은 여인들의 환심을
사버렸다. 병서는 문안에 이를 때마다, 영복이란
여인까지 그를 대환영하였다.

병서는 효순과 기껍게 사귀려고 하며

"학사! 이 학사!"

하고 빈정거렸다.

최 씨는 그 검은 얼굴에 크림을 칠하게 되고, 그
거센 머리에 기름을 빼게 되어서 효순의 모양을
본떴다. 효순의 창백한 고상한 얼굴과, 병서의 구

***

** 마음속으로 받아들여 따라 좇다.

릿빛 같은 심술궂은 얼굴은 서로 맞지 않는 뜻을
말해보려 하였으나 순하고 게다가 아무런 구속도
받기 싫어하는 효순은 아무 편으로든지 건드려지
지 않고 애써 타협하려 하였다.

그러면서, 동경서 명치대학 법과를 졸업한 병서
의 학식을, 더 위없이 높이 알아주는 듯하였다. 그
러고 그의 버릇인 하늘을 쳐다보는 표정은 고치지
않았다.

그러나 저는 이따금씩

"사람이 그 주위에서 조화를 깨트리지 않는 사
람만 가장 행복될 것이고, 또 훨씬 넘어서서 모—
든 것을 깨트리고도 능히 세울 수 있는 사람만 위
대하다고 설명했다. 또 사람이 어울리지 않는 대
상을 요구하는 것은 도적과 같지만 사람은 사람
자체의 생활의 시초를 모르느니만치 그 생활을 스
스로 시작하지 못했을 터이니까 전부 책임질 수가
없어서 노력만이 필요하다."

고 이야기했다.

병서는 효순의 말을 이학자의 말 같지 않다고
비웃었다. 그래도 효순은 아무 말 없이 하늘을 쳐
다보고 말았다.

소련은 차라리 이 괴로운 날들을 어서 줄여서 속히 병서의 집으로 가기를 원했다. 그러나 그 역 그 뜻대로 되지 않아서 그는 아무의 눈에든지 보이도록 번민했다.

그다음에 효순은 일본으로 떠나면서 섭섭해하면서도 말은 못하는 소련을 뒤뜰로 끌고 가서 이 같은 말을 남겼다.

"소련 씨, 우리들이 한때에 이 지구 위에 살게 된 것과 또 이렇게 사귀게 된 것만 행복됩니다. 이제 우리는 서로 알았으니까 서로 의식하며 힘써서 같은 귀일점에서 만나도록 생활해나가는 것만 필요합니다. 이후에 소련 씨는 최병서 씨와 단란한 가정을 지으시겠지요. 또, 우연치 않은 기회로 영영 잊히지 못하도록 맘이 맞던 한 동무가, 어디서 당신과 똑같이 고생하며 힘쓸 것을 잊지 않으시겠지요. 자— 유쾌하지 않습니까. 우리에게는 요하네스와 마알에게 오는 파멸은 없습니다. 자— 우리는 우리가 연구하는 화성이 우리의 지구와 같다고 생각하면 얼마나 반갑습니까. 또 통행해지겠다고 생각하면 얼마나 놀랍습니까. 하나 시간이 홀로 해결할 권리를 아끼지 않습니까. 다만 사람은 그

동안에 힘쓰는 것만 허락되었습니다."

하였다. 소련은 이때 그 가슴속으로 넘쳐흐르는 친함을 억제하지 못하고 그 앞으로 가까이 서며

"오— 오라버니."

하고 부르짖었다. 효순은 얼굴을 돌리고

"누님."

하고 먼저 돌아서서 앞뜰로 왔었다.

이때는 마침 봄날 오후이라. 하늘 위에서는, 종다리가 한 있는 대로, 감정을 높여 먼 곳으로부터 울어댔다.

그 뒤에 소련은 모—든 일이 맨 처음부터 있었던 듯이 또 모—든 것이 없었던 듯이 최 씨 댁으로 와서 살게 되었다. 그러나 믿음을 가지지 못한 병서는 소련을 공경은 할 수 있지만 사랑은 할 수 없노라고 하면서 마음 내키는 대로 계집을 상관하고 집을 비웠다. 그러고도 부족한 것이 많은 사람처럼 애써서 가정일을 힘쓰는 소련을 학대하기도 부끄러워하지 않았다. 그런 중에 또 병서의 모친은 이따금씩 와서 그 아들의 애정을 소련 때문에 앗기운 듯이 소련을 들볶았다. 그러나 소련은 참고

일하고 공부하고 모든 것을 사랑하고, 사람들의
성격을 부드럽게 하며 살아왔다.

그러나 그 후에도 은순이와 애덕 여사에게 우연
히 의심을 받게 된 소련은 서울 가더라도 효순을
만날 수 없었다.

그 후에 효순은 박사가 되었다. 또 인천측후소
속에 숨어서 연구를 쌓았다. 그러나 들리는 말이
그 부인과 불화해서 독신을 지키며 여자들을 피한
다고 했다.

그 소리를 들으면서 소련은 더욱 자기의 노동勞
動과 수학修學과 사랑博愛을 게을리하지 않았다. 그
러던 것을 그는 이 밤에 이런 생각에 붙들리고 또
강연하러 온 효순의 음성을 그 담 밖에서 애달프
게 들었다. 그는 여름밤이 깊어갈수록 온몸을 떨
었다.

그러나 지루한 뒷생각이 그를 잠들게 해서 몇
시간이 지난 뒤에 그는 잠자던 숨결을 잠깐 멈추고
눈을 번쩍 떴다. 여전히 병서는, 들어오지 않은 모
양이었다. 이때에 모든 없던 듯하던 것이 있었다.

너른 삼간 방 속에, 그의 취미는 얼마나 부자유
한 몸이면서 자유를 바랐던고?!

아랫목 벽에 걸린 로댕의 〈다나이드〉를 사진 박은 그림이며 머리맡에 롱펠로의 「삶과 노래」란 영시英詩를 흰 비단에 옥색으로 수놓은 족자며 또 이름 모를 물새가 방망이에 붙들어 매여서 그 자유인 오촌五寸가량의 범위를 못 벗어나고 애쓰는 그림이 어느 것이나, 자유를 안타깝게 바라는 소련의 취미가 아니랴. 이런 것들을 뒤돌아보는 소련의 마음이 어찌 대동강의 능라도를 에두른 이류二流가 합쳐지지 않기를 바라랴. 흐름은 제방堤防을 깨트린다!

그러나 그런 때에 그 뒤로서는 유전遺傳이다 간음이다 할 것이다.

이때의 자유를 얻은 사람의 쾌활한 용감함이 무엇이라 대답할까?

'너희는 무엇을 이름 짓고 어느 이름을 꺼리며 싫어하느냐. 그중 아름다운 것을 욕하진 않느냐' 하지는 않을지? 누가 보증하랴. 누가 그 부르짖음을 막을 만치 깨끗하냐. 어떤 성인聖人이 그것을 재판하였더냐.

소련은 머리를 끄덕이며 보이지 않는 신 앞에 허락했다. 컴컴하던 하늘은 대동강 위에 동텄다.

소련이 이 밤이 새인 이날에 그 회당까지 가서 효순의 강연을 들을 것과 감동할 것은 당연한 일이고 또 그렇든지 말든지 영원한 생명에 어울려, 샘물이 흐르듯이 신선하게 살아나갈 것은 떳떳하겠다 보증된다.

그는 이날이 새어서도 최병서의 집인 그의 집에서 모든 생명을 거누고 내놓을 것이다. 누가 그 집의 참주인인지 누가 모르랴.

집주인은 건실하고 온화하고 공경될 것이다.

그러고 힘써서 '때'를 기다리는 것은 생활해나가는 사람의 본능이라 하겠다.

그들의 세상에는 은순이가 없고 병서가 없고 애덕 여사도 없을 것이 당연할 일이다.

(일천구백이십사년 십일월 이십구 일 개고)(고통 중에 간신히 탈고)

『생명의 과실』, 1925.*

---

* 이 작품은 처음 《조선일보》에서 1924년 3월 31일부터 4월 19일까지 연재되었다.

소설

*

외로운 사람들*

* 이 작품은 처음 《조선일보》에서 1924년 4월 20일부터
6월 2일까지 연재되었다. 단, 4월 27일(8회), 4월 29일(10회),
4월 30일(11회), 5월 1일(12회)자 연재분은 원본 누락으로
본문에도 빠져 있으며, 4월 28일자(9회)는 원본 일부가 손
상되어 있다.

1

일천구백이십삼년 사월 초순의 일요일이었다.

순희는 이틀이나 가슴을 앓고 나서 복잡하게 틀던 머리를 아주 손 가볍게 틀고, 온 가족들이 다 외출한 동안에, 혼자 집을 지키듯이 마루 끝에 멀거니 앉았다.

봄볕이 솜 같은 구름을 띄운 파란 하늘에서 땅속까지 기어들려는 듯이 흙 위에 내리비친다. 그는 가벼워진 듯한 그의 머리를 들어 하늘을 쳐다볼 때 심장(염통) 모양으로 엉긴 하얀 구름이 가볍게 떠서 그의 앞을 향하고 오는 듯한 것을 유심히 바라보면서, 말할 수 없이 고요한 웃음을 그의 다물고 있던 입모습과 밤 강에 잠든 물처럼 정열이

가라앉아 보이는 두 눈머리에 떠었다.

그 구름송이는 점점 하늘 복판에서 순희의 집 뜰 복판을 내려다보는 듯하더니 어느덧 뜰 가장자리를 향하여 펼쳐지며 연기가 헤어지듯 그 모양을 변했다.

순희는 위를 쳐다보기에 피곤하여진 머리를 땅 위에 향해서 숙였다.

김이 아른아른 오르는 양지쪽에, 어느 틈에 이름 모를 풀이 싹을 내고 있었다. 그는 한 작은 생명의 자라남을 보고, 한없이 보드러워지는 것을 느꼈다. 그리고 움 돋아 나오는 싹이 눈에는 보이지 않을지라도 일 초마다, 아니 일 분마다 미묘하게 무럭무럭 자라날 것을 생각해보았다.

볕이 점점 따뜻하게 땅 위를 내리쪼일수록 순희의 생각이 점점 바스라져 나가게 되었다.

분자가 원자로 갈려나가듯이, 갈리우는 마음을 현미경 속에 넣어보았다. 보기에 이십이 넘은 지 몇 해가 되어 보이지 않는 얼굴은 칼날 같은 날카로움을 보이면서도 퍽 외로워 보이는 탓에 새파란 날이 서 보이지는 않고 도리어 오똑한 콧마루 위에서 입모습을 흘러내린 선線이 한없이 애처로워 보인다. 그 도들낙한 눈썹 밑에 잦아들어 간 긴 눈은 일찍이 온 세상을 태워버리고도 부족했으리라는 의심이 일어나지만 지금은 빛을 감추고 눈물이 떨어질 듯이 윤택해 보인다.

쾅, 하는 오포✱ 소리가 그의 생각을, 다시 모두었다. 그는 소리를 내어서

"어멈, 어멈."

무슨 급한 일을 시키려는 듯이, 불러본다.

"……"

그래도 아무 소리도 들리지 않는다. 다만 안국동 길거리로 지껄이며 지나가는 많은 사람들의 뜬 발소리뿐이다. 그는 좀 무시무시함을 깨닫는 듯이 몸을 일으켜서 사방을 둘러다 보았다. 그는 그 바로 등 뒤에 있는 자기 방문을 열려고 하여도 무시무시한 기분이 눌리어서, 그 몸이 돌려지지 않는 것 같다. 그는 머리를 숙이고, 다시 뜰을 내려다보다가 그것도 무시무시한 듯이, 두 무릎을 쪼그리고 그 위에 두 팔로 머리를 얼싸서 굽혀놓았다.

그것은 두려운 그것을 없이하려는 것이었다.

✱ 낮 열두 시를 알리는 대포.

마침, 안국동 거리로 난 대문으로 발걸음 소리가 가만가만 그의 귓가를 간질였다.

"언니 또 아프우, 저— 회당에 가니까 모두들 언니 병이 어떠냐고 물어요. 저— 그리고 큰오빠도 점심 먹고 이리 온다고."

순희는, 비로소, 머리를 들고, 그 동생을 바라다보고 가만히 웃었다.

"아이 언니, 어쩌면 그렇게 내가 들어오는데 모른 체하고 있수?"

"나 혼자 있으니깐 어찌 안되었는지."

그는 변명같이 웃으면서 요사이 날마다 뺨이 밝아가는, 그 동생 금희를 바라보며 말했다.

"아이."

하고 금희는 다시 그 형의 어깨를 툭 치고

"왜 작은오빠는 안 왔소. 아침에 작은오빠 집에 갔더니 오겠다구 하던데, 거짓말쟁이."

순희는 금희의 말을 탐탁히 듣지도 않는 듯이 한번 웃어 보이고, 다시 고개를 숙이고는 눈을 감는다.

"언니, 또 아프우?"

"아니."

좀 귀찮은 듯이

"그저 좀 곤한 것 같아."

하고 무릎 위에 엎드린 채로 대답해준다. 금희는 좀 쓸쓸하다는 듯이 어깨를 주뼛주뼛해 보다가 앞 대문간을 향하여 마주쳐 나갔다. 그리고

"시방이야 오세요, 작은오빠. 거짓말쟁이!"

한다. 뚜벅뚜벅 서슴잖는 걸음걸이가 금희의 날뛰어보고 싶어 하는 발소리와 번갈아 들린다.

2

순희는 비로소 머리를 들면서

"오, 무엇하느라고 한 번도 안 왔었니, 얼굴이 좀 수척했구나."

하고 그 동생 순철이가 온 것을 반가워한다.

순철은 늘씬한 몸맵시를 순희의 앞에 와 세우고 무테안경을 통해서, 그 유순한 검은 눈으로 웃으며

"누님 몹시 야위었구려, 인제 쾌차하세요."

하고 미안한 빛을 띠우고 인사했다.

"참, 작은올케도 앓았다지."

순희는 미안해하지 말라는 듯이 그 동생에게 말

했다.

"네—"

하고 순철은, 한숨과 어울려서 대답을 하고

"어머니는 어디 가셨어요?"

하고 다시 묻는다.

"모르지, 어머니야 밤낮 나가시니까."

순희는 심난한 듯이 말을 하고 다시 가슴을 움켜잡으면서

"어머니도 재미야 없으시겠지……."

하였다. 순철은 한참 멍히 생각하다가

"아버지는 한 달에 한 번도 오시는지 마는지 하시지요."

"그래."

하고 순희는 머리를 숙였다. 금희는 어느 틈에 수건에 비누를 싸가지고 나와서 비쭉비쭉하며

"다 이따 어머니 오면 이를 테니 보아— 모두 내 말하는 것은 대답도 아니 하고 저희들끼리만 뭐라고 뭐라고."

"금희야, 올해 너 몇 살이냐?"

순철이가 좀 놀리듯이 말했다.

"몰라, 일흔 살."

하고 금희는 비틀비틀 급히 고무신을 끌고 나가
면서 대답했다.

"우스운 애도 있지. 저 애가 도무지 이해상관을
모른단다. 큰올케가 한 말을 서모에게 가서 하기
도 하고, 서모가 한 말을 작은올케에게 가서 하기
도 해서 지난겨울에는 온통 싸움을 일으켰었단
다."

"글쎄 그랬더랬지요. 금희가 올해 열일곱 살이
지요. 비교적 키가 작아서 어려는 보이지만, 걸음
걸을 때도 어찌 익살맞게 걷는지 사람들이 다 유
심히 보아요. 아이, 모두 근심이에요. 멀리서는 집
에만 오면 마음이 시원할 것 같더니 와보니 어디
그래야지요."

"글쎄, 아버지가 더러 집에도 좀 오셔서 보살펴
주시면 이 지경까지는 안 가겠지만."

여전히 가슴을 움켜잡고, 뺨을 붉히면서

"다, 내 탓이지. 꿈 가운데서 헤매어본 탓이지.
그 때문에 부모도 잃고 동생들을 만나도 볼 낯이
없고."

순희는 어느덧 뜨거운 눈물을 뚝뚝 떨어뜨리고
있었다.

"그런데 요새는 못 만나시죠. 요 일전에 필운동 가다가 만났어요. 작년보다는 신색이 나아졌던데요."

순희는 순철의 입에서 떨어지는 의외의 말을 듣고 눈을 둥그렇게 뜨면서

"너 아니?"

하고 놀라운 듯이 묻는다.

"저는 알지요, 저편에서는 몰라도."

하고 은근히 말한다.

"그건 왜 알았니. 누가 가리키더냐."

급히 말을 채지고 나서 순희는 허덕허덕 숨이 찬 듯이 두 손으로 가슴을 다시 누르고 있다.

"금희가 연전에 책사에 같이 가는 길에, 가리키더구먼요. 얼굴에, 좀 근심을 띤 듯한 이지요. 그러고는 작년에도 만나고 올해도 만났지요. 만날 때마다 아주 모르는 사람을 만난 것 같지는 않아요. 나는 그런 사람들을, 제일 친하고 싶어 하지만……"

순희는 급히 얼굴을 찌푸리고 한 손을 가슴에서 떼면서 그 동생에게 손짓을 해 보인다.

"그만두어라, 그 이야기는."

순철은 잊었던 것을 생각해내는 듯이 물끄러미 그 누이의 얼굴을 들여다보다가 놀라면서,

"가슴이 아프세요. 그럼 다른 이야기를 합시다. 네― 누님, 나는 누님하고 이야기하기가 그중 좋아요. 그런데, 아버지께서 나희준의 집 돈은 다 갚으셨나요. 그 집 때문에 누님이 정택 씨와 친해지는 것을 꺼리지요."

하고 묻는다.

3

"글쎄 그런지도 모르지만 그 이야기는 그만두어라."

하고 그 동생을 나무라듯이 바라보다가,

"이번에는 내 이야기를 꺼내마."

하고 웃으면서

"네가 지난겨울에 여순*서 편지를 바꾸어 보낸 이야기를 응 너는 듣기 좋으냐, 너는 사람이 제일 점잖으면서도 호기심이 제일 심하더라."

* 뤼순. 중국 랴오둥반도의 항구 도시.

하고 괴롭게 웃었다. 순철이도 웃으면서

"아―참, 그때 혼났어요. 제일 그 편지를 형님이 보시면 큰일 날 것이라고 생각했어요. 형님은 안 보았어요."

"응, 오빠는 안 보았지. 해도 오빠가 날더러 자꾸 읽으라고 그래서, 나는 무슨 편지랴 하고 의심도 하지 않고 읽기를 시작했겠지. 그러다가 이상해서 그치려고 하니깐 오빠가 술에 취해서 생전 말을 듣니? 읽어라, 읽어라, 얼뜬 자식. 아직 이십이 된지 만지 한 녀석이 아무리 전문학교는 졸업한다지만 계집에게 편지를 다 하고, 하하 하면서 온통 야단이 났었단다. 그러니까 어머니께서 무슨 일이냐고 물으시더니 내 손에서 편지를 뺏어서 찢어버리면서 오빠를 나무라시더군!"

"뭐라고."

"뭐라긴, 남의 흉을 드러내더라도, 감춰줄 텐데, 어쩌면 동생끼리 그러냐고 우시며 야단이 났었지."

이때 마침 총총걸음으로

"아씨, 빨리 내놓아주십쇼. 아이 일가 댁에 갔더니 늦었지요. 마님께서, 일찍 시작해서 오늘 해 안으로 말리라고 하셨는데 이렇게 늦어서."

　기―다랗게 늘어놓으면서 행랑어멈이 들어왔다. 뒤미처 상철이가 그 어린 딸을 이끌고 들어오면서,

　"여기 왔었군. 저 저 오늘 예배당에서 최 목사를 만나 이야기했더니 방금 ××중학교에 이과 선생이 없어서 구하는 중이라고, 마침 잘되었으니 금명일간,* 의논해보겠노라구 하더군."

　"오빠 올라오시오, 일순아 올라오너라."

　하고 순희는 지금까지 순철이를 뜰에 세워두고 이야기하던 것을 몰랐다는 듯이 급히

　"순철이도 올라와, 다리 아프지."

　하면서 총총히 일어나 골방에서 빨래 보퉁이를 내어다가 어멈에게 준다.

　상철이와 순철이는 직업을 얻으리란 말을 하고 이야기하고 있었다. 무엇인지 순철이는 흥미 없는 얼굴을 하고 그 형의 말을 따라서

　"네, 네."

　하기도 하고

　* 오늘과 내일 사이.

"그렇지요."

하기도 할 뿐이었다.

금희가 보얗게 화장을 하고, 젖은 세수수건을 뭉쳐 들고 돌아왔다. 상철이는 마루 위로 올라가서 양지쪽으로 펴고 앉으며

"금희, 예뻐졌구나."

하고 놀리었다.

"오빠, 봄이니까."

하고 멋없이 웃으며 날뛴다.

"저 애가."

순희는 입이 쓰다는 듯이 금희를 업신여기는 눈으로 바라보았다.

"금희야, 말을 좀 삼가라, 그런 말을 어서 배웠니."

순철이도, 기가 막히는 듯이 꾸짖었다.

"망할 애."

하고

"가만두어라, 왜 어린애를 기를 못 펴게 하니."

하고 순희를 누르는 듯이

"그 애 걱정은 마라."

하며 상철이가 순희와 순철에게 반항을 일으켰다.

"아가씨 치마에, 송충이가 기어올라요."

하고, 부엌에서 잿물을 끓이던 어멈이 나무를 꺾다 말고, 뜰로 나오면서 금희의 검정치마에 기어오르는 송충이를 손으로 떼었다.

"어멈, 그 송충이를 불에 넣어, 응 그것도 불이 되게."

순희는 무엇인지, 눈살을 찌푸리고 얼굴을 돌리었다. 상철은 승리를 얻었다는 듯이

"순희 네가 아무리 금희를 미워하더라도 쓸데가 없구나, 눈이 다르게 생기고 말이나 적게 하는지는 모르겠다마는, 저 애가 누구를 닮은 줄 아니, 수작만 들어보아라. 벌레라도 불을 만들려는…… 저 애는 또 이제 어머니를 우리들하고 멀리하게 하려나 보다. 너는 아버지하고 우리하고 사이를 아주 떼어놓고, 장래 유망한 청년들을 버려놓았지만."

하고 순희를 면박했다. 순희는 급히 가슴을 다시 움켜잡고 방으로 들어갔다.

"형님, 그런 이야기를 누나더러 바로 하지 마세요. 가슴이 아프다니까……"

하고 순철이는 그 형의 뜻을 묻는 듯이 말했다.

"아―참, 그러면 대수냐, 다― 제 죄이지. 아버

지께서 우리를 그렇게 귀애하시다가* 저 괴물 때
문에 평양집에게 반해서 밤낮 너희 형제 너희 형
제 하고 비웃으시지 않니, 너더러 속히 직업을 얻
어서, 네 밥벌이를 하라는 것도, 다 정이 없는 탓이
다. 그리고 어머니가 밤낮 나가 계시는 것도, 저 순
희 때문에 기가 막혀서 그러시는 것이다."

4

"그래도 그 요물이 무슨 꾀를 피우는지 어머니
앞에서든지 아버지 앞에서든지 지금껏 형제들 중
에 제일 귀염을 받지. 그러니 잘못은 저 혼자 하고
미움은 우리가 대신 받으란 말이 어디 있니."

하고 원망한다. 금희는 새 옷을 갈아입고 나오
면서, 팔을 들고 우습게

"최 씨 댁 사형제 태평만세, 왜들 우리 언니를 나
무라우."

했다. 순철이는 그 자신이 오리무중에 헤매는
것을 깨달으며 그래도 금희를 나무라지 않고 내버

---

* 귀엽게 여겨 사랑하다가.

려두는 상철이를 이상스럽게 바라본다. 상철이는
도리어, 금희를 보호하는 듯이, 금희의 몸맵시를
보아주며

"그 치마는 너무 길다, 어디 가니."

하고 묻는다.

"야웅, 큰오빠는 내가 영순의 집에 가서 오라버
니 이야기나 해줄 줄 알지만, 아니라니까 좀, 그런
계집애하고는 놀지도 않아요."

하고 금희는 머리를 흔들며 머리채를 잡고, 대
문간으로 달음박질쳤다. 순철이는 보다가 민망한
듯이 머리를 긁으며

"참, 서울 안에도 불량소녀단이 생겼다지요."

하고 물었다. 상철이는 무안한 듯이 대문간을
바라보다가

"아이, 계집애도."

하고 어처구니없는 듯이 웃고, 멀거니 섰다. 금
희는 나가다가 다시 들어와서 이번에는 순철이를
보고

"옛날 같으면 부마 오빠, 청국 ××왕의 여섯째
딸, 알지 오빠, 응 아주 절색인데, ××학당 영문과
의 여왕, 아주 큰오빠 친구들이 봄 바다와 같은 눈

을 가진 여왕이라고 쫓아다닌다나. 오빠는 그래 그런 사람에게 사랑을 받으니까 나를 깔보시오. 어디 보오, 죄다 이를 테니."

순철이는 그 꼴을 두 번도 못 보겠다는 듯이 눈살을 찌푸리고

"금희야."

하고 소리를 질렀다. 금희는 대문 밖으로 뛰어나가면서

"에그, 에그 무서워."

한다. 순철은 입맛을 다시면서 속으로 '저런 애는 처음 보아. 한 동생이라도 우리하고는 아주 딴판이야. 누가 저렇게 악화해놓았을까' 하고 생각했다.

상철은 창피스러운 듯이, 왼 손끝으로 피아노 뜯는 모양을 하며 마루 끝을 두들기다가 일어나면서

"나가지 않으려나."

하고 순철의 의향을 묻는다. 순철은 아무래도 상관이 없다는 듯이

"형님이 나가시면 저도 나가지요."

한다.

"어디로 갈까. 동물원에나 갈까. 실상은 사막(구

락부*의 이름)에 가도 좋지만 아마 이렇게 일기가 좋으니까 한 사람도 구락부 안에는 붙어 있지 않을걸."

상철은 혼잣말같이 하고 마루 아래로 내려서며 어느 틈에 없어진 일순이를 찾노라고 사면을 휘둘러보다가 부엌에서 어멈하고

"어멈, 버러지도 불이 되지, 사람도 불이 되나."

하면서 이야기하느라고 쪼그리고 있던 일순이를 보고,

"일순아, 너는 아주머니 방에 가서 놀고 있거라. 내 과자 사다 줄게. 가서 고모더러 창가 가르쳐달라고 해라."

하고 일렀다.

순철은 그동안에 순희의 방에 들어가서 무슨 이야기를 하고 나오면서,

"누님, 저녁에 또 오리다."

하면서 분명하게 약속을 한다.

"그래라."

순희는 상철이가 싫은 듯이 내다보지도 않으면

* '클럽'의 일본식 음역어.

서 대답했다.

"순희야, 너도 가자."

상철이는, 잠깐 누이를 달래는 듯이 건성으로 말해본다. 그 소리에는 아무 대답이 없다. 다만 일순이가 부엌에서 나오면서

"아버지, 과자 많이 사 오세요, 일순이도 가요."

하고 두 가지로 조르는 듯이 말할 뿐이다.

상철이와 순철이가 나간 뒤에 일순이는 건넌방을 향하여,

"아주머니."

하고 불렀다.

"이리 들어와."

하고 순희의 목소리가 누워서 천장을 바라다보며 내는 것같이 게을리 들린다. 일순이는 건넌방으로 들어갔다.

그럴 동안에, 순희의 모친이 돌아오고, 일순 어머니가 오고, 순철의 댁까지 와서 한집에 모였다. 그래도 순희는 누운 채로, 얼굴을 보이지 않는다. 먼저 그 오라버니의 원망에 대단한 노염을 품은 듯하다. 큰방에서는 딴살림살이를 하는 시어머니와 며느리들이 집안 형편 이야기를 때 가는 줄 모

르고 한다. 최 씨 댁이 그 서모 때문에 망할 것이라
는 이야기와 아버지가 자식들에게 냉정하다는 이
야기를 건넌방에서 듣기에도 머리가 아프도록 지
껄인다. 더 참을 수 없는 듯이 건넌방에서 순희가

　"어머니, 어머니."

하고 급하게 불렀다.

5

　그 소리에 잊어서는 안 될 것을 잊고 앉았었다
는 듯이 순희 어머니가 부대한 몸집을 옮겨서 건
넌방으로 건너온다. 그 뒤를 쫓아 순희의 오라범
댁들도 건넌방으로 모였다. 순희의 모친은 이십이
넘은 그 딸에게, 지금껏 '애기'라고 부른다. 무엇인
지 순희의 모친은 모―든 정신을 순희에게만 들이
고 사는 듯싶도록, 그가 말 두 마디만 해도 반드시
그 말끝에는 '우리 애기'를 넣는다. 그 모양이 며느
리들 눈에 가시가 나도록 미워 보이지만, 그 모친
은 일향 돌아보지도 않고, 너희들도 애기를 위해
서 살아야 한다는 듯이

　"애기야 잘난 사람이지. 그렇게 아무 소리도 없

이 누웠지만 세상 경륜이 그 속에 다— 들었어."

하고 더 말할 여지가 없이 귀동(순희의 어릴 때 이름)이를 내세운다. 그 주인 최 승지도 그 딸을 심히 사랑해서 전에는 그 친구들에게도 지나치게 딸 자랑을 했지만, 지금부터 삼 년 전에 순희가 사회주의자 정택이라는 청년과 연애 사건이 있은 후로, 그 딸의 일에는 입을 다물고 있을 뿐 아니라, 그것을 핑계 삼아서 기생첩을 들어앉혔다. 보기에 순희의 집 가권은 기생첩을 들어앉힌 그 부친에게 있지 않고 순희를 위하여 사는 듯한 그 모친에게 있는 듯싶다.

순희의 어머니는 퍽 복성스러운 얼굴과 몸맵시를 가진 오십 세쯤 된 부인이다. 그 아버지가 아들 형제에게 좀 냉정히 하는 것도, 실상은 그 모친이 그 부친에게 며느리들의 흉을 보는 탓이라고 의심날 만하게 한다. 또 그런 이가 그 남편이 첩을 두어도 싫은 얼굴 한번 아니 하는 것은, 반드시 그 풍부한 사랑을 다해서 순희를 얼싸려고 하는 것 같다. 그런고로 어머니나 아버지의 사랑에 충분히 적시우지 못하는 줄 아는 아들과 며느리들은 여러 해 전부터는, 귀동(순희의 일명)이를 원망하느라고 말끝마다 비웃어보려 했다. 그러하던 오랜 보람이 순희의 연애 사건 이후로 표면에 나타나게 되었다. 그것은 그 부친이 순희의 연애 사건이 있은 후로는 한집에 살 수가 없노라고 아들들은 딴살림을 시키고, 자기도 삼십이 넘을락 말락 한 젊은 첩을 들여서 다옥정에 집을 사고, 살림을 시작한 이후의 형편이다.

그래서 최 씨 댁 며느리들은 코가 높아졌다는 것이고, 마음껏 더러운 상상까지 보태어서 그 시누이를 흉보아도 허물이 아니라 하게 되었다. 그럴수록 그 모친은 며느리들을 섣불리 볼 뿐 아니라 그 아들까지 괘씸하게 보게 되었다.

이보다 먼저, 순희의 연애 사건이란 것은 이러하다.

××여자고등보통학교의 삼 년급을 삼 개월 남겨놓고, 퇴학한 지 이 년 후에 순희는 소재산가 나희준의 맏아들과 약혼을 하게 되었다. 그러나 순희는 그 이름과 같이 귀동이 행세만 하고 자라나던 것이 마치 봄날 밤에 고달피 들었던 잠이 소쩍새 소리에 깨뜨려진 듯이 울고 부르짖으며 결혼은 아니 하고 더 공부를 해서 세상 사람을 위하여 일

한다고 일본을 가느니, 청국을 가느니 하고 덤비게 되었다. 그러나 그것은 한 공상에 돌아가고, 순희는 그 모친의 소원과 그 사랑을 저버리지 못해서 결국 나희준의 장자長子와 약혼을 하게 되었었다. 하나 그 후 그는 심히 그 모친을 원망하고, 말대답 한번 공손치 못하게 되었었다. 그러자 순희는 꼭 하루에 한 번씩 어떤 편지를 왕래하게 되었다.

그것을 집안사람들은 날마다 딴 글씨로 써 오는 고로(마침 그때부터 순희는 외출이 심하여졌으니까) 아마 그의 학교 동무들하고 왕래하는 것인가 보다 생각했었다.

하나 그러할 때에 한 이상한 소문이 서울 안에 생겼다. 그것은 서울 안 D동 예배당에서 어떤 대갓집 신랑 신부가 혼인을 할 터인데 신랑이 혼인 예식에 오지를 않아서 예식을 못 이루고, 신부는 그날 저녁에 독약을 마시고 세상을 하직했다는 것이었다. 그러자 다시 소문이 분명하게 들리어서 그 신랑은 그 봄에 동경 와세다대학을 우등으로 졸업한 정택이라고, 그 신부는 일본서 어떤 사립음악대학교에 통학하던 장숙희인 것을 알게 되었다. 따라서 정택이란 사람의 새로 사랑하는 처

너가 최순희인 것을 장숙희의 모친이 순희의 집에
와서 딸의 원수를 갚겠다고 야단을 한 고로 알았
다. 하나 그때에는 정택이와 순희는 현해탄을 건
너면서 서로 평화스러운 웃음을 웃을 때였다. 해
서 숙희 어머니의 복수는 성공치 못하고, 순희 어
머니는 장중보옥같이 사랑하던 딸을 잃고, 그 회
포를 말할 길도 없이 뭇 사람의 비난을 홀로 받고
뚱뚱한 몸이 말라빠질 지경에 이르렀었다. 그 남
편이 첫째로 그를 공격하고, 장숙희의 모친이 여
차로

"내 딸도 예뻤다우, 그 애들도 신식 연애로 서로
보고 혼인했었더라우. 그런데 당신의 딸이 그 애
남편을 빼앗아 갔기 때문에 내 딸이 죽었소."

하면서 이따금 얼큰히 취해 와서는 순희의 모친
을 괴롭게 했다.

6

그리고 순희가 다니던, 열심으로 주일 공과를
가르치던 회당에서는 주일학교 선생을 잃은 것
이 분하고, 또 회당의 교인이 남의 혼인 예식할 신

랑을 앗아가지고 달아났다는 것이 창피스러워서
매일 와서 그 소식을 탐지하였다. 그리고 며느리
들과 동리 사람들이 각각 비웃었다. 또 그다음으
로 순희와 약혼하여 두었던 나희준의 집에서 부끄
러움을 주었다. 그 괴롬이란 마치 순희 모친이 남
의 신랑을 앗아 갔던 이만큼이나 커다랗다. 그러
나 그 괴로움은 순희가 두 달 만에 자기 집으로 돌
아오자 잃어버렸던 딸을 다시 찾은 기쁨으로 변해
졌다. 참으로, 순희는 달아난 지 두어 달 만에 다시
돌아왔다.

　순희와 같이 달아났던 정택도 돌아왔다. 하나
두 사람은 이미 인연이 다하여졌는지 편지 왕래도
아니 할뿐더러 밀회密會도 하지 않게 되었다. 그렇
다고 두 사람이 다 각기, 사랑을 옮겼나 하면 그렇
지도 않고 더욱이 정택이는 언제 내가 연애를 하
였다더냐 하는 듯이 무슨 일이든지 자기에게 닥치
는 것이면 옆눈도 뜨지 않고 열심으로 하는 모양
이었다.

　순희도 아무 말 없이 삼 년 동안을 숨어서 책이
나 보고 고요하게 살아왔다.

　하나 그들은 자기의 지난 일을 아무에게도 말하

지 않고 혹 누가 열심으로 물어보면 정택이는

"그때 운명의 복수란 참, 무서웠어요. 나는 그때 비로소 사람이란 운명의 노예인 줄을 알았습니다. 우리는 꼭 운명의 저주로 헤어졌습니다. 어떻든 우리는 서로 몹시 사랑했습니다. 해서 서로 모든 것을 아름답게 보고 또 보이려 하였으나 그것은 허사였습니다. 어떻든지 어찌 운명의 장난이 심한지, 심지어 그 아름다운 순희의 얼굴에, 부스럼이 없어질 줄을 모르고 그의 옷을 지어놓으면 어떻게 해서 더러워지거나 불에 타거나 하고 심지어 허방을 빠지거나 뒷간에까지 빠지는 일이 있었구려. 그리고, 내 얼굴에는 웬 여드름이 그리 더럽게 생기는지 거기서 고름이 톡톡 비어지고, 똑 넘어지거나 미끄러져서 옷을 버리지요. 그래서 서로 몸이 괴로운데 도적은 웬 도적이었던지 밤낮 무엇이 없어지는구려. 그러니 우리가 어떻게 살겠소, 저는 좀 낫지만 순희가 참다못해서 나온다고, 했지요……"

하고 이상한, 그때 운명을 원망하는 듯이 나무랄 뿐이다.

그러한 정택의 태도가 대단히 사람들의 동정을

끌었다. 그래서 순희와 참혹하고 맹렬한 연애 사건이 있은 지 삼 년이 지난 금일에는 자못 사람들의 인망을 얻게 되고 동정까지 받게 되었으나 어딘지 얼빠진 사람 같아서, 다시는 세상 사람들의 굳센 신용을 못 얻게 되었다. 따라서 그 넓은 가슴은 다시 아무것도 안을 것을 찾지 않는 듯이 다만 어떤 빈한한 촌에 가서, 빈민들과 같이 생활하면서 그 불쌍한 자제들을 가르치고 그들을 위하여 일할 뿐이었다. 생각건대 전일의 야심만만한 연정으로 채웠던 그 넓은 가슴에는 너그러운 인류애를 바꾸어 넣은 듯하다.

하나 순희만은 거기 동화도 되지 않고 고요히 침묵을 지키는 중에, 때때로 말할 수 없는 두려움을 받으면서 때를 기다리는 것처럼 지내왔다.

하나 그러한 때가 올는지 말는지 해서, 세월이 물 흐르듯 지나 어느덧 그의 동생들의 번민할 시대에 이르렀다.

그것을 순희는 애석해하지는 않고 도리어 썩 긴— 세월이 속히 지나가기를 바라보고 있는 것 같다. 결코 어리석던 소녀시대에 돌아가서 미련한 일을 다시 하리라는 생각은 없어 보인다. 어떤 편

으로 보면 아무렇든 한번 경험해보아야 할 일을
지나쳤다는 안심이 역력히 보인다.

7

　필운대에는 봄빛을 받는 삼십 전후의 남자들이
십여 명 모여 앉았다. 그들은 사막이라는 구락부원
들이다. 저들이 봄기운에 들떠서 지껄이는 사이로
빨랫방망이 소리가 바위 아래서 철썩철썩 들린다.
　샘물이 흐르는 왼편 골짜기에는 십칠팔 세의 소
년 소녀가 춤추는 듯한 발걸음으로 비탈길을 걸어
간다. 그들은 무엇이라고 속삭이며 생기 있는 경
쾌한 모양으로 저―편 송림을 향하여 갔다. 그들
의 뒷모양을 바라보던 필운대 위에 구락부 사람들
이 내려다보면서
　"어이 소년들, 어디로 가나, 같이 가세."
　"기원 군, 금희 군."
　하고 소리를 질렀다. 그들은 뒤를 돌아보고 생
끗생끗 웃다가 다시 앞으로 걸어간다.
　"어이 소년들, 그 꿀맛 같은 것을 우리들에게도
나누어주게. 그건 못하더라도 거기 선 채 노래를

하거나 춤을 추어서 보여주게."

하고 늙은 청춘들이 어리광 같은 미련스러운 소
리를 다시 지른다.

하나 그들은 역시 대답도 없이 저편 송림松林 사
이로 들어가서, 보이지 않도록 나무그늘에 가려졌
다. 이 뒤로 오 분이 지날까 말까 해서 저편 산 너
머로 어떤 사람의 혼잣소리가 산을 넘어 우렁차게
우러나서 언덕 위에 앉은 사람들의 귀를 기울이게
한다. 언덕 위에 앉았던 한 사람이

"미친놈인 게로군."

하고 고개를 바로 했다. 또 한 사람이

"응, 뭐라지(내 말을 막아놓은 너는 무엇이냐. 너는
내 사랑도 아니고 원수도 아니면서 내 말이 온 세상에
퍼―지는 것을 막는 너는 누구냐)."

"하하."

하고 한 사람이 웃었다.

"응, 도깨비 같은 것이 아닌지 모르겠다."

하고 한 사람이 먼저 산울림을 듣던 사람에게
거의 동감할 듯이 말했다.

산을 울리던 사람은 그치지 않고 무엇이라고 서
로 비웃는 듯한 산속의 혼잣소리를 아무도 듣지

않는 줄 아는지 산골짜기에서 그대로 외쳤다. 구
락부 사람들은 더 귀를 기울이지 않고 술상이 속
히 나오기를 기다렸다.

"나는 배고픈 줄도 모르겠네. 원체 사랑에 주린
사람이라 말하자면 모—든 것을 주린 셈인데 유독
배만 고프겠나."

하고 비교적 어려 보이는 사람이 말했다.

"그럴듯한 말이로군."

하고 좀 점잖아 보이는 사람이 옛날 선비 모양
으로 몸을 흔들면서

"그러나 외로운 것은 참을 수 있어도 배고픈 것
은 참기 어려울 것이다."

하고 말했다.

"봄이다. 밉든지 곱든지 오너라. 나중 일이야 누
가 책임 같은 것을 진다더냐. 먼저 서로 안아도 보
고 팔을 껴보기도 하고 산비탈을 걷는 듯한 흉내
도 내보다가, 틀리거든 조물주의 책임으로 내던지
고 말 것이다."

하고 키 크고 얼굴 검은 한 사람이 말했다. 이 말
을 들은 사람은 어처구니없이 모두 웃었다. 그러
나 그들 중의 한 사람이 머리가 아픈지 무명 두루

마기를 주름살도 펴지 않아서 입고 머리를 숙이고
앉았다.

그 굽은 가슴과 얼굴이 똑바로는 보이지 않으나
목덜미와 옆으로 보이는 모양이 한없이 고상해 보
인다. 그 사람의 숙이고 앉은 안연한 모양이 웃는
사람들의 흥미를 깨트렸는지 거기 앉은 사람들은
웃음을 그치고 그 시선을 행동이 다른 그 한 사람
에게로 모두 주었다. 그리고 먼저 산울림을 듣던
한 사람이 아주 동정하는 음성으로

"정택 군."

하고 불렀다. 하나 머리 숙인 이는 아무 대답이
없다. 여러 사람들은 왜 그러느냐고 연고를 묻는
듯이 숙인 사람을 보았다. 먼저 부르던 사람이 다
시 소리를 높여서

"정택 군, 어디 불편한가."

하면서 그 옆으로 가서 그이의 머리를 두 손으
로 번쩍 들어주었다. 숙였던 사람은 하는 수 없이
머리를 쳐들고

"엊저녁에 늦도록 잠이 들지 못해서 몸이 고되
어 그러우."

하고 빙그레 웃는다. 여러 사람은 안심하였다는

듯이 다시 웃음거리들을 끄집어냈다.

봄이 되니까 이성異性들의 엷은 색 옷이 눈에 뜨인다기도 하고, 먼 곳에 있는 정든 사람이 그립다기도 하고, 그리 아름다워 보이지 않는 여자라도 친해볼 호기심이 일어난다기도 하고, 아름다운 여자와 연애를 하려면 반드시 고리대금이라도 해서 돈을 많이 모아야 하겠다기도 하면서, 멍한 정택을 웃기려는 듯이 모두 웃으면서 말하고 물끄러미 앉아 있는 저를 바라본다. 정택은 아무 이야기든지 풀은 없어 보이지만 주의해서 듣는 듯하다. 사람들은 그 낯빛을 쳐다보고, 저도 무슨 말을 하지 않나 하고 바랐다. 정택이라는 이는 어지간히 듣고 나서 수수한 태도에 속힘 있는 낮은 음성으로 천천히 말하기 시작한다.

9

사막은 경성 안에 중류 이상, 상류 이하의 삼십 전후의 사람들이 모여서 조직한 구락부이다.

이곳에는 조선말을 연구하는 사람(문사), 세상을 싫어하는 사상가, 사회제도를 섧게 보는 감상가들이 모여서 글 짓는 이야기도 하고, 세상의 여러 가지 추태도 말하며, 그 외에 춤도 추고 노래도 하며 연애도 하고자 하는 곳이다.

하나 이곳에는 우국지사는 없으므로, 좀 방종한 행동으로 놀게 되었다. 사막이라 이름 지은 것도 어떤 험담가險談家가 이곳에 모인 사람들은 아무 취지도 없고, 생각도 없이 모인 고로 대개는 각각 딴마음을 가지고 있으니까 마치 사막에 간 것이나 똑같을 것이라고 한 것을 좋은 장난 그 뜻대로 받아서 아주 사막이라고 이름을 지었다.

이 안에는 구락부원이 전부 삼십 명이다. 하나 그중에 매일 얼굴을 보이는 사람은 열 명이 될까 말까 하고 대개는 이름만 적어 넣고는 그런 것이 어디 있었는지 하고 잊은 사람이 태반이다. 정택이도 그러한 사람들 가운데 하나였다. 그러나 이날은 어떤 힘센 친구에게 끌려와서 멋모르고 노는 판에 홀로 의붓자식이 되었다.

× × × ×

× × × ×

정택은 사회학을 연구한 사회주의자이다. 그러나 행동은 일상 온건해서 섣불리 때도 모르고 폭발탄 같은 것은 아니 들고 나올 사람…… 교회당 안 신부를 세워놓고, 정부와 달아났다가 두 달 만에 돌아와서 모양이 달라진 사람, 지금은 빈촌에서 낮에는 아이들을 모아놓고 글을 가르치고 밤에는 짚신을 삼는 사람, 때때로 가슴을 앓는 사람, 이것이 과거와 현재의 정택이고 순희의 잊지 못하는 연인이다.

하나 그들은 서로 모―든 관계를 끊었을 뿐 아니라, 모―든 소식까지 서로 통하지 않는다.

그런고로 그들은 세상에 제일 외로운 사람이 되었다. 서로 잘 이해하는 두 연인이 모―든 관계를 끊고, 모―든 소식까지 서로 알리지 않으면서, 오히려 다른 곳에 사랑을 옮기지도 아니하였다면 세상은 그 연고도 모르고 웃을 것이다. 그뿐 아니라 믿지 않을 것이다.

그러나 그들은, 세상이 믿지 않는 믿음을 가지고, 운명의 위협을 받아가면서, 한 발자국 두 발자국 발자국마다 그들의 피를 흘리면서 그들의 꿈꾸는, 어떤 목표를 향하여 걸어나간다. 이런 일이 세

상에는 흔히 없는 일이요, 사람들은 다— 모르는
일이다. 그러므로 그들은 외로운 사람이 되었다.
외로운 사람의 고통□□□□*

　눈을 감고 입을 다물고 참으면서도

　"답답하다, 무섭다."

　한다. 그럴 때마다, 사람들의 말이 반드시

　"그렇게 참기 어려운 것을 버리고 쉬운 길을 다
시 골라라."

　한다. 하나 그들은 머리를 흔들면서

　"그럴 수는 없습니다. 또 그러하려고 하더라도
우리의 운명이 우리의 눈을 붙이어서 길을 잃을
뿐입니다."

　한다. 그래서 그들은 삼 년 전에 그들이 서로 손
길을 나누면서, 약속한 대로

　"사회를 위하여 일하리라, 사람을 위하여 일하
리라."

　하고, 정택은 어느 빈촌에 가 있고, 순희는 집에
서 차차 어떤 기회를 기다리고 있으나 서로 참기
어려워서 헤맬 때도 있다. 그것은 마치 큰 산봉우

---

　*　원본의 손상으로 12행가량이 유실된 듯하다.

리 위에 오르는 사람들이, 경우로 인하여, 한곳에
서 오르지 못하고 남북南北에 나뉘어서 산봉우리
를 향해 올라간다 하면, 거기서 아무리 오르고 또
오를지라도 봉우리 위에는 올라지지 않고, 반드
시 그리운 벗이 같은 때에, 같은 정도를 밟을 것인
가 아닌가를 알고 싶을 것이다. 하나 이 비유는 세
상일에 비하면 얼마큼 과장한 것이라고 생각이 들
것이다. 그것은 세상에는 글이 있고 사람의 입이
있는 연고로 서로 높은 산 남북의 비탈에서 말을
통치 못하는 것과는 다를 것 같다. 하나 무엇이 다
르랴. 입 없고 눈 없는 산에는 멀리가 보이고 험함
이 보이나, 눈 있고 입 있는 세상에는 사면이 평평
한 듯하고도 보이지 않는 험한 물결이 헛된 눈어
림으로 사람을 스쳐 갔다가 내어놓았다 한다. 거
친 바다 같고, 들 같은, 세상의 보이지 않는 물결이
덮쳤다 드러내놓을 때마다, 말할 수 없는 무형의
상처를 받는 사람은 그 아픔을 받는다. 하나 그 역
시 눈에는 아니 보이는 상처이다. 그보다, 산에 오
르다가 사람이 미끄러져 떨어지면 목숨이 붙어 있
는 이상에는 눈에 보이는 상처를 고쳐도 보고 씻
어도 보리라. 하나 역시 눈에 보이지 않는 상처는

사람이 고칠 바를 모르고 혹시 고치려 하다가는
그 이상 아픔을 받는 일이 있다.

13

상철의 집에는 모든 살림살이가 훌륭한 대갓집
무엇 같다. 거기는 매일 쓰지 않는 피아노와 풍금
이 있고, 또 보지도 않는 책들이 치레 책장인……
두 책장에 그득 차 있고, 매일 쓰임새도 흔전흔전
하다.* 그뿐 아니라, 동경 어느 사립대학 전문부를
졸업한 상철은 회당에나 심심파적으로 다닐 뿐이
고, 아무 직업도 가지지 않았다. 그러면서도, 졸업
하고 돌아온 지 두 달이 못 된 순철에게는

"놀 수는 없다. 아버지께서 어서 직업을 구하라
고 하신다."

하고 도리어 상철이가 그 동생의 직업을 구해주
어서 근심을 놓으려는 듯이 행동한다. 그러나 순
철은 좀 쉬고 싶었다. 저는 재작년에 늑막염을 앓
았을 뿐 아니라, 열여섯 살 된 어린 몸이 고등보통

---

* 아쉬움 없이 돈을 잘 쓰다.

학교를 마치자 여순으로 가서 공과대학 예과豫科
에 입학하여 이 년을 마치고 계속해서 본과本科 사
년을 마쳤으므로, 본래 나이도 어리고 학력도 부
족했던 터이라, 저가 대학을 마치기까지는 말할
수 없는 고난을 받았었다.

그래서 저의 몸에는 영양이 부족하고, 머리에는
뇌가 다 빠져나간 것 같다. 그런 것이, 이 개월이나
노는 동안에도 여러 가지 집안 근심으로 잠시도
머리를 쉬어보지 못한 고로, 조금도 건강이 회복
되지 못하였다. 하나 어리고 순한 저는 좀 쉬고 싶
다는 말을 주창해서 하지는 못한다. 그러면서 '돈을
벌어야겠다'는 생각이 그 천박한 형과 무식한 아내
의 말에 감염되어 그 머리에 꼭 박히게 되었다.

그렇던 것이 고요한 봄 저녁의 그믐달이 언제나
뜰지 모르는 캄캄한 이때에 그 모친의 하소연으로
부터 더욱이 굳어졌다. 지금은 그의 머리에 딴 염
려는 하나도 없었다. 아무도 의탁할 곳이 없는, 저
보다 위─가 되는 무식한 처와 귀중한 몸으로 저
를 연모하게 되어서, 그 궁궐이 무너지고 그 족속
이 다 망한 후에 여간한 보물을 팔아가지고, 저를
은연히 바라고 조선까지 따라온 어린 왕녀, 저는

이 저녁에 자기에게 임박하여 있던 모든 근심까지
잊어버리고 돈만 벌어보리라는 생각을 일으켰다.
그래서 활기를 띤 얼굴로

"어머니, 제가 돈을 많이 벌 것이니, 돈 염려는
마세요."

했다. 그 뒤를 따라서 순희도

"어머니, 저도 돈을 많이 벌 테니 염려 마세요."

했다. 순철은 다시

"누님은 염려 않으셔도 좋아요. 그렇게 약해서
어떻게 돈을 버신대요."

하고 그 누이까지 안심을 시켰다. 저는 그런 말
을 하면서 자기가 세력 있는 대학을 마쳤으니까
아무렇든지 업을 얻더라도, 실상은 백여 원에 넘
지 않건만 이삼백 원 벌 것같이 생각이 들었다. 그
래서 자기가 돈을 벌게 되면 일요일마다 그 어머
니, 그 아내, 그 누이, 또 형수까지 극장 구경도 시
키고 좋은 옷감도 선사하고, 어려서부터 어머니
없는 집에서 섧게 자라난 그 처에게 만족하도록,
호사도 시키고, 또 자기도 깨끗한 복장을 하고 청
국 ××왕녀(지금은 영락한) 순영이가(변명) 오면 기
숙사에서는 맛보지도 못하던 과자도 사다 대접하

리라고 생각했다. 하나 그것이 공상인 줄을 모른다. 저는 금년에 스물두 살 된 청년이고, 물정에는 그렇게 밝은 편이 아니었다.

순희와 순철이가 그 모친의 말씀을 듣고 각각 속으로 무슨 생각을 하느라고 한참 고요할 때 금희가 돌아왔다. 순희와 순철은 마음속으로는 기가 막히지만 순희는 자기의 뒷일이 머리에 거리끼고, 순철은 좋은 생각을 하던 끝이라 그 어머니께서 더욱 불안해하실까 해서, 다만 금희를 반가운 듯이 바라보며

"금희, 어디 갔었니?"

하고 웃었다. 순희는 아무 말 없이 앉아서 그 어머니가 얼마큼 엄한 음성으로

"금희야."

하고 불러서 말하시려는 것을

"어머니, 오늘은 꾸지람 마십쇼."

하고 만류했다. 그 모친은 금희를 꾸짖으려다가 순희의 말에 이끌려서

"계집애가 늦도록, 어미가 근심할 것도 생각지 않고 어디 가 있었니."

하고

"이다음에는 그러지 마라."

할 뿐이었다. 그러나 금희는 흔들면서 조금도 치우침을 보이지 않고,

"저 동무 집에 갔다가 왔지, 누가 안 다닐 데 가나요."

하고 심술을 낸다. 그 모친도 기가 막힌 듯이, 참으려던 것을 못 참을 듯이 일어났다. 해서 금희를 붙들어 잡고

"이 계집애, 그런 말버릇이 어디 있니. 지금껏 이러고 앉아서 네 순철이 오라비와 귀동 언니가 기다리며 근심을 하고 앉았던 판인데 미안하다는 말 한마디 없이."

하고 그 팔을 잡아챘다.

14

금희는 소리를 지르면서

"어머니는 왜 그러세요. 다— 같은 자식인데 언니만 귀동이 귀동이 하고 먹는 것 입는 것 갈피를 두시고."

하고 악을 쓰며 운다. 그 모친은 기가 막힌 듯이,

"이 계집애 말하는 것 보아."

하고 금희의 두 팔을 잡고 흔들었다. 순철은 얼른 일어나서

"어머니, 그만두세요. 인제 다시 안 그러겠지요."

하고, 그 어머니 팔에서 금희를 풀어놓았다. 금희는 엉엉 울면서 머리를 헝클이고

"이제 보기만 해라, 다시는 아니 들어올 테니."

하고 방 미닫이를 힘껏 열어붙이며 나가려고 했다. 이 순간에 순희가 급히 금희를 잡아들이려고 따라 나가서 그 두 팔을 잡고

"이 밤에 어디를 가니?"

하고 금희를 끌어들이려고

"남이 알면 처녀가 밤에 나다닌다고 흉본다."

하고 그를 안을 듯이 붙잡아 끌었다. 금희는 순희에게 문턱까지 말없이 끌려오다가 순희가 기진해서 그의 팔을 슬며시 놓으려 할 때 맹수 같은 힘을 내서 순희를 힘껏 뒤로 떠밀치고 뒷마루로 달아났다. 순희는 문턱에 발길을 둔 채로 방 윗목 발치로 머리를 두고 자빠져 있었다. 그리고 몸을 움직일 수도 없이 뒤통수를 부딪쳤는지 한참 멍히

누웠다가 순철의 해쓱해진 얼굴과 뚱그레진 눈을 바라보고 일어나려고 힘을 쓴다. 하나 순희는

"아이구."

하면서 일어날 수가 없는 듯이, 일어나려다가 다시 누웠다. 순희 어머니는 혼 나간 듯이 우스럼히* 서 있다가, 간신히 그의 옆으로 가서

"아가, 몹시 다쳤니?"

하고 그 머리를 들어주었다. 그 뒤를 따라 순철이도 정신을 차린 듯이

"누님, 몹시 다치셨소?"

했다. 순희는 일어나 앉으며, 그래도

"아이구, 이 애가 어디 갔어요."

하고 금희를 찾았다. 그날 밤 열 시가 지나서 순철은 관훈동 저의 집으로 돌아왔다. 지그려두었던** 문이 열리어지는 소리를 듣고 순철의 처가 그 방 아랫목으로 난 미닫이를 열고 내다보았다.

"아— 입때껏*** 깨 있었소?"

하고 순철은 그 방으로 들어가면서 매우 동정하

---

 * '우두커니'로 추정.
 ** 문을 지그시 닫다.
 *** 여태껏.

는 듯이 물었다. 그 처는 좀 비꼬는 말로

"나는 오늘은 안 들어오실 줄 알고 막 대문을 걸러 나가려고 하던 중이에요."

했다. 순철은 구두끈을 끄르고 안방으로 들어갔다. 그 방 윗목에서는 안잠자기**** 마누라가 등걸잠을 자면서 코를 골고 있었다. 아랫목에는 젊은 부부의 자리가 깔려 있었고, 저의 처는 그 위에서 '부인'이라는 잡지를 보고 앉았었다. 순철은 그 모양에 동정과 측은한 애정을 깨달으면서, 그 옆으로 가 앉았다.

보기에 그 처는 스물 두어 살쯤 되고 키도 작고 몸도 가늘어 보인다.

"서방님께 편지 온 것이 있어요."

하고 그 처는 요 밑에서 청국 봉투 속에 넣은 편지 한 장을 뽑아내서 순철에게 주었다. 순철은 잊었던 것을 또 생각해내게 된 듯이, 그 얼굴이 해쓱해져서 편지를 받아들고

"또 왔군."

하고 부르짖듯이 말하고 편지봉투를 조심조심

**** 남의 집에서 먹고 자며 집안일을 도와주는 여자.

해서 뜯는다.

"왜 그러세요?"

하고 그 처는 연고를 모르고 물었다. 그리고

"응, 청국 동무의 누이인데, 청국에서 못 있을 사
정이 되어서 서울 D동 ××학당에 와 있는데, 내일
쯤 나를 만나보았으면 좋겠노라고 했군……"

하는 그 남편의 말이 그 목소리가 좀 덜덜 떨려
들리지마는 의심을 일으키지 않고 듣는다. 순철의
처는 그 얼굴이 잘나지는 않았어도, 대단히 사람
의 동정을 이끄는 얼굴을 가졌다. 그 평평한 이마
아래 어글어글한* 눈이 제일 그렇게 보였다. 그 외
에는 그 얼굴에서, 다시 들여다볼 것이 없었다. 대
체로 그 이마와 눈도 자세히 보면 그리 아름다운
것이 아니었다. 하나 그는 그 남편의 사랑으로 거
기 매달려서 그들이 바로 혼인하기 전부터 지금까
지 조금도 부족을 모르고 살아왔다. 순철의 처는
순철이가 일곱 살 되었을 때부터 친하게 되었다.
하루는 학교에서 돌아와서 점심을 먹으려고 그 할
머니 계신 방에를 갔었는데 언제든지 자기가 차지

---

  * 시원스럽고 서글서글한.

하고 있던 그의 무릎에 머리 좋은 어린 처녀가 안겨 있었다. 그때 분명히

"저것은 남의 집 처녀인데."

하고 갈피를 두면서 '그것을 왜 안고 계신고─' 하는 의심이 있었다.

15

그렇지만 저는 어릴 때부터 인정이 많았던 고로 그 작은 처녀가 울다가 그친 지 얼마 되지 않는 느끼는** 소리를 낼 때는

"아마 저 애는 저의 어머니에게 매를 맞았나 보다."

하고 언제든지, 무릎에 매달려서, 밥 달라고 응석을 부리던 것이 문 앞에 선채로

"할머니, 점심 주십쇼."

하고 손길을 맞잡고 섰다. 그 모양이 어떻게 귀여워 보였던지, 그 할머니께서는 안고 계시던 아

** 서럽게 울다.

해를 잊어버리시고 급자기* 일어나셔서 저를 안
으려 했다.

그때 그 할머니 품에 안겼던 아해는 공중 방바
닥에 나가넘어져서 한참은 소리도 내지 못하고,
새카맣게 질렸다가 소리쳐 울었다. 그러나 그 할
머니는 정신없이 어름어름하다가** 그래도 저를
안으려고 팔을 내밀었다. 그때 순철은 한편으로
비켜서면서

"할머니, 저 애가 우는데요, 그것도 모르시고."

하면서 벌씬벌씬*** 웃었다. 그때 그 울던 아해
는 그 옆집에 사는 할머니와 친한 이의 손녀이고
순철이도, 동무같이 일상 놀던 아해였다. 그 아해
는 순철이보다 한 두어 살 위 되는 계집 아해였고,
그리 어여쁘지는 않았으나 어딘지 귀염성스러워
보이는 곳이 아해였다. 그때 마침 그 아해는 자기
어머니가 운명을 하고 있었다. 그래서 어린것에게
참혹한 꼴을 보이고 싶지 않은, 그 계집 아해의 할
머니가 그 애를 순철 할머니에게 데리고 와서 잠

---

* 생각할 새도 없이 매우 급히.
** 말이나 행동을 자꾸 우물쭈물하다.
*** 입을 벌려 벙긋벙긋 웃는 모양.

시 부탁하였었던 것이다. 그때 그 할머니의 행동
하시던 모양은 지금 십여 년이 넘었어도 한 웃음거
리로 저의 머리에 남아 있어서 없어지지 않는다.

그 후에, 그 할머니 무릎에서 공중**** 떨어져
서 울던 처녀 아해는, 그 어머니가 죽은 후에, 할머
니 손에 길리워나다가 그 할머니조차 세상을 이별
한 때에는 순철의 집에서 자라게 되었다.

순철은 그때부터 그 처를 동정하게 되었었고,
그들이 결혼할 때에는 이성으로 친함보다 서로 형
제간이나 되는 듯이 친했었다. 하나 그 처녀 아해
는 순철의 어머니의 성격에는 맞지 않았다. 그뿐
아니라 순철의 어머니는 그 처녀 아해의 부친인
장 주사라는 사람이 싫었다. 그리고 자기의 딸을
남의 집에다 맡겨두고, 얼굴에 미안한 빛도 없이
후처에게만 빠져서 살아가는 것이 아주 참지 못할
고통거리였다.

그러나 순철의 할머니는 그 딸의 반대도 돌아보
지 않고, 장 주사의 딸인 그 처녀 아해를 불쌍히 여
기면서, 그가 죽기 전에 기어코 귀여운 순철이와

**** 공연히.

결혼을 시키려 하였다. 순철의 조모는 상철이보다
더 사랑스러운 순철이가 하루바삐 혼례를 해서 예
복을 입고 그 앞에 절하게 될 때를 기다렸다.

그래서 순철이가 열네 살 되던 해에, 순철의 모
친이 반대하던 것도 돌아보지 않고 장 주사의 딸
과 결혼시켰다. 그때에는 집안사람들은 하는 수
없이 그 조모의 독단하시는 행동을 불평히만 바라
보다가, 그 이듬해에 그가 세상을 떠난 뒤에는 잠
시 그런 불평이 없어졌다. 하나 오래진 못했다. 이
러할 때 순철과 그 아내 간에는 그러한 갈등을 돌
아보지 않고, 친한 동무와 같은 친함으로 그 아내
는 그 남편에게 복종하고, 그 남편은 그 처에게 외
로운 처지를 매우 동정하였다.

순철은 누워서 내일 일을 생각했다. 찾아가는
것이 옳은가, 안 가는 것이 옳은가 하고. 그러다가
저는 여순 있을 때, 자기가 어린 마음으로 결혼한
것을 아니 했다고, 속인 것을 생각해내었다. 그리
고 저의 동창생 정대영에게 이끌려서 ××궁에 갔
었던 일을 생각해내었다. 거기서 저는 눈이 부시
도록 아름답고 귀여워 보이는 이순영이를 만났다.
그 뒤에 순철은 정대영에게 끌려서 여러 번 ××궁

에 가게 되었다. 그러는 동안에, 자연히 어린 왕녀
는 순철과 어깨를 나란히 하고 걸으면서, 영어와
한어를 섞어서 순철에게 조선 이야기를 물었다.

어린 왕녀의 앞에 외국 평민의 대학생은 도리어
소녀보다 더 수줍어하였었다. 그런 것이 도리어
××왕과 그의 일곱째 왕비의 눈에 들어서 공일날
마다 ××궁에서는 자동차를 보내서, 순철이를 데
려다가 왕녀와 친하게 하였다. 하나 그런 일이, 순
철에게는 유쾌하지 않을 뿐 아니라, 고향에는 그
처가 있는 사실을 남에게 알리지 못한 두려움이
그의 가슴에 근심을 일으키게 되었었다. 그러나
어진 그는 일변으로 그 처의 가련한 신세에 이끌
리면서, 일변으로는 우정과도 비슷하게 되어진 그
귀엽고 아름다운 왕녀의 사랑에 이끌려서, 공일마
다 그의 사촌 오라버니 정대영이가 이끌면 반드시
××왕궁에 이르러서 놀게 되었었다.

16

그 왕궁에 가면 언제든지 넓은 정원 한끝에 움* 깊
이 담을 쌓은 비밀실인 듯한 곳에서 놀았다. ××왕

이하 시중드는 사람들은 순철이를 성적 좋은 동족
同族의 대학생으로 접대하였다. 왕과 왕비는 순철
이가 몇 공일째 왕궁에 가서 그들과 친해졌을 때
하루는 왕녀에게 조선말을 가르치라고 권했다. 그
래서 순철은 좀 가슴이 뜨끔하지만 사랑스러움에
이끌리고 위권에 눌리어서 하는 수 없이 매 공일
마다 두 시간씩 조선말을 가르쳤다. 본래 어릴 때
부터 동무들을 가르치느라고 여간 괴로운 것은 그
렇게 생각도 아니 하던 순철은 그 몇 배나 열성을
다해서 저보다 어린 왕녀를 가르치기 시작했다.
그러면서도 고향에 있는 그 처에게 동정이 아니
가는 것도 아니요, 이해가 지나서 한 달만 지나면
그때는 아주 조선에 돌아가버릴 터이니 하는 안심
이 있었다. 그러나 순철이가 고향에 돌아갈 생각
을 할 때, ××왕궁에는 한 괴변이 일어났다. 그것
은 하룻저녁에 마적단 같은 도적이 들어와서 왕과
왕비들을 몰살하고 재물을 탈취하고 그 궁에 불
을 놓고 달아났다. 그 소요 통에 자기 부모와 형제
가 칼에 찔리어 죽고 총에 맞아 죽는 틈에서 순영

* 채소 등을 보관하기 위해 땅을 파서 거적으로 덮어둔 곳.

을 빼내온 사람은 순철과 한반에서 공부하는 정
대영이었다. 정대영은 본래부터 왕족이 아니었다.
저는 저의 고모가 ××왕궁에 궁녀로 있다가 비로
봉해진 뒤에 그 궁에 있게 되었으므로, 본래는 평
민이요, 왕녀와는 외사촌 남매간이었다. 정대영은
그 소요 때, 순철이가 가서 놀던 비밀실에서 시험
준비를 하고 있었다. 거기 ××왕궁 왕녀인 순영이
가 순철의 이야기를 묻노라고 방해를 놓고 있었다.

"오빠, 그렇게 그이는 공부도 잘하고 운동도 잘
하오? 그때, 빙상운동회氷上運動會에서 일등 선수
노릇을 한 사람은 순철이었지요. 그때 나는 그 사
람을 우리와 같은 동양 어느 나라의 왕족으로 보
았어요. 그렇지 않고는 그렇게 조선 평민으로는
그렇게 잘날 수는 없는걸요. 암만해도 그는 조선
귀족이나 왕족인가 봐요, 그렇지 않고는 그렇게
잘날 수야 있어요. 우리 어머니 말씀도, 반드시 순
철 선생은 조선 평민은 아니라고 말씀하시더군요.
네, 아마 그렇지요."

하고 큰 은행 껍데기 같은 눈세**를 궁리하는

** 눈두덩.

듯이 옆으로 떠서 천장을 향하여 눈동자를 굴렸다. 그러다가 한참 만에 또

"네— 오빠, 그런데 순철 선생은 해진 복장을 입고 다닙디다그려. 그거는 아마, 근본을 감추느라고 그러는 것이지요."

하고 대단히 귀염성스럽고, 평민적으로 자라는 왕녀는, 그 오빠에게도 평민의 자식같이 그 이상 쾌활한 행동을 했었다. 그렇게 이야기하는 것을 평시 같으면 몇 배나 더 열심으로 대답도 할 것을 시험 준비가 바빠서

"그렇습니다, 네네."

하고 책만 들여다보았다. 어린 왕녀는 그러한 사촌의 행동을 이상하게 생각하면서

"오빠, 나 그만 가리까?"

하고 일어서려 하던 때였다. 순영의 유모가 허덕허덕 몰래 지하실로 더듬어 와서, 대영에게 순영을 업고 도망가라고 하였다. 대영은 그 나라에는 흔히 있는 일이라, 연고도 물을 겨를 없이 순영이를 업고 복도로 빠져나가서, 매일 자동차를 타고 통학하던 길을 맨발로 그 위에 순영을 업고 삼십 리나 줄달음질을 해서 공과대학 기숙사 문을

두들겼다. 그때는 막 기숙사 문을 걸고 들어간 문 지기가 자려고 이불 속으로 들어가던 때였다. 평 시부터 상냥하지 못하던 고지기＊는 또 어떤 학생 이 기숙사 규칙을 안 지키고, 어디 나갔다가 지금 이야 들어오나 보다 하고 일본말로 중얼중얼하면 서 문도 열기 전에

"오늘뿐이오. 다시 이렇게 늦게 들어오면 용서 없이 사감 선생님에게 이를 터이오."

했다. 대영은 덜덜 떨면서 서툰 일본말로 재촉 을 했다. 문지기는 뿌짓해서＊＊ 문을 열다가 어떤 청년이 그리 어리지도 않은 큰 처녀를 업고 온 것 을 보고, 깜짝 놀라며 문을 도로 닫으려고 하였다. 하나 대영은 전에 기숙사 생활을 하던 일이 있었 으므로, 정신없는 문지기가 한참 만에 생각이 났 던지 대영이를 겨우 대문 안으로 넣고, 대문을 닫 았을 때 마침 말을 탄 수상한 사람들이 대문을 지 나며,

"어떻든 이편으로 오는 것 같았는데."

＊　건물을 지키고 감시하던 사람.
＊＊　마음이 몹시 안타깝게 타다.

"그 안에야 단둘이 들어갈 수가 있나."

"그만 돌아가지."

"그만 돌아가지."

하고 말을 주고받으면서, 오던 길로 돌아서서 갔다. 이 정경을 본 문지기는 무슨 생각에 켕겼다.

17

해서 급히 대영이를 자기 방에 숨겼다. 다행히 밤이 새도록 아무 일도 없었다. 대영과 순영은 사시나무 떨듯 떨면서 그날 밤을 앉아서 새우고 날이 샌 후에 순철의 방으로 갔다. 순철은 골몰히 책을 보고 있었다. 하다가, 대영과 순영이가 다 죽게 되어서 새벽에 찾아온 고로 꿈이 아닌가 하고, 눈을 비벼보았다.

그날 아침 여순 전시에는 신문 호외가 눈발 날리듯이 집집마다 돌려졌다. "×군이 마적단을 이용하여 ××왕가 일족을 몰살하고 그 재물을 분탕하였다"고.

참으로 ××왕궁은 기둥 하나 남지 않고 죄다 타버리고, 그 가족은 순영이 외에 아무도 남지 않고

몰살을 당했다. 순영은 순철의 방에서 정신을 잃
고 있었다. 왕녀는 급히 변해진 자기의 경우를 생
각하고 한없는 친절을 다하고, 사랑을 보여도 아
는 듯 마는 듯 한결같이 부드럽고 냉정하여 보이
는 순철을 생각하고 그 가슴이 찢어지는 것 같았
었던 것이다.

그 후에 대영은 아직도×군이 다만 홀로 남아
있는 왕녀를 해할 것이라고 염려해서 순철과 의논
한 후 형용이 초췌한 순영을 변복시켜서 조선으로
데리고 왔다. 해서 그를 감춰둘 곳을 찾았으나 마
침 그러한 곳이 없었고, 순영은 또 아직 공부할 나
이였으므로 D동 ××학당에 입학시켰다. 그의 학
비는 그의 몸에 달았던 보석과 진주를 팔아도 당
분간은 넉넉하였다. 순철은 순영이가 조선으로 가
게 된 것을 한편으로 꺼리기도 하고, 또 한편으로
는 행복스러운 듯이도 생각하였다.

순영은 이 반대로 조선으로 가는 것이 무턱대고
좋았고, 또 순철이가 이듬해 봄에 대학을 마치면
돌아갈 것인 고로 하는 믿음성도 있었다.

하나, 순철은 그가 조선으로 온 뒤에 한 번 위로
하는 말로 편지를 하고, 그 후에 좀 연련한＊ 말로

편지를 써보았으나, 졸업시험을 치르느라고 엉망 중에 써서, 그 아버지에게 하는 편지봉투 속에 순영에게 썼던 편지를 잘못 넣고는, 그 후론 순영의 편지를 받아도 못 본 체할 뿐이었다. 그러나 순철은 대학을 마치고 조선으로 돌아온 그 이튿날 ×× 학당에 가서 순영을 찾고, 대영이가 여순으로 돌아가서 불타버린 왕비의 방 앞마루 밑에서 파낸 보물을 그 이불솜 속에 장찬해가지고 와서 순영에게 주었다.

순영은 몇 달 동안에 아주 어김없는 조선 처녀가 되었었다. 남자를 만나면 몸을 비꼬아서 고개를 숙이는 것까지 조선 처녀였다. 그는 순철을 보고 그 앞에 엎드려 울었다. 순철이도 아무 말 없이 저의 앞에 엎드려, 소리도 내지 못하고 우는 참혹히 된 왕녀를 생각하고 넓은 가슴에 그득한 자애의 진정을 다해서 그 정경을 불쌍히 여기는 마음으로 울었다. 그러나 순철은, 순영이가 울 때에 같이 울었을 뿐이요, 울지 말란 말도, 안심하란 말도 한마디 하지 않았다.

* 갈고닦아 단련한.

다만 저는 울음으로 울음을 북돋아주었을 따름이었다. 그리고 돌아와서, 순철은 두 공일이나 세 공일쯤 지나서 한 번씩 순영의 기숙사를 찾아가서 보았다. 그럴 때마다 인정에 주리게 되어서 외짝 연모를 계속해하시는 왕녀는 눈물에 가려

"이번에는 또 언제나 오시렵니까."

하고 서러운 얼굴로 묻는다. 그러나 순철은 지난달 초순에 순영을 찾아갔던 이후로, 아무 소식도 보내지 않고 그 처가 아픈 고로, 그 외로운 학대받은 인정에 이끌려서 순영을 잊고 있었다. 잊지 않는다 하더라도 순철에게는 도리가 없었다. 아무리 영락했다고는 할지라도, 한 나라의 왕녀이던 귀인을, 저의 제이 부인으로 맞아들일 수도 없고 그렇다고 지금의 그 부인을 한껏 동정하는 저로서는 자기와 관계있던 몸이 길거리에서 갈 곳을 몰라 헤매라고 내버릴 수는 없는 경우였다. 그래서 순철은 남모르는 속근심에 밤마다 잠을 이루지 못한다. 오늘 이 밤에도, 순철은 순영의 편지를 받아들고, 언제까지든지 잠을 못 이루고 근심한다. 한문이라고는 한 자도 모르는 순철의 처는 그 편지는 못 보고 자다가 이따금 눈을 뜨고

"왜, 무슨 편지기에 잠을 못 주무세요."

하면서 그 옆에서 편지를 펴들고 누워서 생각하는 저의 허리에 손길을 올려놓기도 한다. 그럴 때마다 의탁할 곳 없는 그 처가 칠 년간이나 자기를 기다리느라고 까다로운 시집살이를 한 생각을 하고, 그 옆에 다른 여자의 편지를 읽는 것이 참을 수 없는 큰 죄 같아서, 은연중에 그 아내의 가슴에 손을 올려 놓아주며 차마 못할 말이지마는 그 처를 안심시키기 위하여

"친구한테서 온 편지인데, 그 답장 쓸 것을 생각하느라고 얼른 잘 수가 없으니 먼저 자요."

했다.

18

이같이 순철은 좌우편으로 그 마음이 끌리는 것을 애써서 한편으로만 끌리도록 하려 한다. 저의 도덕적 관념이 순영은 자기가 손대지 않은 깨끗한 그릇일뿐더러 그에게는 재물이 두 가지 세 가지로 있다. 첫째는 동정童貞이고, 둘째는 지식이고, 셋째는 금전이다. 거기다 저의 처를 갖다 비기면 그는

세 가지 중에 하나도 못 가졌을 뿐 아니라 아름다
운 용모조차 순영을 당하지 못한다. 하나 그 두 여
자는 어느 편이든지 다— 순철을 사랑한다. 순철
은 즐겁게 그 두 사람의 사랑을 받으려 한다. 하지
만 저의 정직한 양심은 그것을 한꺼번에 똑같이
받을 수는 없다고 생각한다. 반드시 순영의 사랑
만을 받고 그 사랑에 봉사하려고 할 것 같으면 지
금까지 외로운 몸이 몹쓸 고생을 다 해오면서 칠
년 동안이나 자기를 지켜온 저의 처를 버려야 할
것이고, 그 처의 사랑을 받아서 모든 것을 거기 희
생하려 하면 순영이 역시 외로운 몸이다. 평민과
도 달라서 현실에는 극히 어두운 몸으로 조선까지
와서 말은 분명히 못하나 저만을 믿고 기다리고
참된 말 아름다운 말 한 마디 두 마디만 배울지라
도 저와 자기 사이의 좋은 전조로 알아두는 순영
을 버려야 할 것이다.

그러므로 순철은 그 유순한 인정이 어느 편이든
지 차마 못 버릴 것으로 생각할 때가 많다.

순철은 이 밤에도 곰곰 생각한다.—처를 버리면
절개도 없고 미모도 없고 지식도 없다. 혈혈단신
으로 세상 밖에 버려지는 셈이다. 그러면 그는 어

찌 될 것이냐. 잘되어야 남의 집 침모이고, 그도 못 되면 세상에서 침을 뱉는 추업부*나 거지가 될 것 이다. 아— 그렇도록 잔학한 행동을 어찌 사람이 되어서 하랴. 하물며 나의 몸의 반편같이 생각이 들어지던 그 처를······

그의 다만 하나이던 보배 같은 동정도 이미 나 에게 바치고, 지금 내가 이렇게, 다른 여자의 편지 를 보는 것도 아는지 모르는지, 고요히 잠들어서 천사같이 순한 모양을 하고 자는 것을······

이같이 생각하고 앉은 순철의 왼편에는 저의 처 가 숨결을 고르게 쉬면서 잠들었고, 그 바른편에 는 순영의 편지가 놓여서 그 귀한 얼굴에 눈물을 흘리고 하소연하는 것 같다.

순철 선생, 어느덧 봄이 돌아와서 선생을 모신 지 일 년이 되었다고 말하는 것 같습니다. 기숙사 뜰을 무심히 지나도, 가—는 샘물이 모래땅을 돌돌 흐르는 것과, 버 려질 때를 말하려는 듯한 꽃봉오리들이 다 착한 처녀, 네 마음속에는 무엇을 준비하였느냐고 묻는 것 같습니

* 색주가, 창녀 등 더러운 직업에 종사하는 여자.

다. 하나 저는 무엇을 말할 수 있겠습니까. 옛사람의 말
에 "뒤를 돌아다보는 이는 어리석다"고 하였습니다. 그
런고로 몸에 넘치는 설움을 안고, 부모 슬하에 행복되
게 지내던 옛일을 뒤돌아 생각할 수도 없이 외롭게 탄
식합니다. 그리고 학생 생도들은 언어도 불통하고 풍속
도 다른 곳에서 자라난 사람이라고 보아서 그러한지, 다
만 호기심으로 저를 바라봅니다. 하나 그들은 저 미워하
는 것이 필경 아닙니다마는 저는 어찌함인지 그들에게
호의의 친함을 보내지도 못하고, 누구를 기다립니다. 하
니 제게 누가 오겠습니까. 여순서 저 때문에 일 년 공부
를 희생한 대영 오빠는 감히 바랄 수 없고, 선생께서나
와주셔야 사실이 될 것인데, 선생은 연구하시는 바쁘신
어른이시고…… 때때로 어리석은 일이지만, 부모를 죽
여 없애고 집을 불살라준, ○○주의를 빙자하는 ○군을
원망합니다마는 다— 운명의 지도하신 배라, 의심할 길
없이, 이 마음을 누가 위로하러 나와주셨으면 하고, 애
달피 생각합니다.

　선생, 제가 이렇게 자주 편지해 무엇에든지 방해가
없으십니까.

월 일 순영 배배

아아, 순철은 그 어리고 순결한 마음이 그렇게 자기를 생각하는 것을 보고 차마 그를 찾아가보지도 않을 수야 있을까. 저는 편지를 다 보고 자리에 누우면서

'내일 찾아가보자. 그러고 기회가 허락하면 나는 아내 있는 사람이라고 말하리라.'

하고 결심하고 눈을 감았다.

19

순철은 그 이튿날 새벽에 그 처가 자리에서 일어나지도 않았을 때 잠을 깨었다. 무엇인지 몸이 무거워서 눈이 쉬 떨어지지도 않으면서 다시 잠이 들 것 같지도 않다.

저는 그 처의 새벽잠을 깨워주지 않으려는 듯이 조심조심 일어났다. 그러고 순영이를 찾아가서 하루 동안만 마음이 편하도록 잘 위로해주고, 지금까지 아무런 감정도 갖고 온 것이 전부 없었던 것처럼 단지 친형제같이 친하도록 말해보리라 생각하면서 저의 지갑을 열어보았으나 잔돈 몇 푼이 있을 뿐이었다. 그 돈으로는 순영을 위로하려고

동물원 구경을 시키더라도 부족하였다. 그래서 순철은 그 아침으로 그 아버지에게 가려고 생각하다가 거기로 가면, 차라리 저의 감정을 상하기 쉬운고로 순희에게 가서 어머니에게 말해달라는 것이 편하겠다고 생각하면서 지갑에 있던 돈을 그 처의 주머니 속에 넣어주었다. 그리고 순철은 가만가만히 자리옷* 위에 두루마기를 걸치면서 문밖으로 나섰다. 비옷 장수와 미나리 장수, 두부 장수 들이

"비옷 드렁** 사우."

"미나리 드렁 사우."

"두부 사."

하고 좁은 골목으로 들어오다가 두루마기 고름을 매면서 분주히 나가던 순철과 부딪혔다.

"다치셨습니까?"

하고 순철이와 부딪힌 미나리 장수가 순철이를 보고 어려운 듯이 겁 있게 물었다. 순철은 부끄러운 듯이

"아니."

---

* 잠잘 때 입는 옷.
** 장사치들이 물건을 사라고 외칠 때 복수의 뜻으로 붙이던 말.

하고 달음박질해서 골목 밖으로 나섰다. 관훈동
우편국은 문 닫힌 채로 있고, 그 옆으로 흰 두루마
기 입은 사람들이 분주히 지나갔다. 아침 안개가
부유스름한 낮은 하늘 밑 땅 위에서 이른 아침 공
기를 적시어서 사람들의 아침 정신을 흐렸다. 순
철은 안동 네거리에 와서 간동 편으로 돌아다보았
다. 하나 저는 역시 안국동으로 돌아서는 길모퉁
이로 돌아서면서 한 공부工夫*가 괭이를 들고 아
직 아무도 손대지 않은 딴딴한 한길 땅을 힘 있게
괭이로 패는 것을 이윽히 보았다. 공부는 두 번 세
번 같은 동작을 연속했다.

순철은 그 앞으로 지나다가 심히 아름다움을 본
사람의 모양으로 한참 우두커니 서서 구경하다가,
안국동으로 향해 가면서

'사람의 아름다움도 때를 얻어서 운동하는 데 있
다'고 생각했다. 안국동 집에는 그 모친이 일찍 일
어나는 탓인지 어느새 일어나서 두선두선하고**
있었다. 순철은 우선 뜰로 들어가다가 광에서 나

---

* '품팔이꾼'의 북한어.
** 낮은 목소리로 말을 주고받는 소리가 나다.

오는 그 모친과 만났다.

"순철이 너 어떻게 이렇게 일찍 왔니."

하고, 그 모친이 근심스러운 얼굴로 물었다.

"어머니, 안녕히 주무셨습니까, 금희는 아직 아니 들어왔어요."

순철은 그 모친의 놀라시는 표정에 기가 눌리어서 한참 만에 인사를 했다. 건넌방 미닫이가 열리면서, 순희가 반가운 듯이

"순철이 왔니, 들어와."

한다. 그 모친이 물끄러미 순철의 얼굴을 들여다보다가 기—다란 마른 손을 만지면서

"안 들어왔다."

하며 한숨짓고

"너 어디 불편하냐, 여순서 나올 때보다도 몹시 수척하지 않았니? 안되었다, 이 애야 몸조섭을 해야지."

하고 근심했다. 순철은

"아니요, 봄부터 여름까지는 늘 이래요."

하고 그 모친을 안심시키면서 순희의 방으로 들어갔다.

순희는 또 몸이 아프다고 누워 있었다. 벽에는

새 옷이 걸려 있었다. 순철은 그 사치한 순희의 옷을 보고,

'언제 누님은 저런 옷을 다 장만하셨소?'

하는 듯이 벌써 웃었다. 그러나 입 밖에 말을 내지 않고, 그 누이를 바라다본다.

그 눈이, 순희를 향하여 이윽히 볼 때 이러한 의미를 머금고 있었다.

'누님, 당신은 정택 씨와는 아주 다르시구려. 그러면 당신은 시방 저를 잊으셨구려.'

하나 순철은 또 말은 하지 않았다. 순희는 어쩐지 멀리를 바라보며, 저에게 눈세를 맞추지 않았다. 그리고 한참 우물쭈물하다가,

"순철이— 세수도 아니 하고 왔구나, 혹시 말다툼이나 하고 오지 않았니, 오빠네처럼."

하고 미소했다. 순철은 매우 주저하다가, 순희에게 돈 오 원을 얻어가지고 집으로 돌아왔었다.

이럭저럭해서 순철이가 ××학당 기숙사 문에 들어와서, 순영을 찾기는 오전 열한 시쯤이었다. 사감에게는 먼저 정대영이가 말해두었었던 고로, 언제든지 순철이가 찾아갈 때는, 순영에게 면회시키기로 허락되어 있었다. 순영은 사감이 들어가자

달음박질해서 나왔다. 기숙사 뜰 저편에서 테니스
를 치던 학생들이 라켓을 내던지고, 뜰 모퉁이에 서
서 이야기하는, 순철과 순영을 기웃기웃 엿보았다.

순영은 정대영이가 청국서 사 보낸 것으로 만들
었다고 하면서 흰 비단저고리에, 남빛 도는 옥색
치마를 깡총하게 입고 있었다. 머리는, 서양 처녀
들이 하는 대로 뒤로 틀어 꿍치던* 것을 이날은 층
층 땋아서 늘어뜨리고 그 기—다란 머리채 중치**
에서부터 끌러서 새빨간 리본으로 매고 있었다.

20

순철은 순영이가 그동안에 자란 것을 보았다.
그리고 지금까지 못 보았던…… 가슴은 불룩하고
허리가 가늘고 뒤가 퍼진 것이 보였다.

"순영 씨, 그동안 공부 많이 하셨소?"

하고 이 말 저 말 끝에 물었다. 하나 지금까지 옷
해 입은 이야기, 운동한 이야기, 동무 사귄 이야기

---

* 조금 세게 동이거나 묶다.
** '가운데'의 방언.

를 하던 순영은 급히 입을 꼭 다물고, 조선 처녀들이 하는 버릇대로 치마끈을 말았다 펼쳤다 하였다. 순철은 다시 물었다.

"공부 많이 하셨어요?"

하고, 하나 두 번째에도 그는 백합같이 하얀 얼굴을 숙이고 치마끈만 돌돌 말았다 폈다 하면서 대답이 없었다. 순철은 의심스럽게

"순영 씨."

하고 불렀다. 한참 만에 순영은 머리를 들어서 이상히 괴로운 듯한 얼굴을 보이다가 다시 머리를 푹 숙이며 간신히

"저는 공부하기가 싫어요. 당최 그 괴로움이란 참을 수 없어요."

했다. 그의 작은 구슬을 꿰어내는 듯한 음성이 애틋이 들리지만 순철은 그런 감정을 감추고

"순영 씨, 당신은 언제부터 그런 생각을 하게 되었습니까, 아직 어리신 이가 공부를 아니 하시고 무엇을 하시겠습니까."

하고 저의 이성이 준절히 일렀다. 그리고

"가실 곳도 없으시면서."

하고 말하려다가 그의 흰 비단보다도 더 희어지

는 얼굴을 바라보고 말을 채우지 못하고 얼굴을
돌렸다. 순영은 이때야 저의 비참한 표정을 보고
는 고개를 들고 좀 점잖은 위권을 보이며

"순철 씨, 저는 금년에 열여덟이올시다. 벌써 어
리진 않습니다. 그리고 이 학당에서는 제가 배우
려고 하는 것이 하나도 없습니다. 저는 그래서 생
각했습니다. 이 학교에 있는 것보다는, 선생 계신
데 가서 소제를 해드리는 것이 좋겠다고…… 해도
선생께서 저를 안 데려가시면 저는 할 수 없지요.
하나 제 생각에는 반드시 선생께서 저를 아니 데
려가실 수는 없으실 줄 압니다. 그 전에 아버지와
어머니께서는 저를 선생에게 드리고 싶다고 하시
면서, 선생에게 조선말을 배우라고 하셨습니다."

하는 그 어조에는 괴상한 힘이 넘쳐서 들린다.
그는 여기까지 말하고 순철의 놀라는 모양을 보다
가 다시 말하였다.

"선생, 저같이 불쌍한 것을 안 데려가신단 말씀
은 못하시지요. 조선으로 온 것도 이렇게 조선말
을 배운 것도 다— 선생을 생각하는 정성으로 한
것이올시다. 저는 그—때 선생이 얼음 위에서 달
아나시는 것을 바라보고, 철없는 마음에 선생을

잊을 수 없어서 어머니께 졸라서 선생을 모시어 오게 했었습니다. 그때 어머니 말씀이 의외에 고마우시면서 쉽게 허락하셨습니다. 하고 제 생각이 그르지 않던 것을 말씀하시었습니다. 그리고 저는 황족이라도 평민같이 되었으니까, 반드시 아무런 이에게라도 뫼실 것이라고 말하셨습니다."

하고 순영은 입을 다물었다. 그 얼굴에는 열심스러운 빛이 발그레하게 오르고, 그 눈에는 고치지 못할 강철 같은 빛이 뜰귀에 서서 멀리 바라다보는 사람들은 연고 없이 쫓아버리도록 굳세고 빛나 보였다. 순철은 할 말을 잃고, 우두커니 순영이가 다시 말하기를 기다렸다. 순영은 이번에는 좀 그 감정을 보드랍게 하면서

"선생, 제 말이 그릇되지 않지요, 선생은 저를 하루바삐 댁에 데리고 가시고 싶으시면서도 제가 청국 사람이고, 또 전일에 왕녀였으니까, 당신의 공평한 심리로 보셔서, 좋은 사람이 아닐 줄 아시는 것이지요. 해도 저는 불쌍한 사람이 아닙니까? 불쌍한 사람은 마음이 순해진다는 법인데, 저라고 그렇지 않을 수야 있겠습니까?"

이때 순철은, 순영의 지혜스러움에 깜짝 놀랐다.

그리고 그의 말은 오랫동안 저를 보면 하려고 준
비하였던 듯이 줄줄 외는 것같이 들렸다. 순철은
순영에게 오늘 기대하고 온 것은 이런 일이 아니
었던 고로, 할 수 있는 대로 그를 흥분된 상태에서
끌어내리려고 힘쓴다. 해서 고요한 태도를 짓는다.

"순영 씨, 그런 말씀은 아직 하실 때가 아닙니다.
저도 어리지만 순영 씨는 저보다도 더 어리시니까
이다음에 그런 말을 하십시다. 순영 씨를 위해서
좋지 않은 일이올시다. 저는 물론 순영 씨를 데려
가고 싶지요. 해도, 제게는 그렇지 못한 사정이 있
습니다. 저는 그래서 여순 있을 때부터 순영 씨 댁
에 가기를 꺼렸습니다. 해도 대영 씨에게 끌려서,
하는 수 없이 객지의 외로운 몸이 늘— 순영 씨에
게 가서 위로를 받았습니다. 하나 저는 그 위로를
받는 만큼 괴로움도 받았습니다."

하고 순철은 순영의 낯빛을 살폈다. 먼저는 하
얗다가 다시 불그레해졌던 것이 지금은 남빛이 돌
도록 파랗게 질렸다. 하나, 순영은 무엇을 생각했
는지 낯빛을 고치고,

"선생님, 제가 그때 과하게 호사를 하곤 해서 그
렇지요."

하고 이상한 웃음을 웃었다.

21

순철은 그 웃음을 바라보고 무엇을 주저하는 듯
하다가 또 서슴지 않는 듯이 인생의 신산함을 말
하는 것처럼

"순영 씨, 내가 말하는 것은 그런 달콤한 이야기
가 아니……"

하고 말을 채 하지 않고 입을 다물었다. 저는 어
린 왕녀의 얼굴이 다시 하얘지는 것을 보고, 말을
채 하지도 못하고 사시나무같이 떨려오는 몸을 간
신히 우뚝 섰었다.

순영은 지금은 말이 다하였는지 눈 한번 깜짝거
리지 않고 뜰귀에 나란히 섰다. 마치 새빨갛던 우
미인초虞美人草*가 하얗게 변해서 잔바람도 없는
유월 대낮에 볕을 쪼이고 있는 것 같다. 마침 산들
바람이 드물게 나오는 나무 싹들을 흔들었다. 순
철은 입을 열었다.

* 양귀비과의 두해살이풀.

"순영 씨, 오늘은 밖에 나가보시지요. 그리고 우리 집에도 가보시고……"

하고 순영은 꿈이 아닌가 하고 좋아하며 작은 새가 날아가듯이 달음질해서 저—편으로 가며, 잠깐 돌아다보고

"선생, 나 사감께 말하고 올게요."

했다. 그 모양이 아주 순철을 꽉 믿는다는 듯이 보인다. 순철은 속으로 아무리 보아도 순영이가 전보다는 달라졌다고 생각했다. 급히 그 경우의 변천을 당하면 사람들이 흔히 신경이 과민해지기 쉽다는 말을 순철이도 인정하는 터이다. 저는 그 눈살을 펴지 못하고 순영을 애처롭게 생각하였다. 하나 순영이를 자기 아내를 삼고 현재의 자기 처를 버릴 생각은 아니 한다.

순영은 사감에게 허락을 받고 뒤로 층층 땋아서 늘였던 머리를 아무렇게나 뒤로 꿍치고 순철을 따라 나섰다. 그 뒤를 바라보는 기숙생들이 무엇이라고 수군수군했다. 그들은 순철이와 순영이가 한어漢語로 말하니까 조그만 말도 듣지는 못하나 수상한 그들의 태도를 단순히는 보지 않는 모양이었다. 순철은 순영이가 길에서 전일에 가졌던 위권

도 점잖음도 다 없이하고 다만 인정에 주린 어린
양과 같이 자기를 따라오는 것을 생각하면서, 침
묵을 지키고 길을 지나가기는 해도 그 가슴이 패
어지는 것 같았다. 할 수만 있으면 순영에게 무슨
말을 해주고 싶으나 얼른 그 말이 그 입 밖에 나오
지 않았다.

그들은 동대문행 하는 전차 위에 올라앉아서,
서로 입을 다물고 있다가

"순영 씨, 날도 좋고 하니 우리 동물원까지 갔다
가 돌아오는 길에 우리 집에 들릅시다."

하고 순철이가 순영에게 말했다.

바람은 자고, 날은 아지랑이를 끼어서 아른아른
하게 고운 정오 때였다. 전차는 정류장마다 머물
러서 흰옷 입은 사람들을 싣고 동대문을 향하여
달아났다. 정류장마다 사람들이 몰려서서 차 오기
를 기다린다. 그 모든 사람들의 얼굴에는 모―든
것을 잊은 쾌락의 빛이 넘쳐 보였다.

그 사람들이 차에 오를 때마다, 세상에는 류가
없이 아름다워 보이는 순영에게 시선을 빼앗겨서
멍―해진다. 그러면서 순영과 같이 그 옆에 점잖
게 앉은 순철을 반드시 쳐다보고

"형제인가 보다."

"신혼부부인 게지."

하고, 각각 수군수군한다. 순영은 부끄러운 듯이 그 얼굴을 순철의 가슴에 향해서 숙이고 모로 앉았다. 순철은 그 모양이 더욱 애처로워서 무심결에 순영을 그 앞으로 끌어 앉히면서 한어로

"순영 씨, 모두들 쳐다보아서 부끄러우."

하고 매우 동정하는 듯이 물었다. 순철은 이때야말로, 모—든 의리를 잊고, 순영만을 생각했다. 하나 저는 그 한때가 지나자 다시 의리에 부대껴서 순영에게, 냉정한 태도를 지었다.

전차는 동소문으로 향하여 가던 종로 사정목에서 많은 손님을 내려놓고, 다시 동으로 달아났다.

동물원 앞에는 자동차가 느런히* 놓여 있었다. 순영은 그런 것은 돌아다도 안 보고 뚜걱뚜걱 걸어가는 순철의 뒤를 총총히 따라갔다. 하나, 순철은 다시 천천히 걸어가면서 뒤를 돌아다보고, 자동차를 바라보고, 순영에게 향한 옛날과 금일의 차이를 감상적 회포로 느꼈다.

* 죽 벌여서 늘어놓은 모양.

동물원에는 경성 안 사람들이 다— 몰아온 듯이 번잡하였다.

시골서 새로 올라온 구릿빛 얼굴의 남학생들, 옥색 명주치마에 짧은 저고리를 품조차 좁게 해 입은 시골 부인들, 옷소매 긴 일본 여인들, 양복 입은 남녀 소학생들, 그리고 신사들, 머리카락 지져 붙인 키 큰 여학생풍의 여인들, 검정 치마에 흰 저고리 입은 여학생의 무리, 흰 저고리에 세루치마* 입은 여학생 출신들, 그 주위를 빙빙 도는 청년신사 같은, 애매한 사나이들 한 무리 밀려왔다, 밀려갔다 한다.

순철은 이 많은 사람 가운데 밀리어지기 쉽다고 생각한 고로 순영의 손목을 잡고 먼저 동물원을 돌아서 박물관으로 들어갔다.

22

거기서 순철과 순영은 불상을 구경하고 화폭들이 걸린 곳을 향하여 가다가 순영이가 발을 멈칫

---

* 모직치마. '세루'는 모직물 서지serge의 비표준어.

하고 지금까지 쥐었던 손을 급히 놓으면서,

"저—기 가는 이들이 그—때 선생의 기숙사에서 보여주시던 사진첩 속에 있는 이들 같아요."

하고 순희와 그 어머니와, 순철의 댁과 상철의 댁, 어멈이 한 떼를 지어 오는 것을 가리켰다. 그들도 순철의 편을 바라보고 웃으면서 일보 일보 더 가까이 왔다. 그 순간에 순철의 댁의 얼굴이 흙빛같이 파래졌다. 순철의 얼굴도 백랍 같았다. 저는 간신히 음성을 진정해서 누구에게나 지정치 않고

"언제들 오셨어요."

하고 인사했다. 순희가 얼른 날카롭게 웃는 낯을 짓고

"벌써 왔었다."

하고 변명해줄 듯이

"저이가 네 친구의 누이동생이라는 이냐? 저런 사람이 세상에 있지? 잘나기도 했다."

하고 흔연히 말했다. 순철은 이 기회를 타서

"그래요?"

하고 아무렇지도 않은 듯이

"누님 눈에는 그렇게 잘나 보여요? 눈이 각각이니까."

하고 웃었다. 하나, 순철의 댁은 무엇이 불쾌하였던 듯이 파랗게 질린 얼굴을 옆으로 돌리고 한숨을 내쉬었다. 순희 모친과 상철의 처도, 순영을 놀라는 눈으로 보았다. 하다가 순희 모친이 그 아들에게

"손목은 왜 쥐고 다니니? 부랑자로 안다."

하고 주의를 해주고 상철의 댁이 흘깃흘깃 보고 웃으면서 말 모르는 순영을 옆에 두고

"아주 부부같이 보이는구려."

했다. 순영은 그만 고개를 숙였다.

하나, 순철이가, 순희에게 인사시키려고 순영의 어깨를 가볍게 치며

"순영 씨, 여기 있는 이가 참 그때 사진첩에 있던 우리 누님."

하고

"누님 이이가 내 동무 정대영 씨의 누이동생."

할 때에는 그는 고개를 들고, 순희를 반기는 듯이 바라보고 서툰 조선말로

"순희 씨이시지요."

하고, 상끗상끗 웃었다. 그 웃는 치밀한 표정과, 금강석보다 더 찬란한 아리따운 눈, 의젓한 몸가

짐, 또 진주같이 뽀—얀 살결, 순철의 집안사람은 물론이고, 그 옆을 지나는 사람들일지라도 본 체 만 체 하고 지나는 사람이라고는 하나도 없었다. 아침에는 그 비참한 신세 땜에 얼마큼 조급한 행동을 짓던 순영의 어린 마음은 한길을 지나올 때에 순철이가 친절히 해준 탓인지, 또는 한길 사람들의 화창한 기분에 동화됨인지, 그 뒤도 없이 몇 달 전 왕궁에서 보이던 모양이다. 모든 구경꾼은 순영의 근본을 알지 못하고, 빛 다른 이 비밀의 왕녀를 다시 보고 다시 보는 모양이다. 벽에 걸린, 모든 옛날 그림이 왕녀의 앞에서는 빛을 잃었다. 순영은 모든 화폭을 정신없이 들여다보다가, 젊은 여자들이 지나가면 그 복색을, 이윽히 보았다. 순철은 순희와 어깨를 나란히 하고 그 옆에 순영을 역시 이끌고 가면서 그 처에게 눈치를 보이고

"또, 시기는 내지 마시오, 외국 풍속은 이러니까."

하였다. 그 처는 아주 안심한 듯이 웃으면서 순영이가 금희의 이르던바 왕녀인 줄을 모르는 모양이다. 순희는 입을 다물었다. 왕녀라 하면? 순철의 처는 금희에게서 언젠가 들은 말이 있었다. 작은

오빠에게 청국 왕녀가 반해서 조선까지 따라왔다고. 그래서 오빠는 거기 편지하는 것을 아버지 편지 속에 넣어서 순희와 상철이가 보았는데, ……무엇인지 한문으로 써서 잘 몰라도, 존경하는 여왕 전하여, 귀하신 사랑을 베풀어주시는 것을 생각하면, 무엇으로 보답할 바를 모릅니다. 다만 전하의 건강을 빕니다. 그리하고 때를 기다리시면 전하에게 상당한 행복이 돌아올 줄 믿고 바랍니다. 이뿐이었다. 그리고 늘, 순철의 말이 그 처를 안심시키기 위해서 왕녀는 청국으로 돌아가고, 정대영이란 학우의 누이가 새로 와서 ××학당에 들었다고 했으니까. 그가 그인 줄을 모르는 순철의 댁은 순영이가, 즉― 순철에게 반한 왕녀인 줄은 꿈에도 모르고, 순영이란 처녀는 어리고, 길을 몰라서 이런 사람 많은 데서는 어릿어릿하니까, 그 남편이 친구의 대접으로 손을 붙잡아주나 보다 하고 안심한다. 그 모친 역시 그렇듯이 알게 되고, 상철의 댁은 사람이 간악한 탓에 짐작이 많음인지 분명히는 몰라도 눈치는 채는 모양이고, 순희는 밝게 사실대로 알고 있었다.

순철은 참으로 괴로운 지위에 있다. 저는 그 처

가 아무것도 모르는 쓸쓸한 얼굴을 하고 그 시어머니 옆에 따라가는 것을 볼 때, 그가 의심 없어 보이느니만큼 큰 사기를 행하는 것 같았다. 그래서 순영의 손을 놓으려 하나, 아름다움을 못 보던 주린 눈들이 그를 탐내서 한 발자국이라도 그의 앞으로 다가와서 바라보는 것을 볼 때, 진주를 돼지우리에 던지듯이 그 갈 바를 모르는 손을 놓아서 험한 물결 같은 사람들 가운데 밀리어 갔다 밀리어 왔다 할 것을 생각하매 그런 몰인정한 일을 행할 수 없었다. 그리고 순희와 순영이가 친해져서 나란히 손목을 잡고 가기를 바라나 어찌함인지 순영은 그 동성인 순희를 얼른 친해서 그를 따르려 하지 않는 것 같다. 순철은 하는 수 없이 그 모친과 그 처의 앞에서 순영의 손을 이끌고 그 누이 옆에 끼어서 박물관을 나와서 식물원으로 향해 갔다.

그 뒤로 어멈이 한눈을 팔며 따라갔다.

23

순철의 일행은 파릇파릇한 잔디밭을 걸어서 가다가 연못가를 거쳐서 사람들이 통행하는 사쿠라

나무 길로 나섰다. 상철의 댁이 그 시어머니를 보고

"어머니, 꽃 필 때면 좋겠죠."

하고 아양스럽게 물었다.

"그렇지."

하고 순희 어머니가 대답하다가 순희가 좀 피곤
한 듯이 얼굴이 해쓱해지는 것을 보고

"애기, 왜 몸 괴로우냐."

하고 순희의 얼굴을 들여다본다. 순희는 검소한
수목두루마기* 입은 사람들이 지나갈 때마다 유
심히 보다가

"아니요."

하고 낯을 붉힌다.

순철과 순영은 어느덧 또 손을 꼭 잡고 앞서서
갔다. 순철은 키가 크고 좀 벌어진 체격을 가졌으
므로 뒤로 보매 나이가 들어 보이지만, 순영은 땋
았던 머리를 그대로 꿍치었을 뿐 아니라 그 좁은
어깨와 가느다란 허리가 아직 소녀의 자라지 못한
태를 못 벗어나서 저보다 심히 어려 보인다.

순영은 그 어린이와 같은 심지로 순철에게 이야

---

* 헌솜으로 실을 켜서 짠 무명으로 지은 두루마기.

기한다.

"선생, 그이들이 다 선생의 친척이요."

"그래요."

순철은 화평한 낯을 하고 대답했다. 저도 아직 어린 마음에 목적은 장할지라도 그 의지가 굳센 터를 못 잡음인지라, 어제저녁에는 저의 처보다 많은 보배를 가졌으니까, 자기가 그를 거느리지 않더라도 그 처같이 불행하지는 않으리라고 생각해서 그를 간섭치 않기로 작정하고, 오늘은 꼭 그에게 자기 경우를 말하러 간 터인데, 결과는 그와 반대로 되어서 그 처를 속이고, 창경원 온— 전체가 황홀히 우러러보는 어린 왕녀에게 상냥한 대답을 하고, 또 그의 환심을 사려고까지 생각한다.

"그 노인은 누구세요?"

"우리 어머니요."

"그럼, 그 먼저 서서 오던 얼굴 넓적한 이는요?"

"그이는 우리 형수요."

"그럼 그때에 선생의 어머님 곁에 섰던 이는."

"그는, 그는 일갓집 누이."

하고 순철은 낯빛은 변했으나 태도는 고치지 않는다. 그 눈은 죽을힘을 다— 들여서 무엇을 감춘다.

어린 왕녀는 그런 눈치는 채지는 못하면서도 사랑하는 이의 상냥함만 다행으로 생각하면서 뒤를 돌아다보았다.

순희의 눈은 역시 검소한 수목두루마기를 입은 사람들에게로 향해지고 순희 모친의 눈은 십칠 세쯤 된 소녀들이 지나갈 때마다 또 오십여 세가량 된 노인이 지나갈 때마다 반드시 그리로 향해진다. 순철의 댁은 어멈과 무슨 이야기를 하다가 순영을 보고, 난처한 표정을 지어 보인다.

순영은 무엇인지 차츰차츰 순철의 댁에서 무엇을 찾아내었다. 온 사람들이 자기를 우러러보건만 단지 순철의 일갓집 누이라는 그가 자기를 노려보거나 난처한 표정을 하고 옆을 보는 것이 마치 자기를 미워하려는 전조 같아서 시선이 마주 뜨이면 불안하였다. 하나 그는 힘써서 그런 생각을 흐리게 지워버리려고

'그이가 연고 없이 나를 미워할 리는 없다' 생각했다. 이는 순철의 말을 믿음이다. 이 어린 왕녀에게는 순철의 말만이 모든 천리와 같고, 가장 높은 교리 같다. 그는 미신적으로까지 높이 믿는 순철의 말이라면 물불을 가리지 않고 그 속에 뛰어들

기도 할 것이요, 죽음도 무서워하지 않을 것이다. 그 무엇이냐 하면 어린 왕녀에게는 그 사랑만이 생명이니까.

이 반대로 순철의 댁은 하소연할 곳 없는 심지를 행랑어멈에게

"어멈, 청국 사람은 참 다— 이쁘다지. 거기서는, 여자들은 수만 놓고 아무 일도 하지 않는다지."

하고 물어본다. 행랑어멈은

"아씨, 그렇답니다. 그러니까 사람들이 이쁘지요."

하고 저도 모르는 말을 하고 앞서간다. 순철의 댁은 더 풀 없어지며 혼잣말같이

"그런데 조선에 와 있는 것들은 어찌 그리 추해."

하고 속으로 '거기 사람은 서양 사람 같아서 내외법이 없나. 원, 저이는 발도 안 줄이고, 저렇게 조선 옷을 입었으니까 하릴없이 조선 사람이지' 하고 반신반의로 생각을 돌려본다.

어멈은 식물원 유리창으로 바싹 붙어 서면서, 몇 발자국 뒤를 보고는

"아씨, 저 꽃들 보십시오."

했다. 순철의 댁은 풀 없이 그 옆으로 갔다. 그 일행은 식물원 온실 앞에 이르렀었다.

순영은 순철이가 열심히 들여다보지 않으므로 열심히 보지 않고, 순희는 저—편 잔디 위에 앉은 사람들을 바라보느라고 역시 온실을 들여다보지 않고, 상철의 댁은 순희와 순영의 행동을 살피느라고 도록도록하고,* 온실 안을 들여다보는 사람은 순희 모친과 행랑어멈과 재미없이 보이나마 순철의 댁뿐이다.

순희는 한참 한눈을 팔다가 순철의 옆으로 오며

"야— 저—기 보이는 이들이 큰오빠 일행 아니냐. 무엇인지 저—편으로 보이는 이가 정택 씨 같다. 한데 그이가 요새는 구락부에도 다니고 할 때는, 빈촌 일에 재미가 없어졌나 보다."

하고 온실 앞으로 걸어 나오면서 순철에게 이야기했다.

24

"글쎄 누님, 분명치 않아도 가정을 지으려고 한다는 말이 있어요. 형님이 어저께 이야기하더군요."

하고, 그 누이의 얼굴을 살핀다. 하나 순희는 태
연히 웃으면서

"그것이 옳지, 어느 빈한한 여자와 친해졌다더
니 그것이 사실이었던 것이지."

하고, 고요히 말한다. 순철은 그 누이를 쳐다보
고 얼마큼 낙망을 하면서

"그래도 누님은 섭섭하지 않으십니까?"

하고, 그 누이의 매정스러움을 생각한다.

"참 언젠지, 한번 편지했더니 이후부터는 안부
편지도 하지 말아달라고 했더군."

하고 이상하게 순희는 그가 과히 냉정하지도 않
았다는 듯이 말하고 순철의 낯빛을 살핀다. 순철
의 낯에는 얼마쯤 의심스러움이 보인다. 순희는
다시 말을 꺼냈다.

"나 때문에 몹시 괴로움을 받았으니깐 안부 편
지쯤 받아가지고 또다시 고통을 받기는 억울할 것
이지, 내 맘을 내 맘대로 못하니 나도 근심이야."

---

* '두룩두룩하다'의 북한어. 크고 둥그런 눈알을 천천히 굴리
는 모양.

한숨과 어울려 수소愁訴한다.*

순철은 쉽게 그 입을 열지도 않을 듯이 있다가 웃으며,

"누님은 정택 씨를 친하곤 싶으셔도, 다시 연인으로 생각하시고 싶으시지는 않으시지요?"

하고 그 부드럽고 침착한 음성으로 묻는다. 순희는 머리를 흔들었다. 이때 순희 모친이 그들이 서 있는 곳으로 와서,

"너희들은 점심 먹지 않으려느냐."

하고 물었다.

"먹지요."

하고, 순철은 그 모친에게 대답하고, 그 옆을 보았다. 하나 그 옆에 있을 줄 알았던 순영이가 눈에 보이지 않았다.

순철은 가슴이 무너지는 것 같았다. 그래서 급히 눈을 둥그렇게 뜨고,

"누님, 순영이가?"

하고 물으면서, 온실 서편으로 돌아가려 할 때, 그 편으로 순영이가 돌아오면서 손을 치마 갈피에

---

* 자기 사정을 애처롭게 호소하다.

넣고 얼굴을 붉혔다. 하고 숨이 찬 듯이

"선생, 저를 찾으셨습니까?"

하고 순철이가 아주 자기만을 사랑하는 듯이 묻는다.

"그래요."

순철은 미미히 웃으며, 그 태도를 귀엽게 안 바라볼 수 없는 듯이 본다.

"이리들 와요."

하고 순희가 온실 서편에 몰려 앉아서 이야기하는 오라범댁과 순철의 댁을 부르면서 순철을 바라다보고

"너희는 어떡하런?"

하고 몰아 묻는다. 순철은 잠깐 순영을 보고 얼핏 조선말로

"순영 씨, 점심 어떡하려우?"

했다. 순영은 치마 갈피에서 손을 꺼내면서 종이에 싸쥐었던 것을 보이며

"여기."

하고 말 대신 웃는다.

저는 설마 점심을 싸 왔으랴 해서 다시

"순영 씨, 점심 어떡하려오?"

하고 물었다. 하나 순영은 전과 같은 동작을 거
듭해 보이면서 웃는다. 순철은 이제야 그 종이 뭉
치를 짐작하고 그 모양이 더욱 귀여운 듯이

"오—"

하고 놀랐다. 그들은 식물원 뜰에서 나와서 정
택의 일행이 앉은 편을 향하고 걸어갔다. 그들이
그 편을 향하여 거의 가까이 갔을 때 금희가 어느
편에선지 뛰어나오면서 순철의 옆에 와서

"오빠."

하고 대들었다. 순철은 순영의 옆에서 몇 발자
국 앞섰던 것을 다시 앞으로 걸어가서 금희를 붙
들고 귓속말을 했다.

"흥, 그렇게."

하며 얼른 허락은 하고도 금희는 무엇이 못 미
더운 듯이 순철의 댁을 보고 순영을 보고 도리도
리하는 어린 아해같이 머리를 이리로 저리로 돌렸
다. 순철은 얼굴이 해쓱해졌다. 순희도 해쓱해졌
다. 저—편의 정택도 그 낯이 검고 누르게 변했다.

상철이가 잔디밭에 앉았다가 일어서 오면서 그
모친에게

"어머니도 오셨어요. 아이구, 온 집안이 다— 오

고……"

하다가 순영을 보고 눈이 황홀한 듯이

"저이는 순희 동무냐."

하고 물었다. 순희 모친은, 어머니인 어진 맘으로, 그 큰아들과 막내딸을 보고 무엇을 살필 여지도 없이 기뻐하는 모양이다.

순철은 생각 외에, 아무 환란을 만나지 않았다는 듯이 안심하고, 구락부 사람들이 있는 곳으로 가면서

"누님, 부탁합니다."

하고 순영을 눈으로 가리켰다.

순철은 이날 반일을 다만 귀엽고 아름다움에 끌렸다가, 정택을 보고 그 마음속에 숨어 자던 마음이 도로 깨어난 것이다.

순영은 순철의 뒤를 우두커니 바라보다가, 순희가 그 옆으로 와서

"저리 가 점심 잡수시지요."

하고 찬 손을 내밀어 그의 손을 잡을 때, 순희의 해쓱한 얼굴을 보고 무서운 듯이 그 손길을 들이밀다가 다시 내켜서 순희에게 쥐여주면서

"네."

하고, 겁쟁이같이 웃었다.

그 일행이 나무 그늘로 들어가서 점심 싸 온 것을 펼쳐놓을 때, 순영의 눈에는 눈물이 핑 돌았다. 순희도 고개를 들지 않았다. 순철의 댁은 점심을 먹지 않았다.

25

순철은 사월, 열흘께 중학교 이과 선생으로 그 학교에 교편을 잡게 되었다. 저는 그 형 상철의 주선과 최 목사의 추천으로 학교에 선생이 되었다.

하나 저는, 사월 초승에 필운동에서 만날 때보다, 또 동물원에서 볼 때보다 훨씬 수척하여졌다. 무엇인지 필운동 꼭대기에서 사막 구락부원들이 이야기하는 것을 들으면, 순철은 실력이 많을 뿐 아니라 인격자여서 교회학교에서는 제일 환영할 위인이나, 제일 월급이 적고, 또 제일 힘이 드는 이과 선생이면서 거기다가 제일 말썽스러운, 사 학년 담임선생이 된 것은 필경 상철이가 너무 급히 저를 교원이 되게 하려고 최 목사에게 부탁한 탓이라 한다. 그래서 거기 교원이 된 것은 다행하지만 사람들이 흥정을 할 때 가령 파는 사람이 서둘러서 급히 팔려고 하면 사는 사람은 채치고 파는 사람이 급해서 더 깎을 수 없이 싸게 팔더라도, 오히려 사는 사람은 파는 사람이 얼른 팔려는 틈을 엿보고 다행으로 여겨서, 점점 더 채치고, 파는 사람의 목을 바싹 말리어서 더 참을 수 없이 된 후에야, 마음껏 욕심 채움으로 싸게 산다는 이치가 있다. 이를테면, 상철이란 상인商人은 급히 그 동생을 헐가로 판 셈이란다.

순철은, ×학교 교원이 되면서 저 자신이 공부할 것과 생도에게 가르칠 것을 합해서 시간표를 짜놓고, 밤이 이슥하도록 공부한다. 저의 처가, 한잠 실컷 자고, 깨었을 때도 건넌방을 건너다보면 전등이 환하게 비쳐 있었다. 어릴 때부터 공부만 하기로 결심을 한 저는 자기 일생의 목록 중에 연애나 교원 같은 것은 차례에 넣지도 않았었건마는 뜻 없이도, 귀여운 왕녀에게 붙들려서 하지 않아야 할 근심을 일야로 하게 되고, 이상하는 용광로(쇠 끓이는 가마)의 쇠 끓는 것은 교문을 나서자 다시 구경도 못하고, 뜻도 안 먹었던 칠판 앞에서, 백토 가루만 먹게 되었다. 저는 몇 번인지 주먹을 부

르쥐고

"아무 데도 좋건만 큰 제철소에서 나를 데려가
지 않나."

하고 저의 졸업한 경성고등보통학교에 가서 교
장을 보고 말해보려 했다. 하나 저가 고등보통학
교를 졸업할 때,

"공업을 하더라도 거기서 밥이 생길지 말지 하
다."

하고 비웃던 생각을 하면 어느덧 교문 앞에까지
갔다가 그 선생을 만나보지도 못하고 사람이 볼세
라 급히 돌아왔다. 저도 그런 것은 일이 아니라고 생
각은 하면서도 하릴없이 목적을 달하지 못했었다.

저의 좀 수줍은 부드러운 마음이 언제든지, 그
냉소하는 것을 생각나게 하지 않을 수 없어서, 저
들이 어디 주선하면 될 줄은 알지만 차마 그럴 수
도 없었다.

순철은 그러한 것을 때때로 후회하면서,

'가서 말해보더라면 어느 제철소에든지 가 있게
될 것을' 하고 생각하다가 여순서도, 자기는 성적
이 좋았건마는 그 아래 일본 사람들은 다 자기보
다 배 되는 월급을 받고 큰 제철소에 가게 되었으

나, 자기는 아무도 소개해주지 않던 것을 생각하고 한 자포자기 같은 염세증厭世症이 일어나기도 한다.

× × × ×

저는 이날 밤에도 내일 생도들에게 가르칠 교안을 생각하고 야금학冶金學을 참고하려다가, 몹시 정신이 헷갈리어 수습할 수가 없던지,

"이런 잡생각을 좀 그만두어야 할 때, 나는 연애라는 것은 나의 생활 목록에 넣지도 않고 이렇게 순영이를 생각하니 어찌하면 좋은가. 어려서부터 나는 이렇진 않고 강철 같았건만."

하면서 책상 서랍 속에 있는, 묵은 일기장을 꺼내었다. 육 년 동안에 하루도 거르지 않고 적어둔 일기장을 다 꺼내었다. 저는 이것저것 뒤져보다가, 제일 글씨가 어린 것을 골라서 펴본다. 한참 펴보던 저는 무심결에 소리를 내어서 읽기 시작했다.

삼월 이십구 일 청후설晴後雪

내일 아침 열 시 ○○분 차에 여순으로 출발하겠

다. 오후 세 시에 처가와 동무들의 집을 찾아가보
고 부친께 이십 원 얻고, 모친께 이십 원 얻고, 누
님에게 십 원 얻어서 행리와 일용품을 샀다. 밤에
행리를 정돈하고 있을 때 형수가 과자를 사 가지
고 와서 준다. 밤에 행리를 정돈하고 나니 장 씨(이
후부터는 복순이라고 하지 말고 장 씨라 존칭하자, 사랑
하는 부부간에는 서로 존경하는 것이 좋으니) 울더라.

"왜 우는가."

하고 물으니 참으려고 해도 참을 수 없다고 하
더라.

26

생각하면 할머니 돌아가신 지 며칠이 못 되어 나
조차 먼 데로 가게 되니 섧기도 할 것이다. 나와는
어릴 때부터 좋은 동무이니까. 하나 조혼의 폐弊인
정으로 이삼 삭을 작별하여도 대단히 섭섭할 텐데
하물며 육 년간! 어찌 울지 아니하랴. 장 씨! 장 씨!
용서하시오. 내 어림으로 이런 일이 생기니.

장 씨는 내 행불행을 따라서 불행스럽게도 되
고 행복스럽게도 된다. 나보다 몇 살 위 되는 장 씨

가 어린 내게 매달리게 되었다. 어머니 말씀과 같이 다른 곳에 출가시켰던 편이 장 씨에게는 행복이 되었을지 모른다. 나는 마음으로는 장 씨를 생각한다 하더라도 아직 어려서 중학을 겨우 마치고 유학 가는 길이니, 내 마음대로 장 씨를 위로할 수도 없다. 하나 나는 장 씨를 싫어하지는 않는다. 그리고 나를 그렇게 귀애하시던 할머니의 소원으로 된 것이니까 지금은 장 씨에게 불행을 끼치나 후일에는 행을 끼칠 날이 있겠지!

삼월 삼십 일 청晴

눈을 번쩍 뜨니 여덟 시가 거의 되었더라. 부친께 먼저 인사를 여쭙고 출발하려 할 때 누님과 모친과 형님 또 장 씨 모두 울었다. 금희도 쫓아 나오면서 울었다. 모친은 누님이 있으니까 그리 섧지는 않겠지. 형님은 일본으로 가면 또 잊어버리시겠지. 누님이나 금희도 무엇으로 소일을 하든지 잊어버리겠지. 하나 장 씨는 그 무언중에 파랗게 질리면서 나를 울리더라. 이후부터 그는 서러운 일이 있어도 누구더러 그런 말 한마디 못하겠지. 어머니나 누님이 나를 사랑하는 대신 좀 더 장 씨

를 사랑해주었으면 좋겠지만…… 남대문역에는
장 씨는 못 나오고 형님과 귀동이 누님이 나와서
 "잘 가거라."
 "성공해가지고 오너라."
 하고 전송해주었다. 기차가 경성역을 떠날 때
내 눈에서 눈물이 흘렀다.

 아아, 부끄러운 일이다. 내 일생 생활의 목록을
지으러 여순으로 가는 첫길에 어린 마음을 이기지
못하니 이래서야 무엇을 성공할 수 있나. 나는 조
선 사람들의 좋은 동무가 되겠다. 나는 다른 동무
들이 원하는 학식 있는 아름다운 여자도 부럽지
않다. 양옥집 피아노도 내 이상이 아니다. 다만 한
낱 공학사로서 제철소의 기사가 되어 조선의 공업
을 일으킬 쇠를 만들겠다. 시방 그 목록을 세우러
길 떠나는 것이다. 기차는 자꾸 달아나서 어느덧
평양역에 이르렀을 때 한번 수학여행 왔다가 다—
못 본 곳이라 심히 내리고 싶었다. 하나 나는 역시
내 마음을 꾹 눌렀다.

 안동을 지나 봉천으로 가는 차 속에서 조선 남
녀 일행 사 인과 만났다. 부부와 조카딸, 친딸. 무
엇인지 조카딸은 그 쓸쓸한 표정이 장 씨와 비슷

하였다. 심한 기차 멀미를 하면서도 그 사촌동생
과 삼촌 부부의 심바람*을 했다. 그 사람들은 장
춘으로 행하는 사람들이었다. 무엇을 하러 가는지
그들의 목적에도 십이분의 성공이 있기를 바란다.
그 조카딸이란 처녀도 행복스럽게 되었으면 좋겠
다. 그러나 그들의 친딸 이상 행복스럽게 되기는 어
렵겠지. 나는 기차 안에서 고국을 떠나 수만 리 밖
으로 가는 동포들의 건강을 가만히 속으로 빌었다.

　저는 여기까지 읽고 한참 있다가,
　"이것이 처음으로 여순 갈 때 쓴 것이로구나."
　하고 다시 몇 장 뒤져서 읽는다.

　사월 십 일 담후청曇後晴
　무사히, 공과대학 예과에 합격되었다. 합격된
사람 중에는 내가 제일 어려서 수학 선생이 지비
(꼬맹이) 하고 놀리더라. 오늘 오후에 가미타니 선
생에게 갔더니 조선은 독립운동으로 떠든다고 그
런 염려는 하지 말고 공부하라 하더라. 기숙사에

　　* '심부름'의 방언.

돌아와보니 장인한테서 편지가 왔더라. 자기 딸은
후취에게 반해서 돌보지도 아니하면서 그 딸의 ○
○ 되는 나는 귀엽다고 편지했네. 아주 제반 행동
을 주의하라지. 귀동이 누나는 편지 한 장 안 하네.
공부도 안 하려고 학교에도 안 다니면서 무엇을
하누. 어디 오늘 또 누님한테 편지를 해보자.

또 장 씨한테서 편지가 왔다. 공부 안 한 셈 치면
꽤 쓸 줄 안다. 그러나 편지 겉봉을 석 장만 써주고
왔는데 벌써 석 장을 다 했으니 또 써 보내야지. 누
님더러 써달라면 게으름만 부리고 싫다겠지?

그동안에 동무가 많이 생겼다. 네 시에 조그만
휴식을 이용하여 마쓰다 군하고, 고노 군하고 전
가둔田家屯 포대砲臺에 갔다. 도중에서 수학 선생의
영식들을 만나서 채광야금과에 있으니 놀러 오라
하니까 큰 아해가 내게 대해서 지비라고 놀리더
라. 나는 자기 아버지가 놀리던 생각을 하고 멈출
수 없이 웃었다.

27

저는 여기까지 읽고 다시 몇 장을 읽지 않고 한

참 뒤였다.

유월 십사 일 청晴

일곱 시에 일어나서 제일 시간에 휴강하고, 제 이 시간에 출석하다. 마침 수신 시간이었는데, 뇌신경쇠약에 대한 주의와 양심에 대하여 말하다. 지질학과 물리학은 휴강하고 화학이 있었다. 선생들이 여러 가지로 사고가 생겼다 한다. 오후에 물리 실험을 하고 기숙사에 돌아왔을 때 구마다 군이 제이 실에 모이라 하기에 간즉, 근일에는 휴업이 많으니 그 시간을 이용하여 설계 혹 공작법의 강의를 하자고 하더니 오가와하고 싸움을 하더라. 사소한 오전 오리의 싸움을 현해탄을 지나 황해를 건너와서 한 반에서 공부하는 이들이 그러니 답답한 일이다. 그들은 단결심 많고 애국심 많은 줄 알았더니 시기심도 많더라. 제이 실에서 낙심하고 돌아와 신문을 보니 어떤 문학박사의 소위 조선통치방침에 대하여, 라고 상중하의 논문이 있더라. 그렇게 긴— 말은, 다 조선 사람은 독립사상이 없다고 했더라. 자— 이런 말을 듣고야 장죽의 갈지자걸음 꿈이나 꾸랴.

수신 부친 누님 금회 발신 부친 누님 형님 금회

저는 또 몇 장을 그저 넘겼다.

칠월 십 일 청晴

시험을 다— 치르고 난 고로『철가면鐵假面』이란 소설을 읽었다. 반바 부인은 참 열녀이더라. 조선에도 그런 경우를 당하는 부인이 많이 있겠지. 오늘 성적을 물으니 광물이 병丙이고, 그 외에는 그리 불량한 성적은 없더라. 그러나 물리, 대수, 해석, 기하는 아직 발표되지 않았다. 밤 일곱 시에 제구 실에 있는 정대영이란 청국 학생이 놀러왔을 때 명치정 파출소에서 내 연령과 미혼인가, 기혼인가를 조사해 갔다. 나는 여러 친구들 앞에서 부끄러워서 물론 미혼이라고 했다. 그것도 거짓말이 되고 보니 마음에 부끄럽더라. 아— 조혼의 폐여.

칠월 십일 일 청晴

지질 시간에 요시다 선생이 일 학년 성적이 불량하다고 하면서 내 성적도 좋지 못하다고 하더라. 좀 부끄러웠다. 하나 어디 보자. 이 학기에도 그러할까? 이 피가 마르도록 공부해보자. 한껏 좋은 성적을 얻어놓고 그 자리에서 죽나 보게. 오래 재미없이, 영광 없이 사는 것보다는 잠깐 재미있게 영광스럽게 살고 싶다. 내학기부터는 공연한 근심을 말자. 집안일이고 나랏일이고 사회 일이고 모두 후일에 해보자. 아무것도 모르고야 무엇을 할 수 있나, 다— 두었다 보자.

신이여, 신이여, 내가 다른 사람들이 원하는 모—든 영화를 빌지 않으니 다만 나에게 인격과 지식을 많이 주소서. 한 의리 있는 많이 아는 공학자가 되게 하소서. 내가 내 인자함과 풍부함 외에는 아무것도 주께 빌지 않습니다. 아멘.

저는 여기까지 읽고 은연중에 한숨을 휘— 쉬며
"소원은 옛적이나 지금이나 달라진 것이 없다마는……"
하고 부르짖었다. 그리고 다시 이 책 저 책 펼쳐보다가 읽지 않고 혼자 생각한다. 풋고사리의 어린 손길 같은 것을 펴듯이 소년의 때를 지나친 그동안을…… 저는 그 화려한 외양과 깨끗한 과거를 돌아볼 때 낯을 붉힐 일도 없는 대신 그리 흥미 다

른 일도 없다. 그중 유쾌한 일이라고는 제가 공부
잘하게 된 것과 겨울에 메추리 사냥, 토끼 사냥, 꿩
사냥 하던 일이고, 제일 근심스런 것이란 자기의
일이 아니고 남의 일뿐이었다.

저는 머리를 숙이고 생각한다. 생각은 이 봉오리
에서 저 봉오리로 날아다니는 새의 지저귐같이, 이
리저리 그 그림자를, 모양 다른 곳에서 찾아본다.

'이것은 내가 여순 간 첫해의 일기고, 그다음 이
책들의 속에는 내가 전일에 공부하던 것과 친구
교제하던 것과 근심하던 것이 적혀 있다. 또 정대
영이와 친해진 것과…… 그리고 사랑하는 누님이
연애를 해서 집안이 어지러워진 일과…… 내가 정
대영이와 ××왕궁에 다니게 된 것과 내 처를 생각
한 것이 있다. 그리고 연애……(결과를 속히 보려
는 육적 연애)는 사람을 대개 멸망시키기 쉬운 것이
라고 쓰여 있다. 그것은 내 경험이 아닐지라도 나
는 여러 곳에서 염증이 나도록, 그런 일을 많이 보
았다. 사람의 오랜 역사는 몇천 번, 만 번 그것만을
되돌려 썼다고 해도 거짓말은 아니다, 라고도 쓰
여 있다. 그리고 성경에 쓰인 마귀들의 변화같이
연애란 것도 여러 가지 변화한 형체를 가지고 출

현한다고도 쓰여 있을 것이다. 그것은 내가 문예
책을 보게 된 이후의 일이다. 오스카 와일드의 전
기와 베를렌*의 전기를 읽은 뒤의 일이다. 그래서
동성끼리라도 심히 마력魔力 있는 친구에게 이끌
리기를 주저한 일도 쓰여 있고 괴롭도록 나와 친
해진 사람이 많은 것도 쓰여 있을 것이다.'

28

'그리고 남자로서 불쌍한 사람들을 돕고 측은히
여기는 것은 퍽 상쾌한 일이고, 우월한 자기표현
이라고도 쓰여 있을 것이다. 그리고 추운 겨울밤
에, 전등이 꺼졌을 때 뒷간 옆에 가서 공부하던 것
도 쓰여 있을 것이다.'

저는 이같이 묵은 일기책들을 앞에 놓고 지나온
일들을 생각하다가 지금의 생각이 그때와 얼마나
다르지는 않으면서 부질없이 한 이성의 그림자로
인해서 저가 어릴 때 지어놓은 생활의 목록대로
되어지지 않을 것을 두려워하게 되었다. 저는 일

---

　*　폴 베를렌(1844~1896). 프랑스의 시인.

기책들을 앞에 놓은 채 뒷일에 비춰서 앞일을 생
각하게 되었다.

'나는 전부터 내 목표를 한 의리 있고 부지런한
공학자로 정했다. 그래서, 사람들의 업도 늘어가
게 할 겸 남의 것 수입만 하지 말고 우리 것 수출은
아직 못할망정, 우리가 만든 것으로 우리가 쓰기
만 하더라도 좋은 일일 줄 알았다. 그러하게만 되
면 공연한 생각을 하고 조선서도 못 벌어먹는 이
들이 만주로 가서 노숙을 하면서 직업도 못 얻고
객사하는 일들이 없을 것이다. 하나 지금에 내가
어떤 제철소의 노동자로도 못 들어가는 이상에 공
장을 설시하기는* 더군다나 어려운 일일 것이다.
그러면 모든 내 목적하였던 일은 한 공상에 지나
지 않는 일인가. 그러나 중학교 교원일지라도 공
중을 위하여 하는 일이니, 내가 어느 제철소에든
지 들어가게 되면 모르거니와 그러지 못하는 이상
에는 중학교 생도들의 친절한 선생이 된들 얼마나
좋은 일이랴. 그리고 나도 스스로 연구하고 생도
들에게도 열심히 가르치고…… 하면 결국은 같은

---

* 도구, 기계, 장치 따위를 베풀어 설비하다.

것인데, 중도에서 망설거리니 암만해도 순영이를
대영이에게 돌려보내야 할 것이다. 하나 대영이가
특별히 내게 순영이를 아주 맡긴 것은 아니다.

　하나 대영은 내가 무처한 줄로만 알고 으레 순
영이를 내 처로 삼을 줄 믿는 것이 아닐까. 어떻게
이런 일을 처치해버리고, 공부를 해야지. 내 처만
하더라도 사실 공부하는 몸으로는 감당을 못할 텐
데 순영이를 어찌하란 말인고. 일전에 ××학당 사
람의 말을 들으니까 아주 공부는 아니 한다는데,
좌우간 대영에게 편지를 하자. 조선 사람과 달라
자기 나라에서 길러야지 어찌하자고 ××학당 같
은 데 넣어두었노⋯⋯ 빛 조혼 핼 가야.✱✱ 내일은
일요일이니 편지를 쓰고, 일부러라도 순영이를 찾
아가지 않아야 하겠다. 그것은 그렇고, 이즈음 처
의 행동은 이상하지 않은가. 밥도 안 먹고 매일 신
색이 좋지 못해가고 또 구역이 난다기도 하니, 소
위 임신이란 것이 아닌지.'

　이때 마침 열두 시를 친다. 그 소리에 놀라서 깨
었는지 그 처가

　　✱✱　의미 불명.

191

"이것 보세요, 주무시지 않으세요."

했다. 순철은 일기책들을 도로 서랍에 넣고, 책상 위에 책을 정돈해놓고는 그 처의 누워 자는 방으로 건너갔다. 그 이튿날 새벽에 잠이 깨었을 때, 그 처는 해소를 하면서 헛구역질을 하고 있었다. 순철은 무심코 쓸쓸하게

"왜 그러우?"

하고 묻고는 자기도 안타까운 듯이

"응."

하고 문밖으로 나서며 침을 뱉었다. 그 처는 미안한 듯이

"나 왜 이런지 모르겠어요."

했다. 순철은 다시 측은한 감정에 눌리어서 엊저녁에 의심한 대로

"당신 그거(경도) 언제 있었소?"

하고 물었다.

"그때 여순서 나오시기 전에 있고 그 후로는 없었어요."

하고 미안한 듯이 대답했다.

"그럼 다섯 달이 되었나."

하고 생리학에서 배운 것으로 추측해보고 그런

가 보다는 듯이

　"병원에 가보시오."

　하고 권했다. 순철의 댁은 그 남편이 좀 더 상냥히 해주지 않아서 대단히 섭섭한 듯이 홀로 입을 비죽비죽했다.

　그리고 안잠자기 마누라가 아침밥을 지어 들여왔을 때도 먹지를 않았다. 순철은 아침 일찍이 일어나서 공부하려던 것을 무엇인지 알 수 없는 것에게 방해받는 것 같아서 불쾌한 듯이 찌푸리고 건넌방으로 건너갔다. 저는 거기서 다시 생각하고 있었다.

　'처가 해산하면 나는 아버지가 된다. 그러나 나는, 자격 없이 되는 모든 것을 탐탁히 여기지 않는다. 그것은 그리 기쁠 이치가 없다. 순영이 연인이 되는 것에서 나을 것이 없다. 그것보다 나는 제철소에 기사가 되었으면 다행하겠다. 그 외에 아무것도 바라지 않는다. 그러나 이 어린 아버지, 다른 나라에는 삼십이 돼야 장가든다는데 나는 겨우 이십이 되자마자 이미 칠 년 전에 장가들고 아버지가 되어?

　분명친 않으나 참 귀찮은 일이다. 내 연구에 방

해될 일만 생기는구나. 그건 할 수 없는 일이고 우선 순영이를 대영에게로 보내버리자. 원 청국 여자가 조선의 무슨 소용이 있기에 그런 아름다운 용모를 가지고 와서 사람을 괴롭게 하누.'

하고 저는 급히 펜과 종이를 들자 속히속히 붓대를 놀렸다.

29

순철이가 정대영에게 편지를 한 지 이십 일 후의 일요일 오후이다.

순철은 오랜만에 정택과 만나서 창경원 안을 산보하고 있었다.

활짝 피었던 꽃들이 봄바람에 휘날리어 사람들의 어깨와 모자 위를 배회하였다. 땅 위에 흩어진 화판들이 빛 곱게 사람들의 발부리에 밟히었다. 창경원 안에는, 꽃 필 때와 질 때에 회포가 같지 않을 것 같아서 그런지 꽃 필 때보다 사람이 없었다.

사쿠라나무 길 사이를 걸어가면서 신경질로 생긴 일본 청년이

"다— 떨어져서 꽃이 된단 말인가, 떨어져서 떨

어져서."

하고 〈낮꿈〉이라는 노래를 외웠다.

정택과 순철은 노랫소리를 뒤에 남기고 앞서가
면서 무슨 은근한 이야기를 하고 있었다. 그 뒤로
××중학교 모자를 쓴 학생 사오 인이 가만가만히
지나가면서 수군수군하였다.

"제일로 그 설명하는 음성이 다르지. 전에 임 선
생 같으면 물리 시간에 졸음만 오더니 시방은 재
미가 나서 그 시간만 기다려진다."

"너도 그러냐?"

"그 부드럽고 큰 음성이 사람을 감동시키는 것
이지."

"참 최 선생 좋겠다. 우리는 그 나이에 중학교를
졸업할지 말지 한데."

"그러기에 을죠 끼―스노가 최 선생이 나이를
물으니까 머리를 득득 긁다가 한 스물두어 살이
요, 했단다."

"빠가다, 얼굴 보면 모를라구 그 꼴에 거짓말을
다 하나."

하고 이야기하면서 자기의 선생 뒤에서 감히 앞
서지도 못하면서 수군거렸다. 이들보다 삼 간쯤

앞서서 정택과 이야기를 하면서 가는 최순철은 저의 생도들이 자기 뒤에서 그 이야기를 하는 줄도 모르고 무슨 은근한 이야기를 하는지 정밀스런 얼굴로 지나간다.

저들은 사쿠라나무 길로 식물원을 향하여 가다가 바로 온실 앞으로 가지 않고 그 맞은편 잔디밭에 앉았다.

××중학교 학생들은 그 앞을 지나다가 모자를 벗고 허리를 굽혔다. 붉은 눈보라가 사람들의 봄옷을 장식하였다. 정택은 이야기를 다시 시작한다.

"우리 곤란은 첫째 물질상 빈한 것이지요. 이제 몇 해만 지나보시오. 조선 사람은 다— 거지나 다름없을 것이니."

하고 탄식했다.

"정택 군, 그런데 조선 사람들은 왜 게으릅니까?"

하고 순철은, 정택에게 의심스러운 눈동자를 굴렸다.

"……그럴 것입니다. 최 군, 준비 없는 사람이 준비 없이 무슨 일을 시작했다가 며칠이 못 되어 그만두고 그만두고 하면 아무리 부지런한 사람들일

지라도 자연히 끈기 없는 사람들처럼 게으름이 나
겠지요."

"그것은?"

하고 순철은 다시 의심스러운 눈을 굴리다가

"그것도 역시 경제공황으로 그렇게 됩니까?"

하고 물었다.

"그렇지요, 말하자면 그것이 제일 큰 원인이겠
지요."

하고 정택은 대답했다.

"그럴 것 같으면 조선 사람은 좀 더 검소하지 않
습니까. 그 보기도 싫은 외국 사람들이 안에나 넣
어 입는 비단옷 같은 것을 무슨 일로 입습니까?"

"아― 젊은 친구, 그것도 조선의 부인들은 운치
없는 탓이지요. 그들이 그렇게 반짝반짝한 것, 얄
팍한 것만 찾아서 옷을 지어 입으니까 그 손에 옷
을 입게 되는 남자들도 그러한 것을 몸에 걸고 나
가게 되는 것이지요. 하나, 그것은 꼭 여자의 책임
으로만 지울 수는 없지요. 본래는 여자들의 그러
한 것이 남자에게 있었으니까. 그러나, 조선의 제
일 호사하는 부인의 옷이 사십 원이라 하면, 일본
의 호사하는 부인의 옷이 오백 원이라 해도 부족

합니다. 또 이것은 상류의 일이고, 일본의 남의 집 하녀의 옷이 십여 원이라고 가정하면 조선 하인들의 옷은 그 걸렛조각 같은 것을 벗겨보면, 단 오십 전의 가치가 없습니다. 금년에 비로소 물산장려가 일어났지만 조선 사람들이 전부터 입던 비단과 옥양목 당목 뜨개를 버리고 수목과 명주를 새로이 살 돈이 있을까 없을까가 문제입니다. 그러니 물산장려도 공연히 머리는 들여놓았지만, 내처 이운동을 힘써나가기가 어려울 것입니다. 금년 정월에 어떤 사람들의 말하는 것을 들으니까 시골서는 그리 빈한한 농가農家가 아니라도, 부인들이 옷 단벌에 싸여서 출입을 임의로 못하고, 시어머니 며느리 딸 어울려서 한 벌을 지어두고 나갈 때마다 돌려가면서 입는다는 이야기가 있었습니다. 이것은 좀 불려놓은 듯한 이야기 같기도 하지만, 조선 사람의 흐르르한 비단 뜯게옷*이 사치한 것이 아닙니다."

30

"우리들 가운데는 벌써부터 자기네의 옷감은 조

선 사람들의 손으로 하는 것만 사 입는 사람이 있
기는 있지요. 해도 대개 조금이라도 여유를 가진
사람들입니다.

　그러면 그런 일은 그대로 두고라도 어려운 사람
들이 별러가다가 별러가다가 해진 옷을 더 못 입
겠는 고로, 새 옷을 급히 입으려 하면 베는 고사하
고 수목은 그것을 사다가 손질을 해야 합니다. 그
러니 급한 마음에 자연히 더딜 것 같습니다. 그러
하면─ 그만 아무것으로나 속히만 해 입자 하는
마음에 또 당목이나 옥양목으로 짓게 됩니다. 이
런 일은 내가 있던 빈촌에는 없었지만 그것은 내
가 억지로 권하던 일이었습니다. 시방 내가 그 촌
을 나오게 되면 거기 사람들의 십의 팔 분은 도로
손쉬운 옥양목이나 당목을 사게 될 것입니다. 이
번에 내가 그 촌을 나오게 된 것도 여러 가지 원인
이 있지만 첫째는 제일 촌사람들이 끈기 없는 것
이고, 더러운 투기심이 많은 탓입니다. 아무리 그
러지 않도록 하려고 힘은 썼지만 참 조선 사람으
로서는 그 마음을 버리기 어렵습니다."

---

　　*　해지고 낡아 입지 못하게 된 옷.

하고 정택은 말을 잠깐 멈칫했다. 순철은 휘―
숨을 쉬고 나서

"그러면 조선 사람은 단결심이 없고, 시기가 많
은 것이 사실입니다그려."

물었다.

"그렇지요. 조선 사람은 일본 사람의 흉을 보는
결점을 가졌습니다. 그뿐 아니라 그 결점을 속히
버리지 못할 큰 애착을 가졌습니다. 그것은 지금
껏 우리의 역사가 다 그렇던 탓이지요. 내가 처음
에 나 있던 촌에 가서는 그런 것을 다 잊어버리고,
한 곤란한 수평선 아래서 똑같이 생활하여 나가면
서 다, 부지런히, 일해나가자고 했었습니다. 하나
며칠이 못 되어 그들이 여러 가지로 사고가 많이
생기는 것을 보았습니다. 물론 사고가 생기는 일
도 있겠지요. 해도 사고가 없으면서 있는 듯이 그
날그날 할 일을 쉬고 술이 취해서 저녁때에 어정
어정 제 집으로 돌아오는 일이 많습니다. 처음에
는 나는 그들을 꽉 신용하는 체하기로만 했었습
니다. 하나, 그도 며칠이 못 되어 그들까지도 내가
다― 알면서도 모르는 체하는 것을 알게 되었었습
니다.

그들은 내가 맨 처음에 그 촌에 갔을 때와 같이 빈한하지는 않게 되어 갈수록, 점점, 그 전에 가졌던 조선 사람 일반이 가진 결점을 발휘하고 싶어 했습니다. 첫째로, 여자들은 번지르한 비단옷이 입고 싶었습니다. 둘째로 사나이들은 비단옷 입은 계집의 뒤를 따라다니고 싶어 했습니다. 그러고 술이 먹고 싶고 담배가 먹고 싶습니다. 그래서 그들은 매일같이 내가 권하는 목수질이라든지 대장질이라든지, 신 삼는 것 새끼 꼬는 것이 싫어졌습니다. 또 여자들은 양말을 짜고 꿰매서 돈푼이나 모이면은 밤에나 쉬었으면 좋으련만 낮에는 나가 놀려 하고 그 밤에, 낮에 하지 못한 일을, 밤새워서 하려 합니다. 하나, 밤에는 노동은 되는 것이 아닙니다. 그래서 밀려 밀려 그릇되면 또 아무렇게나 되어라 하는 자포자기自暴自棄를 일으킵니다. 그래 가지고 나중으로 몇 푼 남은 돈을 마저 마셔버린다든지 먹어버리고는, 다시 할 수 없이 되어서 풍구질을 시작하거나 대패질을 시작합니다. 그것을 내가 다— 금지하지 못하겠느냐고 질문하는 이가 있을지 모릅니다. 하나, 내 한 몸으로, 미처 손이 돌아가지 않을 뿐 아니라 나에게는 또 책 보는 버

룻이 있어서 용히 책을 들기만 하면 며칠이고 놓을 줄을 모르고, 또 지병인 가슴을 앓습니다. 그러는 동안에, 한 이십 일도 되고 삼십 일도 되는 날이면 촌사람들은, 한 십의 팔 분쯤은 그동안 그쳤던 게으름과 주벽과 노름을 일으켜서 몇 푼 모았던 돈을 허비해버립니다. 그러고 만일 그러는 사람들 가운데서 몇 사람이 그렇지 않다 하면 그 사람은 도탄 중에 빠지는 것이나 다름없습니다. 이런 일들은 오히려 좀 낫지만 이보다 제일 용서할 수 없는 것은 술도 아니고 노름도 아니고 음란도 아니고, 제일 표리가 다른 것입니다. 내가 보지 않는 곳에서는 갖은 흉악한 짓을 다 하고라도 내가 보는 곳에서는 내가 지어놓은 규칙 이상 더 훌륭한 행동을 해서 내 눈앞에만 신용을 얻습니다. 그러면 나는 그 내용을 모르고 턱 신용하지요. 그러고 보면, 거기서 풍파가 생깁니다."

31

"한편으로는 그가 아무 때는 어찌하고 어찌했다더라 하는 밀고가 일어나고, 또 한편으로는 그 사

람을 때려죽인다는 둥 그 촌에서 내쫓아버린다는
둥 하고 수선이 일어납니다. 그뿐인가요, 한 번만
그럴듯한 의심을 하게 되면 그 뒤로는 자기들이
각각 그 흉을 지어서 있지도 않은 사실을 그럴듯
하게 거짓말로 만들어냅니다."

정택은 여기까지 말하고 그 이마와 가슴에 분주
히 날아드는 화판들을 귀찮은 듯이 손길로 떨면서
다시 말을 시작한다. 순철은 의외에 이상한 일을 듣
는 듯이 눈을 둥그렇게 뜨고 일일이 놀랄 뿐이다.

"그래도 그런 거짓말을 지어내는 것은 오히려
여자들보다는 남자 편이 적습니다. 대체 그 여자
들의 거짓말이란 참으로 괴상스럽도록 세밀해서
사람을 그르게 하는 것입니다. 우리 촌에 한 여자
고학생이 들어와 있었습니다. 대단히 총명하고 아
름다운 여자였습니다. 보기에 한 이십이 될락 말
락 한 여자인데, 자기 고향은 평안도이고 대단히
공부하고 일하기를 좋아합니다. 그러한 이가 우리
촌에 와 있게 된 것은 그 여자가 나와 같은 사회학
자인 탓이었습니다. 그래서 그 여자는 우리 촌에
들어오자마자 거기 여인들과 같이 노동도 하고,
어린애들을 가르치기도 하고 해서, 그 촌사람들

에게 힘자라는 대로는 친절히 해주었습니다. 하나
이 촌 여인들은 그에게 그 은혜를 무엇으로 갚았
겠습니까. 그 촌 여인들은 그 친절한 젊은 여자가,
몇 해 전에 정화를 가졌던 것을 어디서 주워듣고
와서 그 촌에 짝자글하게 퍼―쳐놓았습니다. 전에
그 여자가 가졌던 정화한 것은 이러합니다. 그 여
자가 중학교를 마치자 어느 촌에 소학교 선생으
로 갔습니다. 거기에는 그 고을에 대단히 부유
한 집 젊은 주인이 명예교원으로 있었습니다. 저
는 그 총명한 여자의 눈으로 보기에, 대단히 부러
울 만한 남자였습니다. 그 남자는 도회처에서 보
는 사람들같이 도아都雅한* 사람도 아니고, 그 수
수한 모양이라든지 태도가 어디까지든지 그 여자
의 존경과 동경을 이끌고 말았습니다. 그뿐 아니
라 그 남자도 여자를 귀히 보았습니다. 그리고 친
절히 했습니다. 하나 그 친절함이 이상했습니다.
이것은 그 여자가 다― 자라서 그 남자를 아주 모
르는 딴사람과 같이 알게 된 후에 깨달은 것이지
만, 그 남자의 친절이란 이러했습니다. 무슨 귀한

* 용모가 우아한.

상품같이 여자가 그 남자에게 친절히 하면 남자는 얼마큼 냉정하여지고, 여자가 남자의 태도를 짐작하고 같이 냉정히 할 것 같으면 남자는 도로 친절합니다. 그래서 그 정직한 여자는 번민과 고통 가운데 그 남자를 의심하고 괴로워하면서도 부지중에 저를 올곧지도 못하게라도 사랑치 않을 수 없이 되었습니다. 하나 남자는 쉽게 한 여자의 사랑만으로 만족하고, 자기가 뿌려놓은 씨의 수확을 좋든지 그르든지 거두어들일 줄 아는 남자는 아니었습니다. 아니오, 저는 그 뿌려놓은 씨가 곡식이어서 벼가 그만큼 되었을 것 같으면 주저치 않았을 것입니다. 그렇지만 그 남자는 자기가 뿌려놓은 친절이 그 여자의 가슴에서 가시덩굴같이 무성했을 때, 그 여자의 괴로워하면서 의심하면서 또 몹시 주저하면서 자기에게 주는 사랑을 그대로 수용할 만한 의리가 없었습니다. 그뿐 아니라 저에게 만일 의리란 것을 물을 것 같으면 그는 힘 있게 머리를 흔들면서 모릅니다 모릅니다 할 것입니다.

그 남자는 그만큼 자기본능에 충신이었고, 또 저의 본능이 똑바른 것만 힘 있게 믿는 남자이었습니다. 그들은 한 두어 달 동안 같이 한 사무실에

서 얼굴을 마주 대하였습니다. 하나, 남자는 일본
서 공부하다가 봄에 나와 두어 달 동안 쉬던 몸인
고로, 다시 일본으로 향하게 되었습니다. 하나 그
여자는 놀랐습니다. 그 여자는 그 남자가 일본관
립학교 학생이고, 그같이 부유한 집 사람인 줄은
전혀 몰랐습니다. 만일 알았다고 하더라도 그것은
문제가 아니었을지 모르지만, 그 여자가 보기에
그 남자는 어디까지든지 순박한 시골 청년이었습
니다. 만일 그 여자가 그 남자를 부잣집 아들, 일본
관립학교 학생이었던 줄을 분명하게 알았더라면,
그 여자는 필경 그 남자를 멀리하였을 것입니다.
거기까지 안 했더라도 반드시 친하더라도 정도가
달랐을 것입니다. 하나 그 학교에서는 그 여자가
교원이 되어가자 모―든 교장으로 그 이하 남자들
이 그 여자의 사랑을 다투어 받으려 했습니다. 그
런고로 그 남자가 부잣집 주인, 일본관립학교 학
생인 것을, 그 여자의 허영심을 돋울까 하여 말하
지 않았습니다. 그 남자 역시 자기의 내력을 말하
지 않고, 그 여자가 얼결에 들은 일이지만

　'사랑을 하는 사람이 그 상대자의 역사와 경우
를 알 필요는 조금도 없다.'

고 하였습니다."

32

"그 여자는 그 남자가 다시 일본으로 간 뒤에야
비로소 저가 여자의 사랑을 무역하는 것으로 일삼
는 남자이었던 줄을 알았습니다. 그때부터 그 여
자는 비극의 첫 막을 열기 시작했습니다. 그 후로
그 여자의 불량한 남자에 대한 지식은 무한히 늘
었습니다. 그리고 그 남자가 그중 천재적 불량한
성질을 가진 유탕자遊蕩子인 줄을 의심치 않게 되
었습니다. 하나 그 여자는 그 남자를 하루라도 잊
을 수는 없었습니다. 언제든지 사모했습니다. 그
뿐 아니라 그 남자를 이해하기 위해서 모―든 계
책을 다 썼습니다. 어떤 때는 도서관에서, 또 어떤
때는 요릿집에서, 또 어떤 때는 창녀의 집에서 온
갖 경험을 다! 겪어가면서, 단지, 그 남자를 이해하
고 얼싸주고 싶어서 온갖 노력을 다했습니다. 그
러는 동안에, 그는 세상에서 악평을 받게 되었습
니다. 하나 그 여자는 조금도 낙심치 않고 언제든
지 그 남자는 내게로 돌아오리라 하는 믿음을 가

지고 여러 가지 경험을 쌓았습니다. 하나 남자는
돌아오지 않았습니다. 그뿐 아니라, 잠깐잠깐 만
난다 하더라도 그들은 전일의 사랑한다던 티도 볼
수 없게 서툴러졌습니다. 거기서 여자는 깨달았습
니다. 그 남자를 아주 단념하기로 하는 것이 제일
좋은 자기모욕自己侮辱이 아니리라고. 그래서 그
여자는 아무도 모르는 곳으로 찾아오는 것이 우리
촌에 와서 살게 되었었습니다. 하나 먼저 말한 바
와 같이, 그 옛적 정화를 촌사람에게 들추이게 되
었습니다. 이런 때에 그 여자가 자기 애인이던 남
자의 방탕을 위로하고, 괴롭지 않게 하기 위해서
그 남자 앞에서

'저도 단정한 여자는 아닙니다. 그때보다 지금
내 마음속에는 여러 사람의 그림자가 드나들게 되
었습니다. 그때는 참 당신 외에는 아무도 몰랐지
만, 사람이 자라면 다 그런 것이 아닙니까.'

하고, 사랑하는 그 방탕한 사람을 위로하므로
생각하면 극히 친절하고 또 제 일신을 생각함으로
는 극히 부질없는 말이 되는 일까지, 나 사는 촌의
사람들이 들은 때는 극히, 그 여자가 방탕이나 한
듯이 되었습니다. 그러한 말이 어찌해서 세상에

퍼졌느냐 하면, 연고가 있지요. 그 여자의 애인이던, 사랑을 은근히 무역하던 남자가 인제는 드러내놓고, 사랑의 매매를 하게 된 고로 창기의 집에서 술이 취하면 전의 아픔을 받은 옛이야기 주머니를 들춰놓는 탓입니다. 하나 그 여자는 언제든지 그 사랑의 상고를 잊을 수는 없습니다. 그래서 누가 그를 아느냐고 물으면 좋은 낯빛을 하고 단번에 주저할 것 없이

'네, 압니다.'

하고 말합니다. 하나 사람들은 그 부잣집 젊은 사람을 안다는 것이, 그의 자랑인 듯이 시기를 일으키게도 되고 또 그의 분명히 압니다라고 하는 말이 외월＊한 듯이 밉게도 듣습니다. 환란은 이런 데서 일어나기 시작해서, 그 여자가 아무리 빈한한 처지에 빠지더라도 그 몸을 깨끗이 단장하는 일들까지 몹쓸 문젯거리가 됩니다. 그리고 그 여자의 마음은 극히 보드라우면서도 인내성이 많고 강하지만, 겉으로는 한 서리 맞은 풀잎 같은 것이 남에게 학대를 받을 약점이 되어서 그 여자는 세

＊ 행동이나 생각이 분수에 지나치다.

상에서 순결하면서도 여러 가지 복잡한 경우와 그
성질로 인해서, 세상에 오해를 받게 되었습니다.
그래서 그 여자는 우리 촌에서도 또 업심을 받게
되었습니다. 하나 그 여자는 그것을 방어할 줄을
모릅니다. 그 여자에게는 절대로 보호자가 필요합
니다. 자, 순철 군, 여기까지 말하면 내가 그 보호
자가 된 것도 짐작을 하시겠지요. 하나 그와 내가
어찌 타협할까를 생각해보시오. 나는 순희 씨를
사랑해왔습니다. 또 지금도 사랑합니다. 하나 그
여자, 전영이라는 여자도 참을 수 없이 불쌍히 여
깁니다. 그와 같이 복잡한, 또 대단히 좋은 점을 많
이 가진 여자는 아무도 보호해주는 사람이 없으면
세상의 무지한 발걸음에 밟히어 죽겠지요. 그 여
자는 아무도 의탁할 곳뿐만 아니라 친절한 말 한
마디 할 곳이 없습니다. 하나 그 여자는 아무 사람
이나 몹시 친하려고 합니다. 하나 아무도 친한 사
람이 없습니다. 그것은 아무도 그와 같이 총명하
고 굳세고 정직하지가 못한 탓입니다. 그뿐 아니
라 그 여자는 사람을 너무 신용하는 탓에 남자들
까지도 가리지 않고 친구 대접을 합니다. 하면 아
무나 그의 가느다란 눈초리와 좁다란 애교 있는

입모습을 보고, 자기를 생각지나 않는지 하고 또 그 여자를 학대하고 싶어 합니다. 그래서 그 여자와 이상한 관계라도 있는 듯이 세상의 오해를 일부러 사려 합니다."

33

"그 여자는 이런 때 그런 남자를 의심은 하지만, 대낮에 어두운 것을 의심할 수 없다는 밝은 마음으로, 무심한 태도를 짓고 삼가지 않는 것과도 비슷한 큰 음성과 웃음으로 상대자인 남자의 은근한 심리를 거스릅니다. 그 결과는 남자의 은근한 심리는 사라지게 하지만 그 대신 불만과 노염을 채워줍니다. 그리고 그 내용을 모르는 제삼자에게는 결국 삼가지 않는다는 비난을 안 받지는 못하게 됩니다.

제가 아는 전영이는 그러한 경우에서 큰 인격과 재주를 감추어가지고 있는 여자올시다. 그는 그 밝은 심지로 추측하면 조금도 그 양심을 거스를 처세법은 아니 합니다. 하나 제삼자로 그를 볼 때에 그는 맨발로 칼날 위를 걸어 다니는 여자입니다."

여기까지 말한 정택은 급히 무엇을 생각함인지 낯빛을 흐렸다. 순철은 말없이 순희에게 전해야 할 말을 생각하고 있었다. 제일로 어제 정택과 전화로 약속하고 오늘 만난 것과, 전영이란 여자의 이야기를 들은 것과, 그가 정택 씨와 친하게 된 것을 정택에게 들은 대로 다— 순희에게 옮겨야 하리라고.

정택은 한참 멍히 앉았다가

"순철 군."

하고 다시 이야기를 시작했다.

"내가 알고 있는 전영이, 그 여자는 분명히 나와 같은 보호자가 필요합니다. 그리고 순……!"

하고 정택은 한참 주저하다가,

"순희 씨는 내가 그 지배를 받고, 섬겨야 할 사람입니다. 하나 남자는 대개 남의 지배만을 받기는 싫어하는 본능이 있습니다. 거기서 순희 씨가 지금도 나를 지배하시고 싶어 하신다면 말이 아니지요. 하나 나는 언제든지 암연하게, 늘, 그 지배하는 법칙 아래서만 살았습니다. 그리고 그이가 나를 버리고 간 뒤에도 나는 독신을 지켜왔습니다. 그런 중, 늘 마음속으로 생각하기는 나는 순희 씨

에게는 필요치 않는 남자라고 생각했었습니다. 하
나 전영이를 생각하면 그에게는 내가 필요하리라
고 생각해집니다. 나는 전일에 장숙희…… 장숙희
라고 하는 여자와 결혼하려고 하던 날 마침 순희
씨와 어디로 숨었었지요. 그것도 나는 그 불쌍한
숙희와 약혼하기 전부터, 순희 씨에게 사랑을 구
했습니다. 하나 순희 씨는 그때는 너무 어리신 탓
이었는지 소녀로서는, 가지기 어려운 위권과 총명
을 가지고 있으면서 일 년 동안이나 내가 기다렸
으나 아무 대답이 없다가 불행히 장숙희와 약혼하
게 된 다음부터 나를 보면 인사도 하고 호의도 보
내는 듯하였습니다. 하나 나는 방학 동안에나 조
선에 돌아오는 신세였으니까 기회가 늘 좋지는 못
했습니다. 그래도 내 생각에 저 순희는 내가 다른
여자와 약혼을 했으니까, 아무 혐의가 없어져서
그런가 보다 했습니다. 하나 순희는 그때까지 내
경모敬慕를 받는 여자였습니다. 해서 내가 그의 호
의를 얻게 된 것은 다행하지만, 나는 그로 인해서
큰 번민을 깨달았습니다. 불현듯이 장숙희가 싫어
졌습니다. 그런 마음은 차츰차츰 도졌습니다. 그
래서 나는 부득불 '순희 씨보다 더 사랑합니다' 하

고 자백하게 되었습니다. 내가 전에 추측한 것으로 보면, 십의 팔구는 순희 씨가 내 이런 고백을 들어주지 않을 듯싶었는데, 사실은 예상과 달라서 그도 나를 사랑하노라고 말하셨습니다. 그래서 그때는 서로 타협이 되어 장숙희를 버리고 갔었습니다. 하나 순희 씨는 내 정열을 북돋을 뿐이오, 그 자신은 몹시 냉정했습니다. 그리고 장숙희와 동무 사이였으니까, 숙희가 꿈에 보인다고 말하는 날은 그날 종일 나와 아무 말도 안하고, 죽은 사람같이 고요히 있습니다. 그러다가 순희 씨는 종래 나를 버리고 조선으로 먼저 건너왔지요, 하면서도 무슨 까닭인지 내게 다시 사랑을 아니 하겠다는 맹세를 받았습니다.

그러나 나는 지금 전영이를, 사랑이 아닌지 모르지만 구하지 않으면 아니 될 경우에 있습니다. 그는 벌써부터 그 사랑의 무역자인 전의 애인을 잊었지요. 하나 어찌하면 내가 순희 씨를 못 잊는 정도만치는 그도 그 전의 애인을 못 잊는지도 모르겠습니다. 그런 때는 우리는 어두운 얼굴을 하고 서로 바라보기도 미안미안하겠지요. 하나 그렇다고 나는, 전영이와 같이 전 조선에 필요한 여자

를 가시덩굴 속에 버려둘 수는 없습니다. 그는 조
선과 우리 사회를 위하여라고 하면 물속에도 뛰
어들고 불속에도 뛰어들 것입니다. 그리고 전일에
받은 상처를 잊기 위해서는 남이 하는 몇백 배의
노력을 힘들다고도 안 할 것입니다. 거기서 나는
순희 씨에게 맹세한 것을 거두어 와야겠습니다."

순철은, 가만히 듣다가 엄숙한 태도로

"그러면 정택 군의 이야기를 전부 내 누님에게
전해도 관계찮습니까? 내 누님은 분명히 당신의
맹세를 잊고, 그러하시기만 바랄 것입니다. 분명
한 내용은 모르지만 누님은 어쩐지 당신을 잊으시
고 계신 것 같습디다."

34

"그렇다고 누구를 생각하고 있는 것도 아니겠
지만 내 누님은 분명히 정택 씨와 같이 나라를 위
해서든지 사회를 위해서든지 일할 사람은 아니고,
정에 살다가 정에 죽는다는 사치만 할 여자입니
다."

순철이가 여기까지 말할 때, 정택은 감개 깊은

듯이 먼 하늘을 쳐다보고, 휘— 한숨을 쉬면서

"순희 씨는, 나와 동경 가서, 또 다른 남자를 생
각했답니다. 이것은 아무도 모르고 단지, 순희 씨
와 나만 알 뿐이고, 그 순희 씨의 사랑을 받은 남
자도 모르는 일이지만…… 그 남자는 이 세상에는
다시없을 것같이 고상한 사람이었지요. 그는 확실
한 큰 예술가였습니다. 보통 우리 조선서 떠드는
청년들과는 다르고 대단한 귀족적 인물이면서도,
결코 남에게 악감을 주지 않는 사람이었습니다.

그저 보기에, 게으름 많은 사람 같지만 내용은
무서운 힘을 가진 사람이었습니다. 그러한 점에
서 그 남자는 순희 씨와 같았으나, 매우 간결하고
밝은 점에 있어서는 순희가 갖지 못한 장점을 구
비하고 있는 남자이었습니다. 지금도 순희 씨는
그 사람을 생각하겠지요. 하나, 나를 몹시 불쌍히
는 여깁니다. 그것은 내가 순희 씨 때문에 양 부모
에게 쫓겨나고, 나 땜에 한 여자가 죽고, 또 자기
땜에 내가 낫지 않을 상처를 받았으니까! 하나 순
희 씨는 어느 날 하루, 참 그 말같이, 그 큰 예술가
를 잊을 수가 있겠습니까. 그가 행복스럽게 잘살
면 모르겠지만…… 외국서 표류하면서 불치의 병

을 앓으니까 순희 씨의 가슴은 그로 인해서 병들
었습니다. 하나, 나는 순희 씨 땜에 병들고 지금도
못 믿어서 또 당연히 할 일을 하면서도 순희 씨의
승낙을 얻으려 합니다. 참 세상은 얼마나 코웃음
이 나는 일이 많습니까. 그것을 현명한 젊은 친구
는 경험이 없으시니까 모르시겠지요."

순철은 모욕을 깨달았다. 하나 사람을 대한 의
리에

"그러면, 누님은 정택 군과 같이 달아나서 또 다
른 사람과 관계를 맺었습니까."

하고 묻지 않을 수 없었다.

"순철 군, 당신이 교육자로서, 그런 것을 의심스
럽게 묻는 것은 당연한 일이겠지만, 그런 일은 전
우주에 그득 차 있습니다. 사람은 누구든지 한 사
람만 사랑할 듯이 또 그래야 옳은 듯이 말하지만
그렇진 않고, 누구든지 그중 자기 성격에 어울리
고 이상에 맞는 사람을 만나기 전에 그다음으로
그러한 사람을 만나면 좀, 이상과 틀리는 불만을
깨달으면서도 결합이 될 것입니다.

그런 뒤에 또 그보다 더 자기 이상에 맞는 사람
을 만나면 새로이 마음이 이끌릴 것이 아닙니까.

나도 이것을 안 것이 최근의 일이고, 또 순희 씨가 그 동경서 만난 큰 예술가를 숨겨서 사랑하는 것도 이즈음의 그의 태도로 나 혼자 추측한 일이지만. 무엇이든지 순희 씨는 나를 따라서 우리 촌에 오신다 하시고 헤어져 있을지라도 똑같은 정도로 생활하자고 약속하셨으나 조금도 나와 같은 일은 안 하셨습니다."

하고 정택은 다시 화판들이 날아와서 그 얼굴을 가볍게 부딪치는 것을 손길로 떨면서 말을 멈추었다. 순철은 속으로 '내 상상이 맞았다. 하나 순희 누님은, 정택 씨를 사랑하기도 하는 줄 알았더니 그것은 연민이란다. 그러면 연민과 사랑의 다른 것은 무엇일까. 분명한 경계선이 있을까 없을까 의문이다. 의문이다' 하고 생각했다.

이때 마침 저편 연못가로 구락부 사람들이 왔다. 놀러 갈 데 많지 않은 봄 사람들의 일이라, 이곳저곳서 만나기 쉬워서 반도 정경을 추측게 한다. 유식한 사람들이 할 일이 없는 것, 총명한 얼굴이 게으름에 지친 것, 열이 많을 청년들이 모이면 하품과 어울려서, 재미스럽지도 않은 방탕한 소리를 하는 것, 정택과 순철은 하던 이야기를 뚝 그치

고 맞은편에 오는 손님들을 맞았다. 한 사람이 부쩍 앞으로 먼저 오면서

"자네들 처남 남매끼리 조용히 만났었네그려."

하고 놀렸다. 여러 사람들이 웃지 않을 수 없는 듯이 웃었다.

35

순철은 창경원에서 여러 사람들과 먼저 작별하고 집으로 돌아왔다.

"편지도 오고 전보도 왔어요."

하고 순철의 댁이 그 남편에게 편지와 전보를 주었다. 그리고

"점심 어찌셨어요."

물었다. 순철은 정택과 어느 요릿집에서 점심을 먹었었던 고로

"먹었어요."

하고 급히 전보를 뜯어보았다.

"평양서 급발 정대영."

이라고 했다. 순철은

'그럼, 아주 해결된다' 생각하니 그 가슴이 두근

두근거렸다. 저는 전보를 보고 편지를 뜯어보았
다. 그것도 정대영의 것인데 여순서 출발하기 전
에 써 부친 것이 늦추 들어왔다.

그 편지에는 먼저 정대영이가 어디 실습 갔다
가, 답장이 늦어졌다고 사죄하였다. 그리고 순영
의 일에는, 순철이가 그런 경우일 것 같으면 주저
치 않고 다시 외국으로 보내겠다고, 지금 이 편지
쓰자마자 곧 조선 갈 준비를 하노라고 써 왔다.

순철은 편지를 다— 읽고 긴 한숨을 내쉬었다.

순철은 편지를 읽고 오늘 지난 일을 생각하고 우
두커니 앉았을 때 순철의 댁도 수심스러운 얼굴로

"왜, 어디 불편하세요."

하고 그 옆에 와 앉았다. 순철은 그 아내의 얼굴
을 한번 유심히 쳐다보고

"당신은 몸단장하기는 싫으시오?"

하고 빙그레 웃으며 물었다. 순철의 댁은 무안
한 듯이

"단장하면 더 잘나집니까? 그 꼴이지요."

하고 대답했다.

"호호."

순철은 웃어버리고 다시 혼자 무엇을 생각했다.

순철의 댁도 혼자 미미히 웃다가

"참 잊었었어요. 안동 댁에서."

하고 말하다가 머뭇머뭇

"아마 아버지께서 도로 안동 댁으로 오신단 말이 있나 보아요."

순철은 급히 놀란 듯이 눈을 둥그렇게 뜨고

"그게 무슨 소리요?"

하고 그 귀를 의심하는 듯이 물었다.

순철의 댁은 여전히 머뭇거리며

"서모가 달아났나 봐요. 아버지께서 전답을 다 파시고 그 돈으로 회사를 설시한다고 하셨는데, 서모가 그 돈을 다— 가지고 달아나셨대요."

"참말?"

하고 순철은 낯빛이 변하면서, 마루에 구두 신고 앉았다가 그대로 다시 일어서며

"내 다녀오리다."

하고 대문 밖으로 나왔다.

순철이가 안동집 대문 밖에 왔을 때, 그 아버지와 어머니의 말다툼하는 소리가 들렸다.

"글쎄, 왜 나가 계시다가 지금 다 잃어버리시고 다시 돌아오셔서, 공연한 애를 들볶으세요. 순희

는 최가 집 재산으로 호사하고 살지 않습니다. 그 애는 김가 집 재산으로 이날 이때껏 살아왔어요. 왜 영감께서는 조상 적부터 내려오는 재산을 기생 년의 꾀에 속아서 앗기우시고, 지금 왜 딴것을 넘 보세요. 그 애가 무어랍니까."

하고 그 모친이 악을 썼다.

"계집애를 그렇게 기르니까 난봉이 났단 말이 야, 본래 내가 집을 나간 것도 다, 순희 지 한 계집 애 때문이지 왜 그렇단 말이오."

하고 그 아버지가 버럭버럭 화를 냈다. 순철은 심한 두려움에 눌리우면서 대문 안을 들어서서 안 뜰로 들어갔다. 순희와 금희는 보이지 않고, 어머 니와 아버지만 마루 위에서 말다툼을 하던 판이었 다. 그들은 순철이가 들어가서 인사를 하자 말다 툼을 그치고, 그 아버지가 먼저

"순철이냐."

하고 인사를 받았다. 그 아버지는 다시

"요새는 교수법이 늘었느냐."

하고 지금까지 아무런 격의도 없었던 것처럼 물 었다.

순철의 아버지는 요사이로 대단히 늙어진 것같

이 보였다. 그 어머니는 세상이 다······ 귀찮은 듯
이 언제까지든 찌푸리고 있다가

"네 큰누이가 너희 집에 가지 않았더냐. 이 애가
아침에 나가서 이때껏 소식이 없다. 원 어디 가서
빠져 죽거나 않았는지, 하도 세상이 재미없다니까
자식이라고 미덥지가 않다."

하고 이야기했다. 순철은 인사를 하고 우두커니
섰다가

"어디를 갔을까요?"

하고 근심스럽게 물었다.

36

순희는 이즈음에 그 행동이 심히 달라졌다. 그
는 매일같이 사치한 옷을 입고 오정 때쯤 나가서
는 밤 아홉 시가 지나서 자동차로 돌아오는지, 그
문밖에서 자동차 멈춘 소리가 나면 순희가 여왕과
같이 호사한 몸을 문안에 들여놓았다. 그 모친은
무슨 영문인지 몰라서 그 딸을

"무슨 일로 매일 나가니."

하고 말려도

"답답해서 좀 나가노니 어머니 너무 염려 마세
요."

할 뿐이다. 그리고 역시 그 이튿날 오정이면 이
웃 저 옷 골라서 입어보다가 제일 몸에 맞는 것을
입고 머뭇머뭇하며 대문 밖을 나선다.

이날도 순철은 그 어머니의 그 아버지께 대한
불평을 들으면서 아홉 시가 지나도록 순희를 기
다렸으나 얼른 돌아오진 않았다. 순철은 하릴없이
내일 일을 생각해서 집으로 돌아왔었다. 하나 그
의 마음은 어두운 어두운 근심에 적시어서 어찌하
면 좋을지 알 수 없었다. 그 이튿날 새벽에 순철은
정대영을 맞으러 정거장에 나갔다. 차는 이십 분
늦어서 경성역에 이르렀다. 순철은 정대영을 반갑
게 맞아놓고, 패한 족속의 한층 더 괴로워하는 표
정을 볼 때 일층 더 상심되는 듯한 기운에 눌리었
다. 순철은 대영을 정거장 옆의 큰 여관에 인도하
고, 좌정한 후에 괴로운 이야기를 시작했었다.

"저는 그때부터 처가 있었습니다. 그러나 제가
여순 갔을 때는 겨우 열여섯 살이었으니 무슨 철
이 있었습니까. 순영 씨의 마음을 저는 저버리는
것과도 같지만 한편으로 생각하면 저는 그의 행복

을 지어드리는 셈이지요."

했다. 대영은 간절히 말하다가

"그야, 순철 씨의 마음이지요. 저는 다만, 순영이
가 불쌍하다고 할 뿐입니다. 일전에도 ××학당 사
감의 편지를 보면, 완연한 향수병에 걸렸다니까,
신경쇠약인가 히스테리가 아닌가 하고 의심합니
다."

하고 심히 괴로운 표정을 하고 맥이 풀려서 다
시는 말할 기력이 없는 듯이 근심했다.

순철은 대영의 피곤한 것을 풀라고 그대로 집으
로 돌아오려다가

"순영 씨가 대영 씨 오신 것을 아직 알지 못합니
까?"

하고 물었다. 대영은 한숨을 내쉬고 괴롭게 웃
으며

"무슨 일인지, 편지마다 대영 오빠 조선 오지 말
라니까 연고를 모르지요. 확실히 자기도 아는 바
에, 그가 의탁할 곳이라고는 이 외사촌 되는 나뿐
인데 그렇게, 아무 잘못한 것도 없는데 제 일을 근
심 말아달라고만 하니까……"

하고 모로 누우며 피곤한 눈을 감았다. 순철은

그 소리를 듣고 무엇인지 순영에게 대해서 일종 반감 같은 것을 품고, 열일곱 살 된 처녀의 심리도 대단히 읽기 어렵도록 복잡하다고 생각하였다. 하나 한 번 더 그가 자기를 깊이 믿으려고 하고 의탁하려 하는 것을 생각할 때, 일종의 무서운 듯한 근질근질한 마음이 저의 가슴 턱밑까지 치밀어 올라왔다. 순철은 힘 있게 그 마음을 누르고, 대영에게 내일 만나기로 약조하고 여관 문밖을 나섰다. 저는 일부러 전차를 타지 않고 일정 이정 걸었다. 아직 사람들은 분주히 걸어서 왔다 갔다 하였다. 순철도 학교에 가서 가르쳐야 하겠는 고로 분주히 분주히 걸어가면서, 곁눈도 안 뜨나 그 마음속에는 여러 가지 복잡한 그림 필이 풀려 보인다. 순영이가 방금 대영에게 이끌려서 먼 외국으로 가는 것과, 정거장에서 자기를 보고 들입다 우는 난처한 모양이, 무늬를 놓은 숱한 비단 필같이 풀고 다시 풀수록 끝도 없고 처음도 없으면서, 다만 '대영이가 순영이를 외국으로 데리고 가? 그러면 내가 그때에는 순영을 만나지 않을 수는 없다. 만날 것 같으면, 순영은 몹시 울 터이지' 하는 말을 되돌아 하고 되돌아 하는 것과 같이 그런 모양이 마음속 눈에 연달아 보였다.

37

순철이가 학교에서 돌아왔을 때, 정대영의 명함
이 마루에 놓여 있었다. 저는 그 명함을 집어 들고
그 처에게

"이 사람이 어느 때쯤 왔었소."

하고 물었다. 그 처의 말이 어떤 사람이 인력거
를 타고 와서 말도 통 하지 못하면서 무슨 말을 할
듯 할 듯 하다가, 이 명함을 들여보내고 한참 섰다
가 그대로 가버리더라고 했다. 순철은 무슨 불길
한 전조 같아서, 무심코 명함 뒤를 보았다. 명함 뒤
판에는 순영이가 벌써부터 병이 나서 기숙사에 누
워 있던 것을, 지금 총독부 병원으로 입원시키노
라고 쓰여 있었다. 순철은 그것을 읽자마자 자기
가 무참한 실수나 한 것같이 미안했다. 편지를 해
도 답장도 안 하고, 찾아가보지도 않았더니 그동
안에 앓아서 몸져누웠던 것이다 생각하매 참을
수 없이 불안했다. 순철은 그길로 총독부 병원까
지 가려 하였으나, 그 몸이 솜같이 피곤해지고 다

시 여력 없는 것을 깨달았다. 저의 머리는 몹시 혼
돈하였다. 순영의 일이 아닐지라도 순철은 순희의
일을 생각할 때 말할 수 없이 불쾌하였다.

'나의 동복의 누이가 처녀로서 어떤 남자와 같
이 달아났었다. 그러나 두 달이 못 되어 그도 버리
고 집으로 돌아왔었다. 하나 삼 년이라는 긴 세월
에 아무런 일도 다시 일으키지 않고 있다가, 정택
의 일이라면 그리 무심하지도 않으면서 저가 결혼
을 한다고 하는 이때 겉으로 아무렇지도 않은 표
정을 짓기는 하면서도, 밤과 낮으로 집을 비우고
나가는 것은 무엇일까. 혹시 그 동경서 마음속으
로 사랑했다던 남자가 돌아왔나. 만일 그들이 말
하는 그런 훌륭한 사람일 것 같으면 그가 돌아올
때 아무런 소식도 없지 않았을 것이다. 이즈음으
로 어느 신문에든지 주보에든지 그런 사람이 외
국서 돌아온 일이 쓰여 있지는 않았다' 하는 그 누
이의 생각과 '노인이 무슨 첩인가 무엇인가 얻어
서 나가시더니 다— 앗기우시고 올라오셨다니 기
막힐 일이다. 어머니가 좀 불쾌하실까?' 하는 집안
생각과 '그 가련한 신세가 게다가 병까지 들어 입
원을 했다니 참 비참한 일이다' 하는 순영의 생각

이 순철의 앞뒤로 치밀어 왔다 갔다 한다.

저는 가만히 누웠으매, 먼저 학교에서 교수하던 때 등 뒤와 가슴이 맞닿는 듯하던 것이 또다시 뜨끔뜨끔하는 것 같다. 그러나 저는 좀 피곤한 것이 풀리면 안국동 집에 들렀다가 상철의 집을 돌아서 집안 형편 이야기를 하고 순영이가 입원하였다는 총독부 병원에도 가보리라고 생각하였었다.

순철은 저녁때가 됨을 따라서 그 몸이 점점 달아오고 생각이 몽롱해졌다. 저는 그 처가 얼마 전부터 자리를 펴주려고 하여도 머리를 흔들고 양복을 벗으라고 해도 대답이 없다가 점점 더 괴로워 옴을 알고 열리지 않는 입을 겨우 열고

"여보시오, 내 이 옷 좀 벗기고 자리 좀 펴주시오."

했다. 저는 그 아내가 그 옷을 벗기고 자리를 펴줄 때 그 행동이 심히 무겁고 날쌔지 못한 것을 보았다. 그리고 순영이가 한 달 전에 작은 새와 같이 그 기숙사 뜰에서 달음질해 가던 것이 눈에 환하였다.

어느 때, 저가 생각하기를 '사람의 아름다움도 때를 얻어서 움직일 때 볼 수 있다' 한 것이, 다시

어렴풋이 의식되었다. 그리고 저의 마음속 맨 밑
에 묻기를 '만일 네가, 먼저 순영이를 생각하게 되
었던들 너는 그렇게까지는 냉정히 하지 않고 이
둔한, 취할 점 없는 너의 처 같은 것은 돌아보지 않
았을지 모르지 않느냐' 했다.

하나 저의 피곤한 마음속은 '좀 쉬게 해다오 쉬
게 해다오' 하면서 잠들기를 심히 원했다. 하나 저
의 근심 외에, 저의 쉬고 싶어 하는 것을 방해하는
것이 또 있었다.

"서방님이 어디 불편하신가 봐."

"글쎄요, 아주 신색이 못 되어만 가시지요. 아씨,
몹시 앓으시기 전에 조리를 하셔야지 그러다가 몹
시 앓으시면, 어찌합니까."

"그렇지만, 내가 어떡할 수가 있어야지. 할멈, 안
동 댁에서나 무사하셔야 할 터인데, 시누님이 매
일 나가시고 아버지께서 다시 돌아오셔서 법석을
하니, 이런 말 한마디 할 곳도 없고…… 남은 이 내
용을 모르고, 나를 다 부러워하지. 부잣집 며느리
니, 남편과 의가 좋으니 하지만 나같이 속을 썩이
는 사람이 또 어디 있을라구, 팔자도 기구하지."

"아이구, 그래도 아씨보다 기구하신 이가 세상

에 얼마나 많은 줄 아십니까. 저 건너 댁 아씨는 그
서방님이 일본 가서 여러 해 공부하고 돌아오시더
니, 학생 아씨를 새로 맞아 오시느라고 친정으로
쫓아 보내셨답니다."

"아이구, 저를 어쩌나, 가엾어라. 그런 서방님 보
면 우리 서방님은 성인같이 착하시지만, 그늘의
풀같이 연하시기만 하시니 미덥지가 않아. 해도
위풍은 좋으시지만 어쩐지 기운이 없어 보이지,
할멈."

이같이 주종이 수군수군하는 것이 저의 잠자려
고 하는 것을 방해했다. 순철은 풀 없이 그 몸을 뒤
채며

"여보, 떠들지 말아요."

했다.

38

순철은 자기 아내의 이야기하는 것을 그치게 하
면 고요해서 잠이 쉬 들듯 하였으나, 문밖에서 두
부와 묵 사라는 소리와 엿 장수의 목소리가 다시
저의 잠듦을 막았다. 저는 귀찮은 듯이

"아이구."

하고 신열 때문에 온전치 아니한 긴 숨을 내뿜었다. 몸을 일으킬 뼈가 없는 듯이 다만 물씬물씬한 그 몸은 피곤 그것과 같아도 잠이라고는 들 것 같지 않고 한 초 한 시각이 지나갈수록 그 몸이 점점 달아오르는 것 같았다. 그러한 가운데 저는 모든 생각을 그칠 수 없었다. 저의 마음속으로는 순희를 만나서

'누님, 왜 그러시우. 당신은 정택 씨와 결혼하실 기회를 아주 잊어버리셨구려. 벌써 아버지께서 자기 것을 다 없이하시고 집으로 돌아오셔서 당신만을 노리시는데, 그 괴로움을 어찌하려고 합니까. 조선 풍속에 딸은 자식이 아니란답니다. 아버지께서 다시 당신을 어디로 보낸다고 하면 어찌하려고 그럽니까. 그리고 왜 밤낮 나가세요. 남이라도 알면 문젯거리가 되지 않습니까.'

하고 순영과 대영을 찾아가서 대영에게는 몸이 고되어서 늦게 찾아왔으니 용서하라고 하고 순영에게

'순영 씨, 그동안 앓으셨습니까. 어서 나으셔야지요.'

한다. 하나 저는 일어날 수가 없도록 몸이 괴롭다. 저는 잠도 오지 않는 몸을 죽은 듯이 고요히 누이고 있다. 잠깐 동안 고요해졌다.

저는 풋깃잠*이 들었었으나 그러한 동안이 얼른 지나가고 저의 집 문 앞으로 바로 향해오는 인력거 바퀴 소리에 다시 눈이 뜨였다.

물론 그런 짧은 동안의 휴식으로는 그 피곤함이 풀리지 않는다. 저는 다시 눈을 감으려고 힘썼다. 하나 이번에는 서투른 발자취 소리와 목소리가 저의 눈을 아주 떼었다.

"이 댁이 최순철 씨 댁입니까? 총독부 병원에서 얼른 모셔 오라는데요, 주인 나리는 안 계십니까."

하고, 바로 순철이가 누운 맞은편의 중문간에서 행랑 사람과 이야기한다.

"계셔요, 몸 편치 않으신데."

하고 어멈이 들어왔다.

때는 저녁때 같았으나 긴 봄볕이라, 아직 뜰 한편에 얼마큼 누런빛을 띤 햇빛이 쉬― 이우러질 것 같지는 않다. 어멈이 명함을 들고 인력거꾼과

* 풋잠.

같이 안뜰로 들어왔다. 순철은 벌떡 일어나서 손을 부들부들 떨면서, 저의 아내가 저편 마루에서 받는 것을 급한 듯이

"이리로 보내시오."

하고 손을 내밀었다. 명함은 정대영의 것이다.

'이 명함을 보시고 곧 와주시오. 순영이가 당신의 이름을 불러서 걷잡을 수가 없습니다.'

순철은 전후를 돌아보지 않고, 다시 벌떡 일어나며 양복장 서랍을 힘들여 빼면서 인력거꾼에게는

"같이 가세."

하고 당부했다. 저는 지금껏 동복을 입고 있었다. 사람들에게 말을 하지 않아도 아침저녁으로 그 몸에서 올랐다 내렸다 하는 저의 신열은 일반으로 춥다는 느낌을 주었다. 하나 저는 지금도 춥건만 무슨 일인지 춘추복을 꺼내 입었다. 그러지 않아도 창백한 얼굴과 위권 있는 검은 큰 눈에는 신열 때문에 일층 윤택한 빛이 번쩍거리는 것이, 아무가 보더라도 병인으로 보지 않을 수가 없다. 저는 쉬지 않고 부들부들 떨면서, 양복을 갈아입고 마루로 나왔다. 그 처는 무슨 영문인지 몰라서 다만 우두커니 바라보고 섰다. 순철은 그래도 의

를 잊지 않겠다는 듯이

"친구가 병이 들어, 입원했다니 좀 가보고 오리
다."

했다. 그 음성이 듣는 사람에게 참을 수 없는 처
량함을 주었다.

안뜰에서는, 세 여인이, 우두커니 서서

"저렇게 아프신데 어디를 가시누."

하고, 문밖에서는 인력거 바퀴 소리가 황급히
들린다.

39

간호부가 인도한 순영의 병실에서는 방금 의사
와 간호부들이 빙 둘러서서 지금 숨넘어가는 순영
에게 인공호흡을 시키고 식염주사를 하던 중이었
다. 대영은 흐득흐득 울고 섰었다. 순철은 그 눈을
의심하였다. 아무 말 없이 저는 대영의 옆에 가 서
서 의사의 손길 아래만 바라보았다.

그러한 시간이 십 분, 이십 분 지나갔다. 하나 마
음이 부어 죽은 순영은 다시 숨을 돌리지 않았다.
그 눈과 입은 닫히지 못하고 있었다. 한 분 한 초

지나갈수록 앉은뱅이 꽃빛이 돌던 그의 손톱은 점점 하얘지고 식염주사로 따뜻하던 그의 가슴도 점점 식어갈 뿐이었다. 의사들은 지금은 손길을 늘 어뜨리고 아침에는 나으리라고 하던 그 입으로

"이렇게 될 줄은 몰랐습니다. 이렇게 병세가 급히 더쳐 죽는 일은 드뭅니다."

하고 말할 뿐이다.

순철은 순영의 시체 옆에서 손길을 읍하고 흐르는 눈물을 금하지 못했다. 대영은 아무 말 없이 점점 아프게 울 뿐이었다. 눈물 어린 간호부들도 아침에는 미인 환자라고 우러러보던 눈에서 불쌍하다는 눈물을 흘렸다. 의사들은

"참 미안한 일이올시다."

하고 다만 그 조각한 듯이 아름다운 얼굴과 하얀 살결을 바라보다가 나가버렸다.

간호부들도 하나씩 둘씩 나가버렸다.

순철과 대영은 입을 벌리고 눈을 감지 못하는 순영의 시체를 간호부가 갖다 주는 하얀 보를 씌워놓고 순영의 이야기를 했다.

이보다 전에, 순영은 ××학당 기숙사에서 순철에게 만나지기를 바라고, 편지를 써서 보내고 보

내고 하다가, 그 내용을 모르는 기숙사 학생들과 사감의 눈에는 우연한 일같이 병들어 누웠다. 하나 순영의 어린 가슴속에는 비분과 동경憧憬이 한데 엉크러져서 그의 정신을 어지럽게 했다. 그 어지러운 정신에서 우러나는 행동이, 그를 귀여워하던 사감과 기숙사 생도들에게까지 미움을 사게 되었다. 순영은 모든 일에 흥미가 없었다. 다만 순철의 일만 생각하고 또 생각하고, 그는 혼자 외딴 생각에 잦아들어서, 홀로 웃다가 혹시 동무들이 그것을 바라보고 무엇이 우스워서 웃느냐고 물으면, 급히 시치미를 뚝 떼고 노했다. 그뿐 아니라 그는 그 사감에게도 아침 인사를 하지 않으려고 하고 매일같이 학교에 나가지 않고 먹지도 않고 누웠었다. 기숙사 사감은 그래도 자기가 거느리는 생도인 고로 학교의 의사에게 보였었다. 그 결과가 대영이가 말한 바와 같이 향수병이라고 한 고로, 사감은, 순영이가 하는 대로 무엇이든지 맡겨두고 병 낫기만 바랐다.

하나 순영의 병은 점점 더쳐갔는지 한 십여 일 전부터 아주 침체됐다. 기숙 사감은 순철에게 의논할 겸, 또 말을 충분히 통하지 못하는 고로, 그

의향도 들으려고, 순철을 청하고자 물어보았으나
그는 머리를 흔들고, 순철의 집 번지를 가리키지
않았다.

그리고 때때로 울기도 하고 웃기도 하였다. 사
람들은 점점 그를 이상하게 생각한 고로, 아무도
가까이하지 않았다. 그리고 어김없는 과도한 신경
쇠약으로만 알았다. 하나 대영이가 순영을 찾아갔
을 때는 그렇지 않고 고요히 누워서

"오빠, 잘 오셨소. 내가 더 살 것 같지를 않아서
오빠에게 편지를 하려고 하던 중이오."

하고 울었다. 그러나 그는 몹쓸 숨차기를 하고,
호흡이 괴롭다고 하면서 말하고는 가슴을 눌렀다.
그때까지도 기숙사 사감과 교의는 '향수병'이니
신경쇠약이니 하였다. 그러나 대영은 의심스러워
서 총독부 병원에 데리고 갔었다. 병원 가는 길에
서도 순영은 가슴을 누르고 인력거가 급히 흔들면
서 갈 때는 얼굴이 해쓱해지면서

"가만히, 가만히."

했다. 결국 총독부 병원에 와보매, 순영은 신경
쇠약에 심장병을 더쳤다고

"조심하지 않으면 고치기 어려우나, 하나 잘하

면 고쳐질 것입니다."

하고, 익숙한 늙은 의사가 친절히 말했다.

40

거기서 대영은 순영을 입원시켰다. 의사도 나이 어린 병인을 심히 동정해서 입원하도록 진력했다. 순영은 병원 침대에 누워서는 좀 편한 듯이 웃기도 하고 이런 일 저런 일 이야기도 하였다.

이때 대영은 무슨 정신으로 그런 이야기를 시작했었는지, 필경 며칠 동안 기차 안에서 피곤하였던 뒤라 말하기에도 피로함을 깨달으면서 하필 순철의 이야기를 들려주었다. 하나 순영은 그 이야기를 들을 때는 아무 말도 하지 않고, 눈을 꼭 감고 가슴을 누르면서

"오빠."

한마디 하고는 가슴을 눌렀다. 그리고 한참 만에 순영은 그 아름다운 눈을 꿈을 보는 듯이 뜨고

"오빠, 그래서 오빠가 급히 여기를 오셨구려."

하고 한눈을 팔다가 그 눈에 눈물을 그득 머금고

"그이도 사람치고는 퍽 인정 없는 이야. 어떤 때

는 나와 친척이나 되는 듯이 내게 친절하다가, 급
히 내가 그렇게 싫어졌나."

하고 그 얼굴을 가렸다. 대영은 불쌍히 바라보
다가

"그야, 인정이 너무 많아서 그렇지. 순영을 심히
사랑하지만, 그에게는 전부터 처가 있었다니까 옛
날과 달라 일부일부一夫一婦주의가 온 세상을 지배
하는 때, 순영을 다시 부인으로 맞아 올 수도 없는
것이지."

하고 아주 원망 없이 그의 가슴속에서 순철이가
싫어지도록 말하였었다. 하나 순영은 흐득흐득 울
다가 점점 크게 울면서

"오빠가 지금 내 귀에 그런 말을 들리시오. 그
가 독신이라고 말한 것은 분명히 오빠의 입이었습
니다. 저는 그때 그런 말을 들었을 것 같으면 이렇
게 내가 망하도록 심한 병도 들지 않았을 것이오.
다— 오빠 입 때문에 내가 망해요. 나는 인제 더 살
수가 없으니 원망이라도 한마디 하게 순철 씨를
데려오세요."

하고 조르기 시작했다. 대영은 이때 비로소 병
인을 격동시킨 것이 실수인 줄 알았지만 한번 해

놓은 말을 거둬 올 능력이 없었다. 저는 하는 수 없이 인력거를 순철의 집으로 빨리빨리 당부해서 보냈다. 하나 순영은 아주 인정 없이 그 오빠를 나무라면서 인력거 보낸 지 십 분이 지날까 말까 해서,

"오빠 또 거짓말을 하는구려."

하고 한 말을 또 외고 또 한 말을 다시 되풀이하다가, 심장마비를 일으켰다. 대영은 간호부도 없는 때 변을 일으키고, 의사 있는 곳까지 가서 의사를 데려온 때는, 벌써 일이 글러서 순영은 눈을 뒤로 뒤집어 뜨고 있었다. 그때 인공호흡을 시키고 식염주사를 시켰지만 아무 효험이 없었다. 순철은 대영에게서 이 이야기를 다 듣고

"이런 참혹한 일이 어디 또 있겠습니까."

하고 울었다. 대영도 울었다.

날은 아주 어두워져, 어슬어슬했을 때 병원 뜰에는 까막까치가 까맣게 뒤덮여서 짖었다. 처녀의 어린 혼이 괴로워하다가 괴로워하다가 그 아름다운 아직 채 피지도 않은 육체의 애착을 잊어버리고 곱든지 밉든지 흙으로 돌리라고, 그 육체를 떠나가버렸다.

이때 순영의 시체를 병실에서 시체 옮기는 방으

로 옮겼다. 순철과 순영은 시체 방에서 촛불을 다시 켜고, 향을 다시 꽂으면서 밤을 새웠다. 날이 새어서 훤하게 동틀 때 정대영은 눈을 잠깐 붙였었다. 그동안에 순철은 무엇을 생각했는지, 슬그머니 일어나서 발소리를 내지 않고, 순영의 시체 옆에 가서 향을 다시 피고 다— 꺼져가는 초들을 다시 켜고, 그의 몸을 폭— 덮은 흰 보를 들었다.

숨넘어갈 때 열린 채로 있던 그 입과 눈은 꼭 닫혀 있었다. 그 사쿠라빛 돌고 따뜻하던 손길에는 대리석과 같은 참과 하얌이 있을 뿐이다.

순철은 그 손길을 다시 잡고 그 귀에 속삭였다.

"후세에는 아무런 방해물이 있더라도 물리치고 꼭 만납시다."

하고 시체에게 약속한 순철은 다시 그 뺨과 가슴에 자기의 뺨을 고요히 대어주었다. 하나 전일에 손길만을 마주 대일 때만 한 열도 그 두 몸이 서로 통하진 않았다. 순철의 뺨이 점점 달아올수록 순영의 가슴과 뺨은 점점 더 찬 것 같았다. 순철은 한숨을 휘 쉬고 다시 흰 보를 곱게 씌워주었다. 말 없는 찬 애인에게…… 이 광경을 몰래 뒤로 보던 대영은 급히 흐득흐득 울며

"죽은 몸이라도 좋아할 터이오."

하고 부르짖었다.

순철은 고개를 푹 숙였다. 그리고 다만 눈물을 흘렸다.

굵은 눈물이 그 창백한 뺨을 연달아 고요히 굴렀다.

41

× × × ×

× × × ×

순영을 무덤에 누인 지 한 달 후의 일이다. 그동안의 순철은 피곤과 슬픔을 이기지 못하여 병을 이루었다가 벌써부터 회복되어 ××중학교 교단에 서게 되었었다. 그렇지만 순철은 그 모양에는 병색이 조금도 떨리지 않고 하루이틀 날이 지나갈수록 더욱 형용이 초췌하여 갈 뿐이다.

또 그의 집안일이 한층 더 저를 괴로운 구렁텅이 속에 집어넣었다. 저는 그 근심을 자기 몸에서 덜게 하고자 하나 그럴 수가 없었다.

그 모친이 날마다 순철에게 와서 집안 형편 이
야기를 하였다. 그뿐 아니라 저는 조선의 모든 청
년들이 깨닫는바 집안에서 일생 불쾌한 우울을 알
게 되었다. 생각하면 순철은 처음으로 조선에 나
와서 정택이라는 사람의 사업과 인격에 대단한 감
동을 받아서 저도 인도적 주의에 영향을 입었었으
나 지금에 이르러 정택이가 한마을 사람들을 위
해서 일하는 것보다는 저의 이상에 맞는 한 여자
를 구원하리라고 생각하는 이상에 그 얻어 입었던
영향이 얼마큼 헛된 일이었던 것 같기도 하다. 그
것이 헛된 일이었던 것을 다시 알매, 순철은 순영
을 희생해버린 일이 차마 못할 일 같기도 하다. 저
는 지금은 길을 지나가면서 아름다운 여자들을 언
뜻 쳐다볼 때가 있다. 하나 저는 순영과 같이 아름
다운 여자를 다시 볼 수는 없었다. 저는 이편으로
저편으로, 순영을 생각하면 저의 창자가 끊어지는
것 같다. 거기서 저는 다시 인도적 심리에 돌아가
서, 저의 아내를 불쌍히 생각하고 민중을 위하여
일하리라고 굳은 결심을 지어서 먹을 때가 있다.
그런 때, 순철은 정택이 있던 촌에를 가볼 때도 있
고, 또 그보다 더 더러운 빈촌들을 찾아서 가볼 때

도 있다. 그래도 정택이가 가 있던 촌같이 아무 촌에도 점점 악화해가는 촌은 없었다. 그 촌에는 얼굴에 분 바른 계집이 득실득실해서 흔들흔들 놀게 되고, 술주정꾼이 대낮에 좁은 골목 안에서 비틀비틀하게 되었다. 마치 오랫동안 쇠사슬에 매였던 사나운 개가 그 쇠사슬에서 풀려나서 다시 사납게 이 사람 보고 으르렁거리고 저 사람 보고 물으려고 쫓아가듯이 되었다.

습관을 자기 마음속으로 고치지 않고, 건성으로 세력에 눌려서 고치면 그것은 아주 나아지는 것이 아니고 후일에 그 세력이 없어지면 도리어 전일보다 더한층 심하게 옛날 습관에 돌아간다.

순철은 정택을 처음과 같이 존경치는 않으면서 저를 미워하지도 못한다. 그뿐 아니라 저는 무엇에 그렇게 힘 있게 끌리는지, 기회만 있으면 정택에게 만나고 싶다. 그러나 정택은 새로운 단꿈에 취하게 됨인지 자주 순철의 눈에 만나지지 않았다. 순철은 어떤 때는 구락부에 가서 보기도 한다.

거기도 물론 정택은 자주 오지 않는다. 저는 전영이란 여자와 혼례 준비를 하는 모양이었다. 순철은 어느 토요일 오후에 필운대에 있는 구락부에 갔었다. 일상 모이는 모임은 이날도 구락부 안에 십여 명 넘어서 장기 두는 사람, 바둑 두는 사람, 알 굴리는 사람, 방 안이 어수선스럽다가 순철이가 갔을 때에 하던 일을 그치고 인사를 했다. 순철에게 정택이가 이상한 친함을 주는 것같이 구락부 사람들도 저에게 친함을 준다.

"이 친구 오랜만일세그려."

"애인을 묻어버리고 어찌 사나, 세상에 그런 몰인정스러운 사람이 있나."

"필경 저 어린 친구는 정택이란 작자의 영향을 받았었으려니, 하나 청출어람이 청어람이라고 정택이가 빈촌 여자를 빼어내다가 같이 사는 대신 저 친구는 자기를 목숨과 같이 믿고 사랑하더란 왕녀를 묻었으니 세상이 우스워."

하고 놀리는 사람도 있고, 알 굴리기를 하자고 끌어당기는 사람과 같이 바둑을 두자고 잡아끄는 사람도 있다. 순철은 이편에 붙잡히고 저편에 끌리면서

"그런 일이 아니오."

하고 벌씬 웃으면서 자기를 변명한다.

42

순철은 구락부에 가서도 정택을 만나지 못한다. 저의 마음속에서는 정택을 만나려 하는 마음을 스스로 의심도 하고 비평도 한다.

'내가 전일에는 이상히 마음을 쏠리게 하는 사람을 피했건마는 전일의 저가 하던 재미나다고 생각하던 그 일은 벌써 그가 집어던진 일인데⋯⋯' 하기도 하고, '그러나 저에게는 무슨 사업을 시작했다가 집어던진 역사가 있는 것이다. 그렇다', '무엇이든지, 저는 우리의 선배다. 선배의 성공이든지 실패가 전부 우리에게 모범이 된다' 하고 자기마음을 헤아려서 변명도 스스로 한다.

순철은 녹음의 그늘이 우거진 필운대 아랫길을 천천히 구락부 사람들과 같이 걸어서 큰길로 나온다. 그들은 지껄인다.

"최 군, 그래, 애인 상을 만나서 그렇게 수척해가나."

"그것은 물을 일도 없지."

"그러나 하는 수 없지."

"그러나 최 군은 그런 애인을 도무지 몰라보았

다는 이야기가 있지 않은가. 딴은 고인이야."

하는 말들을 듣고 순철은 말없이 표정으로 부정하며 오다가 전차 정류장 앞에 와서 멈칫 서며,

"여러분, 실례합니다."

했다. 그중에 한 사람이

"자네 우리하고 ××관 가던 길 아닌가."

하고 다른 사람들이

"같이 가세."

하기도 하고

"지금 집에 가서 무얼 하나."

하기도 하면서 순철을 잡아끈다. 순철은 역시 웃으며

"월요일 교안이 백지 그대로 있고, 또 만날 사람이 있으니 이다음에나 그럽시다."

말한 후에 간신히 구락부 사람들과 작별한다. 그리고 순철은 공연히 전차를 타고 해태 앞을 지나서 종로까지 돌아와서는 안국동으로 다시 들어가며

'그 친구들 때문에 돈 오 전을 허비했지. 내가 이래도 최가 집 경제를 유지해갈지도 모르는데, 형님은 뜯어만 가시고 아버지께서는 서모에게 속으

셨다고 하면서 순희 누님 말같이 어머니의 것을
다— 앗아 가실 작정이신데, 아버지께서는 자식에
게 아무런 정도 없으시니까 그렇게 어머니의 것을
아주 앗아 가시더라도 필경 우리를 조금도 돌아보
시지 않을 것이다.'

　이런 생각 저런 생각 하면서 순철은 또 마음속에
'오늘은 또 무슨 일이나 일어나지 않았는지.'

　하고, 급히급히 저의 집으로 돌아왔었다. 마침,
무슨 변이 다시 일어났는지 순철의 집에서는 순철
의 아내가 흐득흐득 느껴 울면서

　"서방님이 어디를 가셔서 안 오실까."

　한다. 순철은 미친 듯이 대문 안으로 들어가서

　"왜 그러시오."

　물었다. 그 아내는 마루에서 옷을 갈아입으며
안국동 댁 행랑어멈과 같이 울다가

　"저 아버지께서 어머니 것과 형님의 것을 다—
앗아가지고 서모와 같이 청국으로 갔는데, 형님이
독약을 마시고 시방 숨넘어가신대요."

　하고 또다시 소리쳐 운다.

　순철은 눈물도 나오지 않았다. 저가 몇천 리 밖
에서 공부할 때는 좀 곤란한 일이 있더라도

'집에만 가면 이런 일은 없을 것이다.'

했으나, 참으로 돌아와보매 파란이 겹겹이 싸여서 저를 기다리고 있었다.

저는 지금 이 급한 변에 한번 놀랐던 상한 가슴을 다시 상했다. 저는 말없이 벌벌 떨었다. 사지가 각각 떨어져나갈 듯이 떨리었다. 저는 속히 정신을 차려서 안동집으로 가려 하나 그 발이 움직여지지 않았다. 저의 속에서

'모든 것은 파멸이다.'

했다.

'상은 상대로 못 받을지 몰라도, 벌은 벌대로 받아지는 것이다.'

했다. 저에게는 모든 것이 두려웠다. 저의 아내가 저의 옆에 와서

"안 가세요."

해도, 저는 떨 뿐이었다. 저는 간신히

"먼저 가오."

하고 부르짖듯이 말했다. 저의 아내는 먼저 나가면서 그 남편에게 그들이 나갈 때마다 대문을 잠그는 자물쇠를 주고 안잠자기 마누라까지 데리고 갔다. 순철은 그들의 뒤를 따라 나가려는 듯이

그 몸을 돌리다가, 발이 떨어지지 않는 듯이 마루
에 펄썩 주저앉았다.

십 분, 이십 분 저는 아무런 생각도 하지 못했다.
다시 저의 어깨와 가슴이 맞닿는 것 같다. 그리고
그 가슴이 우그러드는 듯한 힘없음과 간질이는 듯
한 가느다란 아픔을 깨달았다.

등 뒤에서부터 찬물을 끼얹는 것 같다. 저는 급
히 가슴을 욱여잡았다. 보드라운 것이 찢어지는
듯한 기침이 한 번 두 번 그의 가슴에서 톡톡 나왔
다. 저는 그 입에서 뿜어 나오는 무엇을 내뿜었다.
그것은 빨갰다.

43

순철은 그대로 놀라서 고개를 푹 숙였다. 이마
와 가슴과 등 뒤에서, 식은땀이 비같이 흘렀다. 순
철은 그래도 힘을 다해서 머리를 쳐들었다. 그 얼
굴은 평시에 사람들 앞에서 보이던 어리고 순하고
부드러운 것만은 아니었다. 저는 그 검은 큰 눈에
무엇을 견주어 노려보려는 듯한 결투가 보였다.
저는 속으로 부르짖었다.

'이 원망, 이 설움, 그대로는 못 다 받겠다.'

저는 다시 저의 온몸에 식은땀이 쑥 기어들어 가도록 끙 하고 힘을 주면서 일어났다. 그러나 비틀비틀 마루 위에 쓰러질 것 같았다. 저는 또다시 주먹을 불끈 쥐었다. 그리고 그 아내에게 받은 자물쇠를 집어 들고 문밖으로 나왔다. 저는 쇠를 잠그고 저녁 해가 지루하게 비치는 먼지 심한 거리를 걸어 나오면서,

'실상 끈적끈적한 것이 입안으로 나올 때와 또 붉은 것을 볼 때 놀란 것이 아픔보다는 몇 배가 된다.'

고 생각했다. 저는 뜻밖에 그 몸의 괴로움이 적었다. 그러나 친동기를 잃어버렸다는 일이 꿈 같으면서 눈물이 멈출 새 없이 그 앞을 가리었다. 저는 안동집에 왔었다.

늙은 아버지가 강도 무리같이 온 집 안을 둘러엎고 전답문권과 집문권과 여간 남았던 돈푼을 다 긁어내 간 집 안방에 순희가 죽어 누웠다. 그는 그의 아버지의 의리 없는 행동을 말리었었다. 하나 도깨비 들리듯이 돈 귀한 것과 계집에게 아첨해야만 좋은 줄 아는 늙은 사내는 그 딸을 애처로운 줄

도 모르고 난타해 누이고 갈 곳으로 가버렸다.

순희는 그 뺨이 파랗게 붓고 이마와 손과 가슴과 또 말에 수없이 상처를 받았었다. 그 입은 옷은 전부 이리저리 따지고 찢어져 있었다. 순철은 그 모양을 보고 다시 아득해졌다. 저는 아무 말도 할 수가 없었다. 순사와 의사가 한곳에 모여서 어수선스러웠다. 의사의 말이

"심한 상처로도 죽었을 것이오. 하필 모루히네* 독으로만 죽지는 않았습니다."

했다. 순철은 그 가슴을 두들기면서

"누님. 누님."

부르며 울었다. 그 어머니는

"이 고약한 자식아. 내 앞에서 이것이 무엇이냐."

하고 울었다. 상철은 그래도 미운지

"무슨 원수로 이 설움을 남겨주고 가니. 이 악독한 것아."

하고 욕하면서 울었다. 간악한 상철의 처는

"이럴 줄 알았더라면 더 공손히 할 것을."

* 모르핀.

하고 울었다. 금희도

"언니, 언니."

하고 울었다. 행랑어멈들도 울었다. 온 집 안이 울음빛이었다. 순희는 아무런 유서도 없이 숨넘어 갈 때,

"이 꼴을 하고 살 수가 있어야지요."

하고 눈을 감았다 한다. 생각하면 모루히네 분량은 몹시 적었던 것이었다.

순희가 죽은 지 며칠 후에 순희의 아버지는 안동현에서 그 첩과 같이 붙들리었다. 그때는 벌써 그들이 마적에게 가졌던 돈 다 빼앗긴 때이라고 했다.

순철은 또다시 병석에 누워서 며칠 쉬게 되었다. 저는 누워서 순희의 일기책을 보았다. 그리고 저는 그 비밀스럽던 누이의 일을 짐작했다.

누님은 독약을 안 먹고라도, 매 맞아서 죽었으리라는 말보다는 매 맞지 않았어도 할 일이 없어서* 죽었으리라. 세상에 이와 같이 민첩하고 힘 많은 여자가 다시 있을 리가 없다. 그는 죽기 한 달

* 하릴없어서. 달리 어떻게 할 도리가 없어서.

전에 정택과 전영이가 외딴 곳에서 남몰래 다니는
것을 자동차 타고 따라다닌 것은 결코 정택에게
대한 미련이 아니었고 자기의 신성한 동정에 대한
미련이었다. 그리고 누님이 숨긴 사랑을 가졌다는
것은 애매한 일이다……

순희가 죽은 지 몇 주일 후에 정택과 전영이란
여자는 결혼 예식을 지내었다는 소문이 들렸다.
바로 그날 저녁이었는지 한 실성한 노파가 순희
어머니를 찾아와서

"속이 편하시오, 속이 편하시오."

하고 대들면서

"히히."

웃으며 도로 나가버렸다.

그동안에 구락부 사람들에게는 이야깃거리가
늘었다. 그중에 제일 놀라운 이야기는 ××중학교
의사의 입에서 나온 말인데,

"××중학교 이과 선생 최순철은 불치의 병에 걸
려서, 일 학기 끝까지는 생도들을 겨우 가르치겠
지만 내학기부터는 어려울 일이라."

하는 말이다. 순하고 부드러우나 결코 어리석고
둔하지 않은 최순철은 생각할 것이다. 저도 무덤

속에 들어갈 것을, 또 저가 세상을 떠난 뒤에 유복
자가 나와서 또 외롭게 자라날 것을…… 그리고

'보고 싶은 용광로(쇠 끓이는 가마)는 못보고 널*
만 본다.'

고. 저는 고요히 누워서 고달픔과 아픔을 뒤섞
은 저의 가슴을 쥐고

"왜 사람은 생각한 일을 하나도 못하고 죽는단
말인가."

하고 부르짖는다. 어떤 날은 원망에 불타고 어
떤 날은 아픔에 고된 순철의 병석에 문병하러 오
는 손이 많았다. 저는 또 생각한다.

'잃어버리는 돈은 많아도 공장 설시할 돈과 내
병 고칠 돈은 없다.'

하고…… 그 가슴이 더 괴롭도록……

순희의 모친은 그동안에 전답문권을 찾아가지
고 병든 아들을 버리고 딸 잃은 설움을 잊으려 금
강산으로 가버렸다. 금희는 상철의 집과 순철의
집으로 돌아다니면서 눈치꾸러기 노릇을 하게 되
었다.

---

* 시체를 넣는 관이나 곽 따위를 통틀어 이르는 말.

끝.

(오월 그믐에 피곤과 싸우면서)

《조선일보》, 1924년 4월 20일~6월 2일

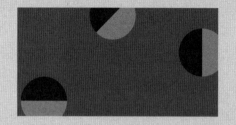

박민정

©김지원

"눈 뜨세요. 그러면 안 무서워요. 그때 나는 질끈 감은 눈을 조심스레 떴는데, 눈을 감았을 때와는 비교할 수 없을 만큼 마음이 편안해진다는 걸 느꼈다. 여기서부터 시작이다."

박민정은 산문집 『잊지 않음』에서 수영을 배운 일화를 소개한다. 다소 폭력적으로 수영을 배웠다는 그는 그러나 물속에서 눈을 뜨고 숨을 쉬었을 때, 비로소 새로운 시작이 허용된다는 것을 알았다.

2009년 스물넷의 나이로 데뷔한 박민정은 김준성문학상, 문지문학상, 젊은작가상 대상, 현대문학상을 연이어 수상하며 문단의 주목을 받았다. 그는 "한국 사회의 청년 세대와 여성들이 놓인 정치, 젠더, 경제, 역사적 조건을 꾸준하게 탐구해온 소설가"이자(인아영 평론가) "새로운 질감의 소설 언어를 발명"했다는 평가(송종원 평론가)를 받고 있다.

첫 소설집 『유령이 신체를 얻을 때』는 IMF 이후의 극렬한 세대 갈등을 그렸고, 『아내들의 학교』에서는 국가와 시대를 초월한 여성 혐오의 복잡다단한 양상을 짚어냈다. 이후 독일과 한국 사회를 살아가는 두 여성을 통해 삶의 진실을 기록하는 일의 지난함을 그린 『서독 이모』와 젠더 불평등의 문제를 입체적으로 보여준 『바비의 분위기』까지, 그의 작품은 선과 악, 피해자와 가해자의 이분법을 넘어 혐오와 폭력의 지형도를 예리하게 포착해왔다.

"함께 겪은 혼란과 좌절을 끊임없이 기록하고 떠들기를, 우리에게 더 많은 스피커가 주어지길." 이처럼 항공사 승무원 유나의 죽음과 아버지 정근의 이야기를 담은 첫 장편 『미스 플라이트』를 발표할 당시 작가의 바람은 한국 사회의 구조적 불합리와 부정성을 목도한 자로서 그것을 기억하는 것이었다. 이후로도 그는 여전히 시대의 엄정한 관찰자이자 기록자이되, 탁월한 스토리텔러로 도약하고 있다.

한 인터뷰에서 그는 "내게 글쓰기는 실패를 예감하고도 하는 것"이라고 말했다. 작가라는 정체성을 계속 유지하는 일은 "앞이 보이지 않는데 막막한 미래를 향해서 가는 일"이라고. 그러나 물속에서 눈을 떴을 때 비로소 무언가 시작되었던 것처럼 "실패를 예감하고도" 소설을 '시작'하기를 멈추지 않는다. 박민정은 그렇게 과거를 잊지 않고 현재와 미래를 써나갈 것이다. 그가 펼쳐 보여주는 때론 악몽이며 희망이기도, 그리고 역사이기도 한 강렬한 장면이 여기에 있다.

소설

*

천사가 날 대신해

　세윤은 아무 때나 카메라를 꺼냈다. 예전에는 남들이 다 하는 인터넷 쇼핑도 하지 않던 세윤이었기에 처음에 나는 적잖이 당황했다. 세윤과 나는 일주일에 한 번씩 만나서 일본어 공부를 했다. 예전부터 물건에 욕심을 부리는 쪽은 세윤이 아니라 나였는데, 언제부터인지 세윤은 노트북과 필기용 노트만 꺼내는 나와 다르게 한 짐을 탁자에 부려놓았다. 이른바 테크 제품이라고 하는 것들이었다. 전부 다 출시된 지 채 일 년도 되지 않은 최신 기기들이었다. 공부를 하는 데 얼마나 도움이 되는지 한번 보라며 세윤은 선을 보였다. 노트북과 블루투스 키보드, 태블릿 PC, 전자펜슬, 또한 그것들을 충전하는 각종 케이블 선과 다양한 종류의 거치대. 무엇보다 과거의 수동 필름카메라를 연상

하게 하는 커다란 카메라가 있었다. 그것으로 세
윤은 일상 브이로그를 찍는 중이었다. 나와 만나
서 공부하는 동안 카메라는 쉼 없이 돌아갔다. 세
윤은 얼굴이 나오지 않으면서도 자신이 보여주고
싶은 모습만 정확하게 부감할 수 있도록 어디서
나 능숙하게 카메라 위치를 조절했다. 세윤이 테
크 제반에 박식해질수록 내게도 제법 쏠쏠한 정
보들이 생겼다. 우리 고등학생일 적이었다면 이런
공부는 상상이나 해보았겠느냐는 세윤의 말에 동
의했다. 세윤이 알려주는 방법대로 기기를 이용해
서 회화 연습도 하고 한자를 외웠다. 샤프나 펜으
로 노트에 한없이 끄적이며 글자를 익히는 공부보
다는 훨씬 재밌게 느껴졌다. 노트 어플에서 제공
하는 페이지 디자인과 형광펜 색상은 무한대였다.
우리는 즐겁게 공부하는 모습을 카메라에 담았다.

　나는 지금 사라진 세윤의 기록을 들여다보는 중
이다. JLPT 2급 시험을 일주일 남겨놓고 세윤은
내게서 사라졌다. 우리는 5급부터 차례로 모든 시
험을 함께 치렀다. 일본어능력인증시험인 JLPT는
일 년에 딱 두 차례만 치를 수 있었다. 몹시 더운
한여름 아니면 칼바람이 뺨을 때리는 한겨울이었

다. 우리는 승급 시험을 보러 갈 때마다 이전과 달
라진 계절을 실감하면서 항상 계절감에 관한 이야
기를 나눴다. 지금 돌이켜보면 여름과 겨울은 언
제나 똑같은 방식으로 우리에게 찾아왔는데, 매번
새삼스럽게 계절이 주는 느낌에 놀라워했다. 내게
이제 지난 몇 번의 여름과 겨울은 오직 세윤과 함
께 시험을 보던 날로만 남아 있다.

　세윤을 잃고서 나는 인생에 몇 번 없던 연애로
인한 이별과는 차마 비교할 수도 없는 뼈아픈 이
별이 있다는 것을 깨달았다. 세윤은 내게 언제나
전남편을 욕했지만 사실 그녀가 얼마나 큰 상실
감을 겪고 있는지 나도 미처 몰랐다. 그건 그 남자
주위 사람들이 떠들었다는 방식대로 세윤이 그에
게 집착해서가 결코 아니었다. 다만 세윤은 자기
인생이 다시 큰 변화를 겪어야 한다는 사실 때문
에 무척 곤란했을 것이다. 결혼을 한 번도 고려해
보지 않은 나로선 남편 없는 인생이야말로 꽃길일
거라고 생각했고, 그 생각을 세윤에게 거듭 말하
기까지 했는데, 그것이 얼마나 배려 없는 행동이
었는지 그땐 몰랐다. 세윤이 새로 직장을 얻고 일
상 브이로그를 찍고 나와 함께 일본어 공부를 하

며 전에는 몰랐던 세상으로 나아가려고 애쓰는 동
안 나는 그녀가 어떤 고통 속에서 살아남으려고
발버둥 치는지 알지 못했다.

3급 시험을 볼 때 한자가 너무 많아져 더는 공부
하기 싫다는 나를 끌고 세윤은 시험장에 갔다. 그
때처럼 권태기가 온 거라고 생각했다. 오늘이 아
니면 내일은 받겠지, 전화 연결이 되지 않는 세윤
을 두고 처음에는 그렇게 생각했다. 연락이 안 된
적은 단 한 번도 없었으니까. 그런 걱정을 하게 되
리라는 걱정조차 해본 적이 없었으니까. 세윤은
시험 하루 전날까지 전화를 받지 않았다. 다음 날
나는 배낭에 시험 볼 채비를 하고 세윤의 집에 찾
아갔다. 세윤은 문을 열어주지 않았다. 나는 속으
로 세윤을 욕했다. 나는 아무리 곤란해도 대체로
저 하자는 대로 맞춰주고 살았는데 이따위로 굴
고 있다니, 생각했다. 시험장에 도착해서 걸상에
앉아서도 세윤을 탓할 거리를 끊임없이 찾아냈다.
세윤의 일상 브이로그라는 걸 본 적도 없었다. 나
뿐만 아니라 자기 주위에 있는 수많은 사람을 담
아냈다는데 그다지 흥미가 생기지 않았다. 우린
이미 대부분의 일상을 공유하는 관계였으므로. 시

험을 보기 직전 나는 그런 생각을 했다. 일상 브이
로그를 찍는 것에까지 군말 없이 응해주었는데.
눈으로는 한자를 보면서 머릿속에선 세윤이 아주
가끔 보여준 이기적인 행동을 찾아냈다. 세윤과
내가 일본어 공부를 시작한 가장 큰 이유는 잡념
을 없애기 위해서였다. 둘 다 외국어를 공부하면
서 복잡한 생각을 잊어본 경험이 있었다. 그날만
큼은 시험을 보면서도 머릿속에 잡념이 가득했다.
나는 2급 시험을 망치리라는 것을 1교시부터 알고
있었다.

　사라진 사람이 남긴 기록에 대하여, 그런 소재
로 만든 소설이나 드라마나 영화에 대하여 나는
불만을 갖고 있었다. 마치 로맨스 장르를 못 견뎌
하는 것처럼. 나는 스릴러 장르를 좋아했다. 극에
개연성을 부여하기 위해서라고 하더라도 이성 간
에 조금이라도 로맨스 분위기가 형성되면 더는
그 이야기를 감상하기 곤란해졌다. '남겨진 기록'
도 마찬가지였다. 주로 일기나 편지 같은 것이었
다. 일단 자기 삶의 중요한 단서가 되는 내용을 성
실하게 기록하는 자가 그렇게 많을지 의문이 들었
고, 플래시백이 잦아진다는 점도 마음에 들지 않

았다. 사라진 세윤이 남긴 기록을 검토하며 나는
그런 이야기를 못 견뎌했던 과거의 나를 떠올렸
다. 세윤은 일상 브이로그를 남겼다. 그리고 첫 번
째 영상부터 마지막까지 빠짐없이 등장하는 사람
이 있었다. 내가 그토록 어울리지 말라고 충고하
고 종내 겁박까지 했던 인물. 로사였다.

*

　로사를 잊기란 좀처럼 어려웠다. 그녀는 내가
다닌 학과의 한 학번 후배였다. 그해 신입생 오리
엔테이션에 선배 자격으로 참여했을 때 로사를 처
음 만났다. 나를 포함한 여럿은 몇십 명의 인원이
술안주로 먹을 음식을 만들고 있었다. 물안경을
끼고 양파껍질을 열심히 벗기는 내 곁에 낯선 아
이가 다가앉았다. 무얼 도우면 좋겠느냐는 질문
하나 없이, 망설임 없이 척척 일하는 아이의 손때
가 매웠다. 물안경을 벗고 그 애의 얼굴을 찬찬히
살폈다. 한 선배가 소리를 질렀다.
　"새내기가 왜 여기에 있어? 새내기한테 일 시킨
2학년 누구야?"

로사는 빙긋 웃었다.

"아이고, 거 진정해요. 새내기가 일하면 뭐 집안이 두 쪽이라도 난답니까."

웃음기 있는 얼굴로 걱실걱실 말하는 로사의 기세에 눌려 다들 더는 아무 말도 하지 못하고 일을 했다. 로사는 물안경을 끼고 있는 우리들을 보고는 '꽤 기발하네' 하며 웃었다. 썰어둔 양파를 양념장에 버무리는데 로사만 비닐장갑을 끼지 않은 맨손인 채였다. 기겁하며 비닐장갑을 가져다주자 그녀는 "선배, 이깟것 하는데 비닐장갑은 무슨"이라고 말했다.

로사는 나를 '선배'라고 불렀다. 선배들에게 언니, 오빠 하던 시절이었으므로 로사의 호칭은 조금 낯설었다. 그녀는 삼수생이었다. 그러므로 나보다 한 학번 아래였지만 나이는 오히려 한 살 많았다. 로사의 첫인상은 매우 성숙해 보였고 처음엔 삼수생이라서 그런가 했지만 다만 한두 살 차이로 그런 분위기를 풍기기란 어려운 일이었다. 훗날 세윤이 로사 언니라고 할 때마다 나는 소름이 끼쳤다. 내 앞에서 로사를 언니라고 부르지 말라고 하자 세윤은 어이없어하며 웃었다. 대학을 졸업한 지가 언젠데 아직도 '학번주의'에 빠져 있느냐고 했다. 그런 게 아니라는 걸 설명하려면 이야기가 너무 길어져버렸고, 길어질 뿐만 아니라 이야기를 하는 나 자신이 고통스러워질 게 뻔했다.

로사란 이름을 듣자마자 나는 그녀에게 세례명을 이름으로 지었냐고 물었다. 내 실수였다. 그녀의 이름을 물어볼 필요도 없었고 그런 식으로 말을 틀 필요도 없었다.

"안나, 세실리아, 마리아 같은 이름처럼?"

로사는 피식 웃었다. 그 웃음을 나는 로사의 얼굴 그 자체로 기억했다. 로사는 네가 뭘 알겠느냐는 투로 이죽거리며 말했다.

"선배, 내 이름은 로자 룩셈부르크에서 가져온 거랍니다."

세윤도 내게 로사가 그렇게 자기소개를 했다고 일러주었다. 로자 룩셈부르크. 아버지가 지어준 이름이라고 했다. 세윤이나 나나 로자 룩셈부르크란 인물을 대학에 들어가서야 알았다. 단 한마디만으로 로사는 자기 일가가 지닌 문화자본을 은근히 과시할 줄 알았다. 로사가 아버지에게 물려받은 가장 큰 재산은 바로 그 이름인지도 몰랐다. 내

가 이런 말을 했을 때 세윤은 예의 사람 좋은 미소
를 지으며 뭘 그렇게까지 생각하느냐고 했다.

"진짜 로자 룩셈부르크에서 따왔나 보지."

세윤은 가끔 그렇게 물색없는 반응을 보여 나를
답답하게 했다. 바로 그 로사가 대학에서 어떤 행
패를 부리고 다녔는지도 모르고 세윤은 웃으며 말
했다. 세윤과 나는 고등학생일 적에 독서실에서
만났다. 학교가 파하면 곧장 독서실에 가서 나는
잠을 잤다. 내가 가진 정기권으로는 자정까지 독
서실을 이용할 수 있었다. 자정이면 가족 모두가
잠들 시간이었다. 집에 들어가기 싫어서 독서실에
붙어 있었다. 엎드려서 잠을 자는 시간이 좋았다.

내처 잠만 자던 나를 깨워준 사람이 세윤이었
다. 단지 두 번, 어깨를 톡톡 두드려서 세윤은 나
를 깨웠다. 세윤은 이프로와 포켓몬빵을 내밀었
다. 항상 나를 지켜봐왔는데 독서실 문 닫을 때까
지 아무것도 먹지 않는 것 같아서 걱정이 되었다
고 했다. 그 방에 있는 누군가가 내게 그런 말을 해
줄 줄은 몰랐다. 나는 세윤이 건네준 음식을 먹었
다. 그날부터 나는 잠을 자는 대신 공부를 했다. 세
윤과 형광펜을 나눠 쓰고 필기노트를 교환하면서.

우린 학교가 달랐지만 금방 친해져서 둘도 없는
친구가 되었다. 당시에도 같은 통신사에서 출시
한 핸드폰끼리 기기를 맞대어 벨소리나 사진을 공
유할 수 있는 기능이 있었는데, 세윤과 내게는 몹
시 즐거운 일이었다. 수능시험을 볼 때까지 우린
독서실 옆자리에 앉았다. 세윤이 아니었다면 나는
원하는 대학에 가지 못했으리라고 오랫동안 생각
했다.

하지만 서로 다른 지역에 있는 대학에 진학하면
서 우린 자연스레 멀어졌다. 메신저와 메일로 연
락을 주고받던 것도 금세 뜸해졌다. 방학 때 가끔
동네에서 만나서 패밀리 레스토랑이나 카페에 가
긴 했지만 점점 그조차도 어려워졌다. 그렇게 세
윤과 떨어져 있던 기간 동안 나는 조바심 내지 않
았다. 나는 그녀를 기다리지 않았다. 가끔 세윤이
올리는 블로그 게시물을 정독했지만 영화나 드라
마를 리뷰하는 내용이 대부분이었기에 그녀의 일
상을 구체적으로 알 수는 없었다. 나는 아예 블로
그도 하지 않았다. 대학을 졸업하고 다시 한동네
에 붙어 살기까지 떨어져 있었던 시간이 문제가
되리라고는 생각하지 못했다. 그로부터 먼 훗날

세윤이 난데없이 엉뚱한 직장에 취직을 하고 로사를 만나리라고는. 대학을 졸업한 순간부터 로사가 했던 행동들은 물론이고 그 이름도 떠올리지 않으려고 했던 나는 세윤에게 언젠가 로자 룩셈부르크의 이름을 딴 여자를 만나게 되면 부디 가까이 지내지 말라고, 제발 조심하라고 경고할 수 없었다. 그런 경고를 누가 할 수 있단 말인가. 세윤이 대학에 입학하자마자 만났던 남자가 얼마나 형편없는지 알면서도 그와 결혼하는 것조차 막지 못했는데. 세윤이 내게 "로사 언니가 너네 학교 후배라고 하더라고?" 말하는 순간 나는 시험에 드는 기분이었다.

*

시험장을 나오면서 나는 무심코 마음속으로 '차라리 죽어'라고 말했다. 그러고선 자신의 배덕한 생각에 흠칫하며 놀랐다. 나의 오랜 못된 버릇이었다. 정말로 해서는 안 되는 생각을 해버린다거나 결코 상상하고 싶지도 않은 말을 냅다 뱉어버리는 것. 물론 그런 것을 남들 앞에서 티 내지는 않았다. 아주 어릴 적부터 버리지 못한 습관이었다. 부모를 바라보며 마음속으로 쌍욕을 한다거나 동생이 베란다 난간에 매달려 바깥을 바라보고 있을 때 그 애가 나비처럼 팔랑팔랑 떨어지는 모습을 상상한다거나. 성인이 되자 그런 생각이 성욕과 결합했다. 실천한 적은 없었지만 집단에서 가장 추한 모습을 한 남자만 보면 상상력이 발동했다. 어떤 배덕한 생각이 나를 쾌감으로 이끈다는 것을 분명히 알았지만 한편으론 그런 자신을 지나치게 혐오했기에 오히려 성욕을 차단하려고 애썼다. 세윤의 결혼식 날, 드레스를 입고 해맑게 웃는 그녀를 보면서 애초부터 나는 세윤 같은 사람들에게 내재된 정상성을 가질 수 없었다고 생각했다. 독서실에서 잠을 자던 애는 나였고 공부하던 애는 세윤이었다. 남의 결혼식장에서도 때론 사고가 나는 일을 상상했던 나는 그날만큼은 그런 생각을 하지 않으려고 부단히 애썼다.

차라리 죽어, 그건 로사에게도 해본 적 없는 생각이었다. 오히려 로사 같은 부류에게는 그런 생각을 하지 않았다. 어쨌거나 배덕이라는 건 도덕을 배반하는 것이었으므로. 죽어버리라는 생각은 애증으로 복잡하더라도 친밀한 관계, 결코 잃고 싶지 않은 사람에게 하는 것이었다. 왜 로사를 저주하지 않고 세윤을 저주했을까. 세윤은 내게서 사라졌고 사실은 그렇게 세상에서 사라져버렸다.

세윤이 사라진 날 문을 두드렸던 나는 겨우 경찰 조사에 협조했고 이후로는 한동안 세윤과 관련된 어떤 일도 기피했다. 나에겐 일어날 일 없는 경사를 챙기기보단 단 한 번 스친 사람이더라도 조사를 더 열심히 챙기며 살아왔지만, 나는 세윤의 장례식장에도 가지 않았다. 나중에 다른 사람을 통해서 세윤과 몇 넌 전 헤어진 전남편이 상주 노릇을 했다는 이야기를 들었다. 기가 막혀 가슴을 쳤다. 내가 빈소에 가서 그 꼴을 봤더라면 그놈의 멱살이라도 잡았을 텐데. 그러다가도 "더는 내 남편 얘긴 하지 마"라고 말했던 세윤이 생각나서 눈을 질끈 감았다. 헤어졌는데도 왜 남편이라고 부르는지 이해할 수 없는 나와 그녀 사이는 때론 지나치게 멀었다. 문상객으로도 오지 말아야 할 놈이 왜 상주 노릇을 하느냐고 드잡이하며 소리치는 나를 보면 세윤이 정말 질렸다는 듯 고개를 절레절레 젓고 말았을 것이다. 그러고 보니 나보다는 차라리 그놈이 망자에게 더 위로가 되지 않았을까. 언제나 애초에 그를 만나지 말았어야 했다고, 그 대학에 가면 안 되었다고 세윤은 말했지만 그놈에 대한 진심이 정말로 어느 정도였는지 나는 알지 못했다. 나는 JLPT 관련 문제집들을 모두 내다 버렸다. 『일본어 상용한자 2136』이나 처음 일본어 공부를 시작할 때 냉장고에 붙여놓은 히라가나, 가타가나 표도 전부 찢어버렸다. 핸드폰 첫 화면에 있는 일본어 관련 어플도 지웠고 유튜브 구독 목록에 있던 청해 연습용 계정들도 하나씩 구독을 취소했다. 마치 세윤을 보내는 나만의 의식처럼. 고등학생일 적부터 그토록 오랜 시간을 친구로 지냈는데 JLPT만 잊어버리면 전부 끝장낼 수 있을 것 같았다. 세윤이 살던 빌라, 엘리베이터 없는 건물 꼭대기 오 층에 살던 그녀는 하필이면 나와 함께 시험을 보기로 한 날 사라져버렸고 나는 그런 줄도 모르고 문을 두드렸다. 왜 내 말을 듣지 않았어? 몇 번이나 나는 마음속으로 세윤에게 질문했다. 종내 입 밖에 꺼내고 말았던 적도 있었다. 왜, 사람이 이만큼 뜯어말리는 덴 이유가 있을 거 아니야.

"왜 로사랑 어울렸어?"

나는 처음으로 유튜브에서 세윤의 계정을 검색했다. '일하고 공부하고 운동하고 먹고 노는 브이로그'. 그런 이름을 가진 계정은 수없이 많았지만, 세윤이 오랫동안 써온 아이디를 알고 있는 나로선 그녀의 계정을 찾아내기가 그리 어렵지 않았다. 세윤을 잊기 위해서 JLPT에 관련한 것들을 전부 지워버리기가 무섭게 내겐 또 다른 세윤의 세상이 열렸다. 화면에 펼쳐지는 썸네일을 보자마자 서러움이 왈칵 치밀었다. 친구와 함께 도전하는 초급 일본어. 형광 빛깔 크레용으로 비뚜름하게 쓴 것 같은 폰트가 세윤의 얼굴 밑에 배치되어 있었다.

세윤은 죽기 며칠 전부터 계속 악몽에 시달린다고 말했다.

로사가 등장하는 악몽.

세윤이 남긴 마지막 브이로그의 마지막 장면에 눈을 동그랗게 뜨고 입꼬리만 올려 웃는 로사가 있었다. 핸드폰 화면이 핏빛으로 물드는 것 같았다. 그러나 그건 로사를 생각할 때마다 나를 사로잡는 기분 나쁜 냄새 같은, 다만 착각일 뿐이었다. 저 끔찍한 형상도 빨간 셀로판지 한 조각을 대고

보는 세상처럼 좁은 시야 속 로사일 뿐이라고 나
는 생각했다. 로사를 혐오하는 마음은 실로 고통
스러웠다.

*

　로사도 겨우 스물두 살일 뿐이었다. 그만한 나
이의 아이가 왜 자취방에서 김장을 해서 학우들에
게 나눠주기까지 하는지 이해할 수 없었고 신기하
기도 해서 학기 초 나를 비롯한 동기들은 로사를
볼 때마다 웃었다. 로사가 한 선배의 시커먼 운동
화를 가져가서 빨아 왔다는 이야기. 걸레짝 같던
운동화가 로사의 손을 거치니 마치 새것처럼 새
하얗게 빛났다는 이야기. 로사의 자취방에서 그녀
가 차린 밥을 얻어먹으면 원기가 회복되는 것처럼
힘이 났다는 이야기. 로사가 입학한 후 그녀는 한
동안 학과에서 화제의 주요 대상이었다. 또래보다
유독 성숙해 보이는 그녀에 관한 무용담이 심심찮
게 돌았다. 말이 돌다 보면 이상한 이야기도 나왔
다. 주로 대단한 명문가의 딸이라더라, 본래 외국
에서 유학했다더라, 그런 시답잖은 소문들이었다.

어느 집단에나 못된 본성을 숨기지 못하고 떠드는 인간들이 있기 마련이어서, 누군가는 이렇게 말하기도 했다.

"그런데 왜 저렇게 거지같이 살아? 얼굴도 촌년 같고. 대학에 공부하러 왔지, 살림하러 왔어?"

그 말을 한 친구도 로사에게 밥을 얻어먹고 와서 이를 쑤시며 그녀를 칭찬했다. 특별히 친밀하지 않아도 서로 자취방을 왕래하고 밥을 얻어먹던 시절이었지만 나로선 그 대단하다는 살림집에 방문하고자 하는 생각은 조금도 없었다. 입 밖에 내지는 않았지만 나도 내심 로사가 불편했다. 이름의 기원이 로자 룩셈부르크라고 말하던 첫인상부터 마음에 들지 않았다. 남달리 행동하는 면이 있어서 사람들 눈에 띄고 그만큼 부당한 취급을 받는다는 것을 알고 있었지만 위로해주거나 친밀하게 다가가고 싶은 생각은 조금도 없었다. 로사와 나는 종종 연결다리에서 마주쳤다. 바로 옆 단과대학 건물로 넘어가는 연결다리는 특히 우리 과 사람들이 즐겨 이용하던 흡연구역이었다. 로사는 나무젓가락 두 짝 사이에 담배를 끼워 피우고 있었다. 나와 눈이 마주치면 빙긋 웃는 걸로 인사를 대신했다.

서로 적당히 거리를 두고 담배를 피우던 어느 날이었다. 갑자기 머릿속이 새하얘졌다. 입맛이 없어 끼니를 거르긴 했지만 난데없이 현기증이 나는 것은 처음이어서 당황했다. 나는 풀썩 주저앉았다. 이마에 땀방울이 맺혔다. 그런 내게 로사가 달려왔다. 그녀는 주머니에서 초콜릿을 꺼내 내게 먹으라고 했다.

"이 선배 큰일 날 뻔했네. 이러다가 쓰러져요."

초콜릿 한 조각을 씹으니 금세 기운을 차렸다. 어지럽게 흔들리던 시야 속 사물들이 점차 제자리를 찾았다. 로사는 내 얼굴을 빤히 들여다봤다. 나도 모르게 로사의 눈을 피했다. 로사는 내 손목을 부드럽게 잡아 일으켰다.

"선배는 정말 혼자 살면 안 되겠다. 잠깐 우리 집에 가서 쉬어요."

나는 로사의 부축을 받고 걸었다. 연결다리에서부터 고작 몇 걸음 걸었다고 생각했는데 어느덧 로사의 집이었다. 나는 마치 하반신에 감각을 잃은 것처럼 다시 로사의 자취방에 풀썩 주저앉았다. 로사가 해주는 밥을 먹고 싶지 않다고 지레 생각했다. 밥을 얻어먹고 와서 그녀를 칭찬하던 애들을 내내 비웃어왔기 때문이었다. 로사는 차를 내왔다.

"뜨거운 것 좀 마시면 괜찮아질 거예요."

나는 고마워, 대답하며 찻잔을 감싸 쥐었다. 선뜻 마실 엄두가 나지 않았다. 가만히 있는데도 쓰러질 정도로 어지러워진 건 처음이었다. 겨우 뜨거운 차를 한 입 들이켜니 마음이 조금 진정되는 것 같았다. 로사는 마치 할머니처럼 부산스럽게 방바닥을 쓸고 닦으며 내게 말했다.

"선배는 자취는 못하겠다."

혼자 살면 안 되겠다는 둥, 자취는 못하겠다는 둥 거듭 말하는데 은근히 무시당하는 것 같아 언짢았다. 오늘 도와줘서 고마워, 말하고 일어서려는데 로사가 대뜸 말했다.

"십 년을 못 갈 것 같으네."

나는 귀를 의심했다. 귓바퀴를 한번 털어보고 싶기까지 했다.

"뭐라고?"

"선배는 십 년 안에 죽어요. 어떻게? 그것까진 말해줄 수 없고."

나는 황급히 로사의 집에서 나왔다. 종종걸음으로 학교까지 걸어가다가 친한 동기에게 전화를 걸었다. 방금 있었던 일을 이야기하자 동기는 한숨을 내쉬며 "너도 걸려들었네" 말했다.

"로사? 걔 남자친구가 무당이라던데."

"헛소문이 한두 개여야지. 그것도 헛소문 같아."

"말하는 거 보고도 그래? 로사도 영매라더라."

"공산주의자 이름을 땄다는 애가 무슨 영매라는 거야?"

"몰라, 아무튼 로사한테 돈 주고 점 본 애들 많아."

"돈을 뜯는다고?"

"돈을 뜯는 게 아니라, 천기누설은 원래 값을 치러야 하는 거라더라. 천 원, 이천 원 정도."

기막힌 이야기였다. 로사에 관한 온갖 헛소문이 돌고 있었지만 그런 이야기는 처음 들었다. 아주 잠깐 들러 차를 얻어 마신 나도 대뜸 뜬구름 잡는 소릴 들었는데 밥을 얻어먹고 대화를 나눈 애들은 어떨지 궁금하기도 했다. 머릿속에 로사가 남긴 말, '선배는 십 년 안에 죽어요'가 번개처럼 스쳐 지나갔지만 사실 나는 내가 언제 죽든 말든 별로

관심이 없었다. 어떻게 죽는지 말해줄 수 없다고
운을 뗀 것도 동기 말대로 기껏 돈 몇천 원 받아내
려고 그랬다는 생각이 들자 우습기 짝이 없었다.
나는 로사를 비웃으며 생각했다. 왜, 뭘 말해주려
고? 내가 십 년 안에 끔찍하게 죽을 거란 사실? 그
걸 알고도 대비할 수 없는 나의 가혹한 운명을 네
가 알고 있다는 사실? 네가 무슨 남들의 운명을 손
에 넣고 조물조물 갖고 논다는 사실?

어차피 로사와는 같은 수업을 듣지도 않았고,
연결다리가 아니라면 만날 일도 없었기에 나는 더
이상 신경 쓰지 않기로 마음먹었다. 연결다리가
아니어도 담배를 피울 곳은 많았다. 내가 애정을
가졌던 장소 하나를 빼앗긴 기분이 들기도 했지만
단지 별난 것이 아니라 위험한 아이라는 생각이
들자 내 쪽에서 피하는 편이 나을 것 같았다. 학기
말이 될 때까지 로사를 마주칠 일은 없었다.

그러나 기말고사를 치던 그 학기 마지막 날, 나
는 결국 로사와 마주쳤다. 그녀는 폭우가 쏟아지
고 어두컴컴하던 초여름 한낮, 머리칼이 반백인
남자와 나란히 걸어오는 중이었다. 그리고 난생처
음 본 그 남자는 카메라를 어깨에 메고 있었다.

*

세윤은 결혼 생활을 하던 중 다소 별나게도 이층침대를 사용했다. 남편이 지독하게 코를 곤다고 했다. 한 시간을 못 자고 깨어나기 일쑤였다. 그래도 각방을 쓰긴 마음이 불편해서 이층침대를 구입했다는 거였다. 소음이 사라지진 않았지만 바로 옆에 누워서 듣는 것보다는 훨씬 낫다고 했다. 가뜩이나 층고가 낮은 집에서 이층침대를 쓴다니 듣는 내 마음도 좋지 않았다. 세윤이 아직 그 남자와 살았을 때, 침실을 구경해본 적이 있었다. 당시엔 남자가 일 층을 썼고 세윤이 이 층을 썼다. 나는 가만히 사다리를 잡고 흔들어보았다. 세윤이 눕는 이 층에서는 천장이 너무 가까워 보였다.

남자가 떠난 후에도 세윤은 이층침대를 버리지 않았다. 이제 그만 답답한 이층침대 따위는 갖다 버리고 넓은 새 침대를 구입해서 쓰면 좋으련만. 전남편의 고약한 잠버릇을 나도 세윤에게 들어 잘 알고 있었다. 세윤은 침실 전체를 후끈 덥히는 것 같은 뜨거운 숨결과 가래 끓는 소리 섞인 굉음 같은 코 고는 소리가 없어졌다고 좋아했다. 하지만 순전히 남자 때문에 써야만 했던 이층침대는 세윤이 없어진 날까지 그대로 있었다. 세윤은 남자가 자던 일 층에서 잤고 이 층에는 요포대기만 잔뜩 늘어놓았기 때문에 언젠가부터 사다리만 베란다 구석에 치워져 있었다. 일 층에 누워서 보는 천장은 이 층에서 보는 천장과 마찬가지로 너무 가까워 보일 것 같았다. 세윤은 그렇게 늘 한 팔만 겨우 뻗을 수 있는 천장을 바라보며 잠들었다.

그러니까 말이 안 되는 거라고.

세윤이 말했다.

살면서 꿈에서 이상한 이미지를 본 적이 별로 없었다고 했다. 괴물이나 유령을 본 적은 당연히 없었고 실존하는 형상이 일그러진 모양새로 등장하는 경우도 없었다. 애초에 꿈을 잘 꾸는 편도 아니었고 꿈을 꿨다고 해도 곧장 잊어버렸다. 어릴 적부터 날마다 악몽을 꾸는 나로선 무척 부러운 점이었다. 잊어버린 꿈이란 꿈이라고 쳐줄 필요도 없다고, 세윤과 나는 둘 다 그렇게 생각했다. 그런데 갑자기 세윤의 꿈속에 로사가 집요하게 찾아오기 시작한 것이다. 세윤은 꿈속에서도 이건 꿈이라는 걸 알았다고 했다. 하지만 아무리 꿈이라고 해도 이건 말도 안 되는 거라고 세윤은 말했다.

천장까지 고작 팔 길이만큼일 뿐인데. 어떻게 로사가 서 있을 수가 있느냐고.

나로선 그런 꿈을 꾼다고 해도 대단히 이상하지는 않을 것 같았다. 길을 걸어가다가 허공에서 날아오는 쇠구슬에 얼굴을 맞거나 익숙한 등굣길과 출근길에서 갑자기 땅속으로 꺼져버리고 끝도 없이 수직 하강하다 날개 달린 바퀴벌레를 만나는 그런 종류의 헛것을 사나흘에 한 번꼴로 꿈속에서 마주하는 나로서는. 그리고 아무리 괴상한 이미지라고 하더라도, 결국 현실에서의 스트레스가 왜곡된 방식으로 표현된다는 것을 알고 있는 나로서는 세윤에게 이렇게 말할 수밖에 없었다.

"로사가 너를 어지간히 괴롭히긴 하나 보다. 꿈에도 다 나오고."

그때 세윤이 지었던 표정도 나는 오랫동안 기억할 수 있을 것 같다. 당시에는 악몽을 나만큼 경험해보지 못한 세윤이 어리둥절해한다고만 생각했는데, 이제 와 생각하면 세윤은 이미 알고 있었던 것이다. 일 층에서도 이 층에서도 도저히 가능하지 않은 그만큼의 길이에서 로사가 꼿꼿이 서 있는 모습을 본 건 꿈이 아니었다는 걸. 그날 새벽에 분명히 로사가 세윤이 자고 있는 이층침대로 찾아 왔다는 사실을.

세윤은 그 꿈을 꾼 날도 출근해서 로사를 만났다. 로사는 마지막까지 깍듯하게 존댓말을 썼고, 심지어 세윤에게 고개 숙여 인사했지만 세윤은 로사를 마주칠 때마다 가슴이 떨렸다. 처음 느껴보는 감정이었다. 전남편과 이혼한 다음 날 세윤을 불러낸 그의 모친을 마주할 때도, 그 모친이 상가 공중화장실에서 밑을 닦은 휴지를 들고 나와 세윤에게 버리라고 쥐여줄 때도, 그녀와 동행한 전남편의 동생이 "형수는 팔자가 늘어지셨네요"라고 지껄일 때도 느껴보지 못했던 감정. 세윤은 내 앞에서 눈물을 뚝뚝 흘리며 말했다.

"나는 정말 언니라고 생각했어."

그때 나는 처음으로 세윤에게 고함을 쳤다.

"내가 말했잖아, 씨발! 회사에 언니란 건 없다고!"

*

세윤이 남긴 브이로그에서 사무실이 등장하는 부분만 재생해보았다. 사무원들이 찍는 여타 평범한 영상들처럼 세윤의 영상도 파티션 안쪽을 살짝 보여주거나, 탕비실에 서서 친하게 지내는 직원들과 가벼운 수다를 떠는 내용으로 구성돼 있었다. 세윤이 가장 처음 올린 영상의 날짜를 확인하고 싶었는데 애매하게 '이 년 전'이라는 절대시간으로만 표기돼 있었다. 상세정보를 뒤져봤더니 세윤이 입사한 지 몇 개월 지났을 때였다. 나와 일본어 공부를 시작하고 부쩍 테크 제품에 관심을 보였으며, 무엇보다 전남편과의 관계를 끝장낸 이후였다. 그러니까 세윤의 인생이 완전히 변화할 무렵이었다고 말해도 좋을 만한 시기. 탕비실에서 또래 직원들과 즐겁게 이야기를 나누는 장면을 몇 번이나 돌려봤다. 친밀하고 여유로운 분위기, 각자 챙겨온 간식을 나눠 먹으며 수다를 떨고 더러 세윤이 거치해둔 카메라에 알은척하는 사람들. 세윤이 잠시 마음을 온전히 내려놓았던 그 순간을 재생해보다가 나는 카메라에 대고 손을 흔드는 사람을 알아봤다. 로사였다. 다른 직원들은 전부 모자이크했는데 로사만 하지 않았다. 자막에는 '흔쾌히 촬영에 동의해준 당근언니'라고 적혀 있었다. 당근언니라는 닉네임을 쓰고 있었지만 그 얼굴은 당연히 로사였다. 로사가 내게 손을 흔들며 인사하는 것 같은 기분이 느껴지자 갑자기 오금이 저려오는 듯했다.

세윤은 항상 내게 말이 좀 심하다고 했다.

오래 지난 일이고 그땐 다들 어렸었다고도 했다.

사실 로사보단 그 남자가 더 문제가 아니냐고도 했다.

세윤과 로사가 같은 사무실에서 근무한다는 걸 알고, 나는 로사와 가까이하지 않는 것이 좋겠다고 몇 번이나 말했다. 세윤은 번번이 내 말을 부드럽게 뿌리쳤다. 회사에 다니는 게 내게 어떤 의미인지 모를 거라고, 평일 내내 붙어 있는 사무실 사람들이 내겐 가족이나 마찬가지라고 세윤은 말했다. 직장 동료들이 가족 같고 친구 같다는 말이 한심하게 느껴졌지만 세윤이 그렇게 말하는 까닭을 잘 알고 있었다. 날마다 출근해서 고되게 일하고 곯아떨어지는 일상이 세윤에게 왜 그렇게 절실한

지 나는 알았다. 그래도 로사와 가깝게 지내는 건 말려야 했다. 가깝게 지냈던 과거의 아이들이 어떤 결과를 맞았는지 알고 있었기 때문이었다. 세윤이 불편해할 때마다 나도 내심 로사를 긍정해보려고 애쓰기도 했다. 오래전 내 손목을 부드럽게 잡아 일으키던 손길이나 따뜻한 차를 내어주던 모습. 그런 이야기를 하면 세윤은 로사 언니가 정 많고 푸근한 사람이라고 맞장구쳤다. 선배는 십 년 안에 죽어요, 라는 말로 나를 은근하게 위협하던 그따위 모습에 대해선 세윤은 귀 기울여 듣지 않았다. 세윤은 내가 독점할 수 있는 사람이 아니었고 굳이 이간질하는 사람으로 비치기 싫었다. 세윤은 때로 정말 나를 '그런 사람' 취급을 했다. 용기를 내서 세윤에게 옛날이야기를 털어놓았던 날, 로사가 자기에게 돈을 내고 점을 보던 애들의 눈을 똑바로 바라보며 저주하던 모습이나 제법 가까워져 자기 집에서 하룻밤 잠을 자고 간 여자애들의 신체 부위를 필름카메라로 찍어서 그 반백의 남자에게 넘기곤 했다는 사실을 듣고 세윤은 정색했다.

"너무 과장된 것 같다."

예상치 못한 반응에 나는 당황했고 손발 말단이 지끈지끈 쑤시기까지 했다.

"걔랑 같이 대학 다니고 먹고 사는 거 본 건 나야. 우리 과 애들은 다 알아."

"다들 정말 못됐구나."

"그냥 있는 그대로의 사실이라고. 그 남자가 여자애들 사진을 암실에서 인화해 나오다가 한 장 빠뜨린 걸 선배가 주우면서 발각됐어. 그걸 찍은 게 로사였고."

"네가 직접 봤어? 그 사진?"

"어떻게 그런 사진을 직접 볼 수가 있겠어? 내 친구의 친구도 피해자였어."

"그럼 직접 본 건 아니잖아. 결국 소문일 뿐. 그런 식으로 여자애 하나 매장시키는 거 나도 많이 봤어. 남자 한번 잘못 만났다가 똥물 뒤집어쓴 애들. 참 너무들 한 것 같아. 로사도 여자잖아. 왜 여잘 못 잡아서 안달이야?"

세윤은 내게 따져 묻다가 울기 시작했다.

"내가 얼마나 마음고생했는지 알잖아. 이제 겨우 새 직장에 적응해서 잘 살아보려고 하는데 왜 그래. 나는 회사에서 누구와도 척지고 싶지 않아."

나는 그만 할 말을 잃고 말았다. 머릿속에선 세윤에게 하지 못한 말들이 맴돌고 있었다. 앞으로 우리가 살아갈 세상에선 선역도 악역도 여자야. 우리가 남자들이랑 깊은 관계 맺을 일 있어? 너나나나 조심해야 하는 건 이제 남자가 아니라 여자라고. 로사는 다른 여자들이랑 달라.

그런 생각을 하는 중에 나는 문득 세윤의 말이 마음에 걸렸다. 그럼 직접 본 건 아니잖아. 오래된 일이라서 어떻게 전해 들었는지 그 정확한 경과는 잊어버린 채였다. 정말로 그저 소문일 뿐이었나. 애초에 암실에서 인화했다던 그 사진이 정말로 있기는 했었나. 로사를 생각할 때마다 따라오던 끔찍한 필름 속 이미지들이 다시 머릿속에 연달아 지나가는데 혼란스러웠다. 당연히 직접 본 이미지들이 아니라 내가 상상해낸 이미지였다.

*

정신 차려, 이렇게 되고도 모르겠어? 책상에 엎드린 내 뒷목을 세윤이 잡아챘다. 세윤에게 머리채를 잡힌 나는 속수무책으로 끌려갔다. 세윤의

방에 여전히 남아 있는 이층침대. 세윤은 나를 질
질 끌고 갔다. 여기 로사가 있잖아. 내 눈에는 로사
가 보이지 않았다. 다만 남자가 떠난 후 치워놓았
던 사다리가 보여 비로소 나는 내가 꿈속에 있다
는 걸 깨달았다. 나는 사다리를 붙들었다. 나는 꿈
속에서 세윤에게 말했다. 아니, 나는 정말로 단 한
번도 의심했던 적 없어. 로사가 악인이라는 걸. 잠
깐 헷갈렸을 뿐이야. 네가 로사에게 정붙이고 싶
다고 하도 그러니까, 나도 흔들렸어. 어쩌면 내가
기억했던 로사의 모습은 전부 오래된 헛소문이 만
들어낸 이미지가 아니었을까. 그저 그렇게 생각하
고 싶었을 뿐이야.

　잠에서 깨어난 나는 뒷목을 만져봤다. 방금 전
세윤이 잡아챈 것처럼 얼얼했다. 세윤은 고등학생
일 적 독서실에서 어깨를 톡톡 두드려 나를 깨웠
다. 그제야 내처 잠만 자던 나는 비로소 일어났고
공부를 했고 세상 밖으로 나갔다. 지금 세상에 없
는 세윤은 그때와는 비교도 할 수 없는 악력으로
나를 일으키는 것 같았다.

　어떤 사람은 생각만으로도 다른 사람을 죽일 수
가 있다고 세윤이 내게 말했던 적 있다. 전남편을

두고 한 이야기였다. 그는 사람에게 상처를 주는 일을 무슨 자랑처럼 여겼다고 세윤은 말했다. 그렇게 타인에게 커다란 영향을 미치는 일 자체를 즐겼다고. 세윤이 떨리는 목소리로 그런 말을 할 때마다 사실은 나도 별다르지 않다는 생각을 했다. 상처를 주고받는 일에서 자유로울 수 있는 사람이 있나, 생각하면서도 정작 내 눈앞에 있는 세윤은 나와 다르다고 여겼다. 정말로 순결한 사람인 세윤은 이런 말을 할 자격이 있다고 믿었다. 그 순결함이 때로 아주 멍청해 보이기까지 하니까, 나는 못된 생각을 하며 세윤의 말을 들어줬다. 세윤을 대하는 나의 태도도 어느 정도는 거짓이었다. 세윤이 말하는 '아주 나쁜 사람들'에 내가 해당되는 경우가 훨씬 더 많았지만 나는 마치 투항하러 온 사람들을 죽여놓고 십자훈장을 받은 미군이라도 된 양 입을 굳게 다물었다. 나라는 인간은 세윤보다 로사에 더 가깝다는 사실을 때로 상기하면서.

세윤이 남긴 브이로그를 전부 다 돌려봤고 그중에서도 '당근언니'라는 닉네임을 쓰고 있는 로사가 나오는 장면을 유심히 들여다봤지만 나는 어떤 새로운 진실도 찾아낼 수 없었다. 옥상 흡연구역에서 거세게 불어오는 바람을 얼굴에 맞으며 담배를 피우는 로사를 보니 연결다리에서의 모습이 겹쳤다. 그때처럼 나무젓가락에 담배를 끼워 피우는 습관도 여전했다. 손가락 틈에 담배 냄새가 배어드는 게 싫어서 꼬박꼬박 나무젓가락을 챙겨 다니던 로사. 딱 한 번 그녀의 자취방에 갔을 때 맡았던 깊고 따스하고 달콤하던 집 냄새와 그녀의 체취도 기억났다. 그땐 분명 로사도 어린 여자일 뿐이었다. 다만 세윤이 더 이상 브이로그를 찍지 않은 까닭이 로사 때문이라는 것은 더욱 분명한 사실이었다. 가족 같다고 믿었던 동료 직원들이 세윤을 멀리하자 세윤으로선 카메라 따위를 들고 다니며 즐겁게 일할 수 없었다. 로사는 다른 직원들에게 세윤이 재혼한 전남편과 바람을 피우고 다닌다는 헛소문을 냈다. 전남편은 세윤과의 결혼 생활 중 상간녀였던 자와 동거하고 있었을 뿐 재혼한 것도 아니었다. 세윤이 가끔 그와 연락을 한다는 사실은 나도 알고 있었지만 그걸 바람이라고 볼 순 없었다. 세윤에게 전해 들은 사실을 교묘하게 왜곡한 말이었다. 그 이야기를 전해 들었을 때 나는 다름 아닌 내가 언제나 그 남자에 대한 세윤의 '진짜'

진심을 모르겠다고 생각했다는 사실을 아프게 상
기했다. 그나마 생각만으로 그치는 내가 혓바닥을
놀리는 로사보다 조금이라도 더 나은 인간인지 자
신할 수가 없었다.

　세윤을 보내고 나서 나는 몇 번이고 로사가 있
는 사무실에 찾아갈까 생각했다. 직장 내 괴롭힘
을 방관하거나 적극적으로 동참한 인간들의 면상
에다 대고 욕을 하고도 싶었다. 세윤이 내게 보낸
메시지 캡처 사진이 있었다. 세윤은 로사에게 왜
하필 전남편을 들먹거리느냐고 묻고 있었다. 로사
는 'ㅎㅎ' 하는 문자만 내처 보내며 무시로 일관하
고 있었다. 살아내려고 이혼을 선택한 세윤에게
더한 고통이 기다리고 있을 줄, 자꾸만 불행이 갱
신될 줄은 세윤도 나도 미처 몰랐다. 만약 내 충고
대로 로사를 멀리했다거나, 그 회사를 그만두고
다른 회사에 갔더라면 어땠을까 생각하는 일도 어
느새 지겨워졌다. 세윤은 로사가 괴롭히기 시작한
후에도 자기는 더는 어떤 실패도 하고 싶지 않다
고 말했다. 사실은 가정법원에서 나오는 길에 다
른 여자를 차에 태우고 가는 전남편을 보고 우두
커니 섰던 자기가 이겨내지 못할 일은 없을 거라

고 했다. 뉴스에서 본 현장 실습생 청소년들처럼 회사를 그만두고 나가면 세상이 다시 자기에게 빨간 조끼를 입힐 것 같다고 세윤은 말했다.

세윤이 내게 보낸 메시지 캡처 사진만으로는 로사가 가해자이며 죽음에 간접적으로 관여했다는 사실을 밝혀낼 수 없었다. 세윤은 기어코 자기 자신을 죽였다. 내 친구 세윤. 그녀 죽음의 가해자이자 피해자는 모두 세윤이었다.

선배는 십 년 안에 죽어요.

나는 로사가 했던 말을 떠올린다. 왜 아직까지 나는 죽지 않았어? 로사를 만나게 된다면 묻고 싶은 말이기도 했다. 로사가 요절을 경고했던 그 누구도 죽지 않고 멀쩡히 살아 있었다. 무당이라던 남자는 성범죄자일 뿐이었고 로사가 영매라는 것도 증명되지 않았다. 그러나 나는 세윤의 이층침대에 서 있던 것이 헛것이 아니라고 생각한다. 세윤이 남긴 마지막 브이로그 속 로사가 들고 있는 태블릿을 확대했을 때 나는 분명히 목격했다. 로사의 태블릿 화면에는 이층침대에 서 있는 여자가 그려져 있었다.

에세이

*

때가 이르면 굳은 바위도
가슴을 열어

김명순 작가와 내가 함께 묶인 이 기획은 제법 오래되었다. 벌써 여러 차례 계절이 지났다. 그간 나는 김명순 작가의 작품들을 가방에 넣고 쏘다녔다. 출근하고 친구를 만나고 소설을 쓰러 카페에 갔다. 포스트잇을 끝도 없이 붙였다 뗐다. 이제는 하도 들여다봐서 너덜너덜해진 작품들은 집 안에서도 소파와 침대와 식탁을 여러 번 넘나들었지만 나는 에세이를 시작하지 못했다. 이 에세이를 시작하려고 하면, 패닉에 빠진 듯 온몸이 굳었다. 과장을 보태 말하건대 가령 이러한 진부한 장면이다. 진땀이 나고 손가락이 떨리는 나는 마치 과거의 나쁜 기억에 사로잡히듯 압도되고 말았던 것이다. 김명순 작가의 소설적 수행성, 자기를 닮아 보이는 인물을 의도적으로 배치하는 것과 소설의 안과 밖에서 그 자신의 작가정신이 끝없이 공격당했던 이력, 아마 나는 그러한 문학사적 사실을 내 것으로 만들고 싶었는지도 모른다.

그러니까 나는 그 사실들을 감히 탐내고 있었다. 내가 백 년 전에 태어났다면 소설을 쓰지 못했으리라, 아마 더 넓은 세상에 나아가지도 못했으리라고 생각했었던 것처럼. 예전에 비하면 지금 분명 세상은 조금 더 진보한 것이다. 진보라는 환상에 젖어 있지만 언제나 예전과 똑같은 낮은 해상도의 세상에서 살아가고 있다는 생각조차 현대인의 착각일 수도 있다는 것은 안다. 1896년에 태어난 김명순 작가와 1985년에 태어난 내가 이 책에서 같은 여성 작가로 묶인다는 사실이 아직도 놀랍다. 김명순 작가를 포함해 백 년 전을 견뎠던 여성 작가들에 비할 수도 없이 유약하고 지적이지 않은 내가 문학 행위를 지속하고 있다는 것 자체가 진보라고 느끼는 것이다. 당대라면 높은 확률로 하층 계급 집안 여식이었을 나는 그들처럼 시대를 돌파하고 비난을 감수하고 현실이라는 벽을 찢어발겼을 리가 없다. 그로부터 백 년이 지난 후, 어느덧 한국이 중진국 반열에 들어서고 민주화 이후로 접어든 시기에 말과 글을 배웠지만 작가라는 꿈은 나를 수시로 좌절하게 했다. 김명순 작가의 문필 활동이 이십여 넌간 이어졌다는 사실을 생각한다. 올해로 데뷔한 지 십오 넌째가 되어가는 나는 언제나 내일, 다음 달, 다음 해를 두려워한다. 이 문학 행위, 저술 활동, 출판 과정이 지속될 수 있을까. 얼마 전 누군가 내게 왜 아직도 인생을 숙제로 여기느냐고 물었다. 자녀를 낳아 기르는 것도 아닌데 왜 앞날을 끝없는 도전으로 여기고 있느냐고. 내가 작가라는 사실을 생략한 질문이었지만 그 질문 앞에서 숙고하게 됐다. 나는 언제나 인생에 숙제가 산적해 있다고만 생각했지 그것이 정확히 무엇을 의미하는지 몰랐다. 알 필요가 없었다. 해결되리라고 생각하지 않았기 때문에.

소설 「천사가 날 대신해」를 쓸 적에는 다분히 김명순 작가의 「의심의 소녀」를 의식하고 있었다. '불쌍한 아이'가 어여쁘기까지 해서 관심의 대상이 되고, 그 '의심의 아이'의 정체가 '불쌍한 아이'로 귀결되기까지에 이르는 이야기. 내가 여태껏 쓴 단편과 장편 들에 등장하는 아이 역시 바로 의심의 소녀가 아닐까 생각하면서. 소설은 즐겁게 썼다. 요즘 열심히 공부하고 있는 호러 장르성을 고민했고 여성 서사임을 의식하긴 했지만 여느 때와 다를 바 없는 내 작품이라는 사실도 주지하면서. 소설과 해설은 순조롭게 출판사에 입고된 편일 터라고 믿는다. 그러나 이 기획의 한 축인 에세이를 쓰기가 너무나 어렵고, 심지어 두렵기까지 했던 것이다.

나를 포함한 모든 여성 작가들과 독자들은 김명순 작가의 소설을 아주 즐겁게 읽는다. 그러고는 작가가 문단에서 겪은 테러에 가까운 행위들을 생각하며 (아마도) 대체로 소스라칠 것이다. 김명순 작가는 돌아가신 지 오래되었고 연보가 밝혀져 있기에 작가의 인생까지도 텍스트와 함께 해석되고, 때로는 근대 여성 작가들 모두가 그랬듯 그 인생만이 호사가에 가까운 비평가들에 의해 대상화되기도 한다. 나 같은 독자, 혹은 작가 들은 의식적으로 소설 외적인 이야기들을 배제하고 말하려고 노력하기도 한다. 소설만으로 충분히 재미있고 현대 창작방법론에 끝없는 영감을 불어넣는다. 그러나 결국 작가가 처했던 특수한 삶의 국면을 자꾸 의식하게 되는 것은 여태까지의 논의가 주로 그렇

기 때문이기도 하지만 겹쳐 읽고 포개 읽지 않을
수가 없는 작가의 전략 때문이기도 하다.「의심의
소녀」나「돌아다볼 때」를 비롯한 여러 작품들에
는 작가 연보에 밝혀진 출신의 배경을 지닌 인물
이 등장한다. 당대 김명순 작가의 출신 배경은 호
사가들에게 함부로 다뤄질 위험이 컸고 작가 역시
그 사실을 잘 알고 있었을 텐데도 여러 번이나 '사
용'된다. 이제 나는 그것을 작가의 전략이라고 말
하고 싶다.

　백 년 전 소설가가 지식인이자 셀러브리티이자
인플루언서였던 시절, 예술을 한다는 것이 특권
이기도 했던 시절, 대학을 나온다면 어지간한 외
국어 한두 개쯤은 유창하게 구사하던 시절, 그리
고 소문에 시달려야 했던 시절. '어느 집 여식'인지
부터 말해야 했던 여성들이 그 시절을 어떻게 감
당했는지 알 수도 없고 알고 싶지조차 않았던 내
겐 이러한 작가의 전략을 서술 전략이라고 믿기까
지도 오랜 시간이 걸렸고 받아들이기가 어려웠다.
2009년 데뷔 이후 나는 소설에 관해 말할 기회가
있을 때마다 '여성 작가의 작품은 자꾸만 인생과
결부되어 해석되고 흔히 고백체로 손쉽게 요약되

어 버린다'는 취지의 이야기를 했다. 부연할 필요 없이 그것이 사실이기 때문이다.

작가의 인생은 어디까지 작품에 개입될 수 있을까. 작가가 사망한 이후 공식적으로 정리되는 작가 연보도 있지만, 생전에 떠도는 소문만으로도 작품은 쉽게 해석된다. 나로 말할 것 같으면 십 년간 발표했던 산문들을 모아 산문집을 냈을 때, 책머리에 바로 그런 방식의 해석을 철저히 경계해왔다는 뉘앙스를 분명히 밝혔음에도 다소 희한한 인터뷰 요청을 받았다. 여태까지 내 작품에 대해 품고 있던 악감을 산문집을 읽고 난 후 반성적으로 돌아보겠다는 것이었다. 그때 작가의 산문은 작가가 공식적으로 밝힌 입장이자 말하자면 '입증된 소문'이 된다. 소설이 담고 있는 진실성과는 다소 다른 '진짜 이야기', 요즘 말로 하자면 '찐'이라고 해도 무방할 것이다. 산문집이 증거이고 소설은 작가가 이름을 걸고 내놓은 '파라텍스트' 따위로 인해서 해석의 결이 풍부해진다. 이걸 풍부하다고 표현하는 것은 물론 비아냥대기를 좋아하는 내 특유의 말버릇이다. 이 문제에 관해서 몇 년을 생각하고 또 생각해봤다. 그러나 답을 찾을 수가 없다.

소설에는 작가가 자연인으로서 듣고 보고 겪은 모든 것들이 각색되어 펼쳐지고 초점 화자는 아무래도 작가 자신을 가장 많이 닮는다. 초점 화자를 의도적으로 적역으로 설정한다고 해도 결국 평자는 가장 작가와 닮아 보이는 인물을 찾아낸다. 그가 구석에 쪼그려 앉아 있어도 기어이 끌고 나온다. 나는 지금도 나와 가장 닮았다고 믿거나 내가 가장 경멸하는 인간상을 뒤섞어 화자의 캐릭터를 구축하는 작업을 계속하고 있다. 내가 쓴 산문이나 작가 노트나 심지어 비공개 SNS에 올린 게시물까지 포함해서, 누군가가 어떤 소설이 얼마나 자전적인 이야기인지 재단한다고 해도 그 역시 사실은 평자의 자유다. 작가의 자존심을 걸고 이런 모든 과정에서 개인인 내가 받는 상처 따위는 당연히 무시한다는 전제에서다.

　김명순 작가의 생애를 말하고 해석하고 작품에 개입하는 방식은 분명 작가에게 상처를 입혔을 것이다. 아무리 백 년 전 여성 작가라는, 지금의 나로선 무시무시해 보이는 위치에 있는 강인한 사람이라고 할지라도, 삶과 소문 따위는 아무래도 상관없다고 하더라도 자기가 만든 이야기와 자기가 구

축한 인물을 통해서 자기 인생을 철저하게 짓밟
히고야 마는, 그러니까 자기 소설이라는 노동 현
장에서 기어이 소외되고야 마는 경험은 그야말로
철저한 자기 상실일 것이다. 이럴 때 예술 앞에 윤
리 없다는 말을 하고 싶다. 그러나 작가가 자기 상
실조차 수행적으로 활용했다고 굳이 말한다면, 김
명순 작가의 인물들은 의도된 인물들이다. 독자에
게 평자에게 호사가들에게 어떻게 보일지를 알고
서도 수행해야만 했던 서술 전략, 그것은 단 한마
디로 요약될 수 없는 중층적이고 복합적인 인물과
시대가 그에게 가하는 오해와 모욕을 드러내고자
하는 일이라고 생각한다. 김명순의 그 철저한 작
가정신을 계승하기 위해서 그의 작품은 끝없이 읽
혀야 한다.

작가는 누구보다 '나'를 많이 말하지만, 가장 '나'
로부터 멀어지고 싶은 사람이라는 생각을 한다.
내가 단 한명의 작가이지만 또한 오롯한 작가일
수 있으려면 끝없이 나르시시즘을 경계해야만 한
다고 생각한다. 쓰는 사람이 자기 생애까지 대상
화해서 이루려는 문학 행위가 그저 소문으로만 그
치지 않기를 바란다. 에세이를 쓰기까지 이토록

오래 걸린 까닭에는 나와 김명순 작가의 생애를 함부로 겹쳐본 바 분명히 있다. 나는 그 사실에 지금 지독한 부끄러움을 느낀다. 백 년 전과 지금이 다르지 않다고 생각했기 때문에, 또한 백 년 후도 지금과 다르지 않으리라고 생각했기 때문에. 제목을 정하는 일을 무척 좋아하는 나는 이 에세이의 제목도 오랫동안 고민했다. 꽤 오래 붙들고 있던 제목은 '문학이 더 이상 자유가 아닐 때'였는데, 다분히 분노에 차 있는 말이었다. 그러나 이제 생각을 고쳐먹고, 김명순 작가가 훌륭한 독자들과 약속하고자 했던 서술 전략이 더 많이 해석되리라 기대하면서, 「돌아다볼 때」에 나오는 구절을 인용한다. 작중 인물 소련이 바라던 일을 표현하던 말, "그러나 '때가 이르면 굳은 바위도 가슴을 열어, 깊은 속 밑에서 솟아오르는 샘물은 땅에 뿜는다'는 듯이"에서 가져왔다. 아무래도 이 말은 가슴 깊은 속 밑에 깊게 가라앉으며 내게 희망을 준다.

박인성

(문학평론가)

1. 근대의 소녀병少女病과 외로움의 발견

'소녀병'이라는 명명은 일본의 소설가 다야마 가타이의 소설 제목에서 시작되었는데, 그 증세를 간단히 정리하자면 교육받은 메이지 일본의 젊은 여성들에 대한 그의 오래된 우상화와, 자신의 사랑을 운명으로 여기는 근대적 남성들의 상사병이라 부를 만한 증세다. 이러한 상사병이 '소녀병'이라 불린 것은 메이지 시대 로맨스의 여자 주인공이 기존의 고전적인 귀족이나 화류계 여성이 아니라, 교육받은 신여성으로 변화했기 때문이다. 여기에서 자유연애에 대한 욕망은 세속적 성공과 이념적 정체성을 결합하는데, 대부분의 남성 주인공들은 자신의 욕망의 결핍을 직접적으로 채워줄 수 있는 상징적인 존재로서 여성이라는 트로피를 원하게 되는 것이다. 대표적으로 다야마 가타이의 소설 『여교사』나 『이불』에서 공통적으로 결혼한 아내는 일상에 대한 실망감을 대변하는 반면에, 교육받고 아름다운 여성 파트너는 이상화된 문학적 가치를 반영한다. 아이러니한 것은 바로 이러한 양면적인 현실의 구도가 바로 남성 주인공들에게 외로움을 자각시켜 준다는 사실이다.

『여교사』에서 가타이는 "외로운 삶ロンリーライフ"*이라는 표현을 반복하는데, 이 표현은 분명히 원형적인 출처가 있다. 바로 게르하르트 하웁트만의 희곡 『외로운 사람들』(1891)로, 『여교사』는 이 희곡을 각색한 작품이라고 보아도 될 것이다.** 『외로운 사람들』의 주인공 요하네스 포겔라트에게 아내인 케테는 사랑스럽지만 교육받지 못한 여

* "ロンリーライフ, 이것이 내 삶의 한 가지 사실이라는 것만큼은 분명하다." 田山花袋, 『女教師』, 『田山花袋,全集』14, p. 76.
** 하웁트만의 『외로운 사람들』에 대한 가타이의 참조는 인드라 레비의 책 『Sirens of the Western Shore』에서 자세히 다뤄지고 있다. 이 책은 전체적으로 일본 근대문학이 어떻게 서구적 여성의 팜파탈 이미지와 문체의 번역으로부터 구성되었는지를 살핀다. Indra Levy, 『Sirens of the Western Shore』, Columbia University Press, 2009, pp. 93~146.

성이다. 반면 그의 집에 거주하게 된 러시아 대학생 안나 마르는 교양 있는 여성으로, 요하네스와 안나는 지적인 관심사를 바탕으로 결혼과 상관없이 플라토닉한 관계가 가능하다고 믿는다. 하지만 그들의 친밀함이 커질수록 케테는 고뇌하게 되었으며 요하네스의 부모 역시 괴로워한다. 상황의 심각성을 알게 되면서 안나는 결국 마을을 떠나게 되고, 요하네스는 상심하여 물에 빠져 자살하고 만다.

김명순의 소설 「외로운 사람들」 역시 하웁트만의 『외로운 사람들』을 당대 조선의 사정에 맞추어 문화번역한 작품으로,*** 가타이의 『여교사』만큼이나 유사한 구도 속에서 사랑 때문에 괴로워하는 젊은 남녀를 그리고 있다. 이는 분명 하웁트만-가타이에게서 이어지는 '외로움'에 대한 자각을 근대적 인간의 중요한 정체성으로 그려내는 당대의 문학적 경향과 동시대적 맥락 위에 있다고 해야 할 것이다. 이처럼 '외로움'과 고독에 대한 이해

*** 신혜수, 「1920년대 문화번역된 게르하르트 하우프트만(Gerhart Hauptmann)-김명순의 「돌아다 볼 때」와 「외로운 사람들」을 중심으로」, 《국제어문》 69집, 2016, 175~199쪽.

는 지극히 근대적인 감정이며, 일련의 소설 속 인물들이 타인을 반사판 삼아서 그러한 근대적 감정을 비추어냄으로써 자기를 발견하고 있다는 측면이 강조되어야 한다. 따라서 여기서 말하는 '외로움'이란 사회적이거나 물리적인 차원의 고립에 따른 개인적 감정이 아니다. 오히려 근대적인 인간으로서 자기를 발견하고자 했던 사람들의 시대적인 욕망과, 그러한 욕망을 달성하고자 도구적으로 타인을 소외시켜 온 과정의 결과값이라고 말해야 할 것이다.

김명순의 소설 「외로운 사람들」에서도 '외롭다'는 감정은 근대적으로 이상화된 자유연애의 가치를 기준으로 하여, 그 내부에서 소외되는 근대적 인간의 자기 욕망의 실패와 직결되어 있다. 특히 식민지 시기 소설 속 남자 주인공들이 3인 4각에 가까운 곡예처럼 자신의 연애와 세속적 성공, 정치적 실천을 한꺼번에 달성하려 번민하는 모습은 놀랍지 않다. 심지어 식민지 시기 근대적 남성에게 조혼早婚이 나쁜 까닭은 그것이 단순히 구습이기 때문이 아니라, 근대의 명령 즉 '사회적 성공을 통해서 신여성을 얻으라'는 정언명령을 포기하게

만들기 때문이다. 「외로운 사람들」에서는 이를 구
체화하기 위하여 유사한 상황에 놓인 남녀 관계를
병렬하여 보여준다. 순철과 순영, 그리고 순희와
정택의 관계가 그렇다.

우선 정택은 대표적인 근대 로망스의 남자 주
인공의 욕망을 그대로 반영한다. 그는 자유연애를
위해 순희와 사랑의 도피를 할 정도로 연애주의자
이지만 동시에 공산주의자로서의 자기 정체성을
전면화하고 있으며, 여전히 연애와 자신의 이념
을 일치시키려 노력한다. 사회-정치-연애로 구성
된 근대적 욕망의 삼각형 속에서 '외로운 사람들'
이 공통적으로 경험하고 있는 것은 이러한 삼각
형 구도에 함몰되어 벗어나지 못해서 발생하는 소
외와 좌절이다. 물론 여전히 여기에는 여성의 소
외보다는 남성의 소외가 우선 서술자 중심의 시선
에서 그려지고 있다. 순희를 여전히 그리워하면서
도 자신의 정치적 소명을 우선하며 다른 여성과의
삶을 선택하는 정택은 물론이고, 유부남으로서 순
영의 마음을 받아주지 못하고 결국 죽음에 이르게
한 순철 역시 자기연민에 빠져 있다. 소설 전체 서
술에서도 순희나 순영의 목소리가 아니라, 정택과

순철의 목소리가 전면화되어 있다. 흥미로운 것은
이 소설이 순희의 시선에서 시작했음에도 차츰 순
철에게로 초점이 넘어가면서 어느새 순희가 텍스
트로부터 소외되어 가는 과정이다.

교육받은 신여성에 대한 근대적 남성의 환상은
라캉의 정신분석에서 흔히 말하는 '사물로서의 여
성'에 대한 숭고화와 유사하다. 근대적 남성, 그중
에서도 작가라는 족속들은 자신의 욕망을 실체화
하는 사물로서의 여성을 숭고화하는 데 집중한다.
특히 순철의 경우 조혼으로 대표되는 조선 구습에
대한 반발심이라기보다는 망국의 공주에 대한 우
상화가 거듭하여 강조된다. 조선의 아내는 어디까
지나 익명으로 남지만 순영에게는 타고난 미모만
으로는 설명할 수 없는 다양한 비극적인 혈통과
교육받은 여성의 품위가 부여된다. 하지만 어디까
지나 서술자인 순철의 직접적인 목소리를 통하여,
그 처연한 표현력을 통하여 순영에게는 복잡한 내
면이 부여되며 그것이 다시 순철에게 괴로움을 준
다. 이처럼 남성에 의한 여성의 숭고화는 여성을
떠받들고 그들에게 사회적 지위나 상징적인 위치
를 양보하기 위해서가 아니다. 오히려 여성을 사

물화하고 대상화함으로써, 그들에게 투사된 자신의 시각적 환상을 다시 소유하기 위한 허구적 시나리오를 구성하는 것이다. 이러한 숭고화의 시나리오는 철저하게 그 시나리오를 써 내려간 남성, 작가이자 연출자로서의 남성에게 소유권과 주도권이 존재한다. 순영에게는 순철의 아내에겐 없는 심리적 깊이가, 자유연애에 대한 환상과 그 좌절에 따른 심각한 내면의 타격을 육체적으로 전환하는 근대적 인간의 복잡한 내면이 부여된다.

표면적으로만 읽으면 「외로운 사람들」은 하웁트만-가타이의 텍스트와 유사하게 남성적 관점과 욕망에 의해서 쓰인 텍스트라고 볼 수 있다. 하지만 이 소설에는 당대의 남성 작가들이 그려내려 했던 로맨스와는 구별되는 여성적 물질성이 균열을 일으키고 있다. 그것은 남성의 시선에 포함되어 있는 환상만으로는 길들이거나 감당하지 못하는 방식의 여성의 실재적 무게에서 비롯된다. 김명순은 남성 작가들의 '소녀병'을 다소 역전시켜 새로운 방식으로 다시-쓴다. 이는 당대의 근대화된 남성적 욕망과 이를 반영하는 소설이라는 글쓰기의 형식을 나름대로 참고하고 있음에도 불구

하고 내용적인 차원에서 온전히 형식과 결합될 수 없는 물질성을 기입하는 방식으로 이루어진다. 우선 이러한 다시-쓰기에서 핵심은 여성의 죽음이다. 이 텍스트에서는 결국 순영와 순희 두 여성이 내면의 상처로 인하여 모두 죽는다. 순철이나 정택은 자신들의 소외감과 좌절을 강조하고 그러한 충격에서 벗어나지 못하는 모습을 보이지만, 여성들을 가여워할지언정 자신의 처지보다 중요하게 생각하진 않는다. 하웁트만과 가타이의 소설에서 남성적 외로움을 자각하는 과정에서 문학적 아름다움 자체를 내포한 여성에 대한 좌절이 필연적인 것이었다면, 김명순의 「외로운 사람들」에서 남성적 외로움이란 아무리 고통스럽다 할지라도 여성적 죽음에 비할 바는 아니다. 여성에 대한 남성의 좌절과 소외를 그려내는 것만이 아니라, 여성의 좌절과 소외를 죽음이라는 절대적인 사건을 통해 텍스트에 물질적으로 기입하는 방식으로 김명순은 완전히 다른 젠더적 관점에서 소녀병의 심각성을 그려냈다. 남성의 근대적 욕망이 병의 병인病因이라면 여성은 소녀병의 숙주로, 남성은 병의 전염성에 고통스러워할지언정 자기연민이라는 면

역체를 획득하지만 숙주로서의 여성은 어떠한 면
역도 없이 죽을 수 있다.

근대적 개인으로서 남성의 자기발견은 상징적
인 의미에서의 죽음을 필요로 했지만, 반대로 근
대적 개인이 될 수 있을지조차 모호한 여성의 자
기발견은 실제 죽음을 필요로 한다. 이러한 비대
칭성이 바로 김명순의 「외로움 사람들」이 그려낸
외로움의 정체다. 하웁트만의 『외로운 사람들』과
김명순의 「외로움 사람들」에서 외로움은 결코 보
편적이고 공통적인 감정이 아니라, 철저하게 젠더
적인 비대칭성에 의해서 분열적으로 드러난다. 남
성의 외로움이 자기발견을 위한 자발적 고립에 가
까운 것이라면, 여성의 외로움은 세상과 남성으로
부터 이중으로 소외되는 과정에서 자신을 구원할
수조차 없는 자의 절대적인 외로움에 가깝다. 소
녀병은 이제 남성이 여성을 숙주로 하여 앓는 자
기연민의 병이라기보다도, 온전히 여성이기 때문
에 앓아야 하는 병이며 남성의 고통의 깊이를 암
시하는 것이 아니라 그러한 고통의 그림자보다
도 깊은 곳에서 죽음에 인접해 있는 여성적 처지
를 드러내는 것이 된다. 남성의 소녀병이 도달하

기 어려운 욕망의 환상을 투사하고 그 실패 속에
서 자기연민을 정당화하는 기만적인 내면의 병이
라면, 여성의 소녀병은 바로 그러한 남성적 환상
에서조차 소외되는 비대칭성에서 온다.

2. 한恨이라는 '여성병'과 공포의 (재)발견

김명순이 「외로운 사람들」에서 하웁트만과 가
타이가 그려낸 근대적 남성의 욕망에 각인된 외로
움을 여성의 죽음으로 뒤집어 보여준 것은 흥미로
운 전환인 동시에 고전적인 한국의 여성적 마스터
플롯*의 재발견이기도 하다. 하웁트만이 요하네
스를 자기연민 속에 죽게 했던 것과 달리, 김명순

---

* "특정한 문화와 개인들은 정체성, 가치관, 삶의 이해에 대
한 질문에 대한 답을 구하는 과정에서 중대한 역할을 수행한다.
(중략) 마스터플롯은 여러 서사의 판본에서 되풀이해서 나타난
다." H. 포터 애벗, 『서사학 강의』, 우찬제 외 옮김, 문학과지성
사, 2010. 448쪽; "마스터플롯이란 특정한 문화나 집단이 문제
에 직면했을 때 문제를 해결하는 수단과 과정을 무의식적으로
축적해온 이야기 스키마라고 말할 수 있다. 사람들이 세계를 받
아들이고 해석하기 위한 인식적 도구로 활용하는 이야기 형식
인 셈이다." 박인성, 「한·미·일 재난 서사의 마스터플롯 비교 연
구」, 《대중서사연구》 26권 2호, 2020, 43쪽.

은 순영의 죽음을 통해서 남성적 소외 내부에 포
함되어 있는 여성 희생양 역할을 명확하게 그려냈
다. 이처럼 유사한 이야기 구도 안에서도 주제적
인 차원의 선명한 전환이 가능했던 이유는 한국의
로컬리티의 맥락에 의해 구성되는 여성적 병증을
이미 김명순과 같은 여성 작가들이 경험적으로 너
무나 잘 알고 있었기 때문이다. 근대의 소녀병은
근대적인 남성 취향에서만 생겨난 것이 아니다.
병의 숙주가 귀부인에서 신여성으로 바뀐 것일
뿐, 이 병은 근본적으로 고전적인 여성적 원한과
관련되어 있으며 역사화된 맥락 속에 구성된 인위
적인 병이면서 근대에도 지속되는 병이다.

　다름 아니라 이 병의 이름이 바로 한恨이라는 개
념이며, 민담과 전설에 포함되어 있는 한국의 포
괄적인 이야기 양식 중의 하나다. '한'은 단순한 정
서나 감정의 영역이 아니라, 한국의 민담에서 반
복적으로 드러나는 드라마적인 갈등을 표현하는
핵심 개념이다. 따라서 한은 흔히 알려진 것처럼
오랫동안 쌓인 울분의 정서, 혹은 해결되지 않는
개인의 억울함만으로 그치지 않는다. 오히려 한국
적인 마스터플롯은 이처럼 한을 하나의 사회적인

문제 상황으로 제시하며 그에 따른 이야기 전개를 통해 특정한 양식과 장르를 구성하기에 이른다. 흔히 신파라고 불리는 한국적 멜로드라마, 그리고 공포물Horror이 대표적인 양상이다.

　누군가는 멜로드라마와 공포물이 왜 유사한 이야기 구도나 플롯을 공유하는지 의아할 수 있다. 하지만 한국적인 로컬리티에서 두 장르는 공통적인 문제의식과 갈등의 구도를 공유한다. 바로 공적 영역에서 제기되는 사회적 문제와 갈등에 놓인 주인공들(주로 젊은 남녀)이 그러한 사회적 압력과 그로 인한 갈등을 온전히 사적 영역에서 해결해야 한다는 점이다. 여기서 멜로드라마가 남녀 주인공의 연애 과정과 개인의 신분 상승을 통해 공적 영역의 갈등을 사적 영역에서 완화하고 절충한다면, 반대로 공포 장르는 멜로드라마적인 해결이나 절충이 이뤄지지 못해서 발생한 개인의 희생과 그에 따른 개인의 원한에 대한 사회적 애도에 집중하는 장르다.＊ 따라서 멜로드라마는 공동체적 문제를 개인의 영역에서 절충적으로 해소하지만, 공포 장르는 개인의 영역으로 무대화된 사회적 증상을 공동체적 영역으로 다시 끌어올린다.

앞서 남성 작가들의 소설들은 연애라는 소재를 활용하여 멜로드라마의 구도에서 오히려 남성의 좌절과 실패를 그려냄으로써, 그들의 개성적인 자기발견을 수행할 수 있었다. 그것은 흔한 대중적 멜로드라마는 아니지만 남성 개인의 실패와 소외를 의식화함으로써 오히려 자기 정체성을 정립하는 일종의 자기구원이기도 하다. 반면에 김명순의 「외로운 사람들」은 실패한 멜로드라마의 여성적 버전으로서, 여기에서의 실패는 해결되지 못한 사적 희생과 그 여성적 한을 그려내고 있다는 점에서 남성적 서사의 판본과 확연히 구별되는 이야기가 된다. 남녀의 사랑이라는 사적인 방식으로 절

✻ 물론 공포물의 전형적인 전개, 즉 마스터플롯의 구조는 그것이 유통되고 소비되는 로컬리티 및 사회적 성향에 따라서 다르게 발휘될 수 있다. 예를 들어 일본의 공포물에서 공적 영역의 갈등은 주로 집단의 이지메에 의한 노골적인 희생양의 생산으로 이어지지만, 그 억눌린 원한을 사회적으로 애도하는 데에는 실패하는 경우가 대부분이다. 따라서 원한은 특정 가해자가 아니라 공동체 전체를 대상으로 하기 때문에 그 주술적인 공격 대상 역시 무작위적이고 연쇄적이다. (〈링〉이나 〈착신아리〉, 〈주온〉 시리즈와 같은 일본 공포영화의 공통적 특징을 생각해보라.) 반면에 한국의 공포물에서 원한은 주로 가해자를 특정하고 있으며, 이를 제3자로서의 주인공이 해결하거나 목격함으로써 애도하고 기억하는 역할을 맡는다.

충을 시도하는 멜로드라마적 구도의 총체적인 실
패를 의식하고 있을 뿐 아니라, 남성의 자기 정체
성 발견의 서사에서조차 밀려나고 소외됨으로써
죽음에 이르는 여성의 이야기는 근원적으로 공포
물의 영역에 가까워지기 때문이다.

이러한 의미에서 박민정의 소설 「천사가 날 대
신해」는 공포 장르의 영역으로 미끄러지는 현대
의 여성병에 대하여, 근대적 소녀병의 지속적이고
보편적인 성격에 대하여 그려내고 있는 소설이다.
물론 이 소설은 표면적으로 관습적인 공포 장르를
표방하고 있지도 않으며, 여성의 죽음을 그 원인
의 차원에서 구체적으로 규명해주는 것도 아니다.
오히려 독자들이 읽을 수 있는 것은 여성의 죽음
은 물론이고 그 원인이 되는 총체적인 소외를 구
성하는 포괄적인 현실을 섬세하고 집요한 의심 속
에서 살펴보는 과정이다. 서술자인 '나'는 오랜 친
구 세윤의 죽음과 세윤의 '남겨진 기록'이라 할 수
있는 브이로그 영상을 통해서, 대학 후배이자 세
윤의 직장동료이기도 한 '로사'의 존재감과 세윤
에게 미친 영향력을 확인해간다. 이 의심을 구체
화하는 과정에서 세윤과 로사에 대한 과거의 기억

은 물론이고 자신이 본 적도 확인할 수도 없는 여성적 삶의 사각지대를 어떻게든 들추려 하는 시도가 강조된다. 따라서 이 소설을 단순히 여성적 유대 혹은 여성 인물의 죽음과 관련된 애도를 수행하는 소설이라고 읽어내는 것만으로는 부족하다.

「천사가 날 대신해」는 서술자 '나'의 오랜 친구이자 동창인 세윤의 죽음으로부터 시작한다. 세윤은 다소 불우했다고밖에 말할 수 없는 전남편과의 결혼 생활을 끝낸 후 새로운 직장 생활을 시작하면서 '나'와 JLPT 시험을 함께 준비한다. 시험을 앞두고 세윤과의 연락이 일방적으로 끊어진 뒤, 들려온 세윤의 부고에 '나'는 큰 충격을 받지만 동시에 세윤의 죽음에 영향을 미쳤을 로사에 대한 의심을 키워나간다. 이 소설은 세윤의 죽음을 받아들이는 사후적인 추적과 해석의 과정이다. 이 과정은 미스터리 장르의 범인 찾기의 과정처럼 보이기도 하고 병인학病因學적인 사후 진단의 과정처럼 보이기도 한다. 하지만 핵심은 세윤이 처한 과거의 결혼 생활을 다루기보다는 오히려 이혼 이후 새로운 삶을 시작한 직장 생활에서 로사라는 여성과의 관계에 주목한다는 점이다.

우선 이 소설의 이러한 관점은 앞서 우리가 김명순 소설에서 강조했던 남성적 욕망과 가부장제 구조에 의해 발생하는 여성적 소외를 넘어선 곳에 있다. 남성이야말로 이 소설에서는 우선적으로 소외되어 있다. 세윤의 남편에 대한 설명은 세윤의 결혼 생활에 대한 최소한의 언급과 흔적의 차원에서만 잔재처럼 남아 있을 뿐, 세윤의 죽음에 대한 영향력에 있어서는 포괄적인 전제조건 이상의 역할을 하지는 않는다. 「천사가 날 대신해」는 이러한 남성 및 결혼 제도에 의한 구조적인 폭력의 문제는 언제나 상시적인 것이기에 주목하지 않는 것이며, 자연화된 배경이기 때문에 오히려 주목하지 않는 것에 가까울 뿐 세윤의 죽음에 결혼 생활의 영향력이 없다는 것은 아니다. 너무나도 당연하기에 오히려 강조하지 않는 대상일 뿐이다. 반면에 로사의 존재는 세윤에게 기대의 대상이었기 때문에 오히려 큰 상처를 준다. 물론 로사에 대한 지나친 '나'의 관심은 과거 대학 후배로서 다소 미심쩍은 상황 속에 있었던 로사를 향한 부정적인 감정에 기인한다. 하지만 불길한 예언처럼 '나'가 십 년 안에 요절할 것이라 말했던 로사라는 인물의 설명하기 어려운 모호성이 텍스트 전체를 지배한다. 현대의 여성병은 근대의 소녀병과는 달리 남성적 환상에 의해서만 소외되는 것이 아니라, 복합적인 공적 영역의 구도 속에서 소외된다.

　병의 원인은 여성과의 관계 속에도 존재하며, 여성이기에 기대되는 손쉬운 연대나 동질감조차도 단단한 결속과 안정감을 보장해주는 것은 아니다. 이처럼 소설의 구도는 이미 애도하기 어려운 여성 개인의 죽음을 이해하기 위하여 얼마나 많은 원인이 존재하는지, 그것을 어떻게든 압축적으로 이해하려는 과정이 '여성병'이라고 부를 만한 한의 개념으로 압축되어 가는지를 보여주고 있다. 공포의 사후적 재구성이라고도 부를 만한 이 소설의 집요한 시선이야말로 온전히 애도되지도 의미화되지도 못하는 여성의 죽음이 얼마나 우리의 현실에 일상화되고 보편화되어 있는지를 보여주기에 효과적이다. 오늘날 여성의 피해자성을 발음하는 것만으로도 누군가는 알레르기 같은 거부반응을 보이곤 한다. 페미니즘에 대한 백래시는 물론이고, 현실의 공동체적인 대의 자체가 휘발되어 버리면서 모든 공적 영역의 문제와 갈등이 개인의 영역으로 침잠해버렸다. 모두가 모두에게 피해자이기를 자처하는 시대에 역사화된 피해자성이란 특권적인 지위를 누린다고 생각하는 사람들마저 생겨나기 때문이다. 따라서 현대의 여성병은 이중의 소외 속에, 책임지지 않는 공적 영역과 여성의 피해자성마저 의심하는 사적 영역 사이에 방치된 총체적인 증상이다.

하지만 피해자성이라는 것은 어떤 경우에도 독립적으로 발생하지 않으며 관계와 맥락 속에서 구성되는 복합적 개념이라는 것을 잊어서는 안 된다.* 박민정 작가는 이미 여러 작품들에서 납작해지기 어려운 여성의 피해자성의 문제를 소설적으로 형상화해 왔다. 특히 박민정 소설의 특징이라고도 할 수 있는 다양한 소재의 활용과 다소 복잡할 정도로 동시대적인 맥락들을 소설적 상황 속으

---

* 우리는 『믿을 수 없는 강간 이야기』와 같은 책을 통해서 '피해자다움'에 대한 피상적이고 납작한 이미지가 얼마나 피해자성의 복합성을 파괴할 수 있는지에 대하여 확인했을 뿐 아니라, 실제로 우리 주변에서 발생하고 있는 수많은 가해자-피해자의 단순한 이분법적 기준의 악영향을 체험하고 있는 중이지 않은가. T. 크리스천 밀러·켄 암스트롱, 『믿을 수 없는 강간 이야기』, 노지양 옮김, 반비, 2019.

로 개입시키는 구성 방식은 공통적으로 여성적 피해자성에 대한 관성적인 이해를 멈추고 납작해지기 쉬운 그들의 정체성과 맥락을 부풀리고 입체화하기 위한 작업에 가깝다. 때로 이러한 입체성에 대한 집착은 분명 텍스트 해석상의 아이러니로 이어질 수도 있다. 하지만 박민정의 소설은 해석적 위험성을 피해가기 위하여 소설적 상황을 단순화하거나 여성 인물의 피해자성을 납작하게 평탄화하는 것을 단호히 거부한다.

사실 오늘날의 피해자성에 대한 이해는 존 스타인벡의 소설『분노의 포도』(1939)를 떠올리게 하는 측면이 있다.『분노의 포도』의 주인공 톰 조드는 무너져가는 농장을 지키기 위해서 총을 들고 싸우려 하지만 정작 그 총구를 향해야 할 가해자를 찾을 수가 없다. 악의에 차서 그를 무너뜨리려 하는 악당도, 뒤에서 명령을 내리고 교묘하게 음모를 꾸미는 그런 배후의 흑막도 존재하지 않기 때문이다. 선명한 피해자는 존재하지만 선명한 가해자를 찾기는 힘들어지는 현실이야말로 우리가 처한 현대사회에서 개인의 위기이기도 하다. 점점 더 사라져가는 국가 체제와 공적 영역의 책임의 범위

사이에서 개인의 피해자성을 회복하기 위하여 사람들이 더 선명한 가해자성을 발견하고자 하는 시도와 법이 아닌 사적 제제로 한순간의 통쾌함을 추구하는 경향들이 득세하는 이유 역시 이와 공명한다.* 그러나 우리의 실제 삶은 한바탕 시원한 복수극이 아니며, 그렇게 새겨지는 피해자성 아래 개인이 추구할 수 있는 행복이란, 한시라도 빨리 자신이 당한 피해로부터 벗어나 다시금 새로운 삶을 사는 것, 그리고 개인의 선량함에 기대어 나에게 무해한 사람들이 주변에 있기를 기도하는 것뿐이다.

"내가 얼마나 마음고생했는지 알잖아. 이제 겨우 새 직장에 적응해서 잘 살아보려고 하는데 왜 그래. 나는 회사에서 누구와도 척지고 싶지 않아."(291쪽) 세윤의 이러한 말이야말로 선량함으로

---

* 노골적으로 악당에 대한 사적 처벌을 보여줬던 〈빈센조〉(tvN, 2021)나 〈모범택시〉(SBS, 2021~2023), 〈더 글로리〉(Netflix, 2022~2023) 같은 드라마는 물론이고 촉법소년들에 대한 물리적 처벌 자체를 시각적으로 보여주는 〈참교육〉(네이버웹툰, 2020~) 같은 웹툰에서도 드러나듯, 법적 처벌의 공정성을 믿지 않는 시대에 각종 문화 콘텐츠에서 넘쳐나는 사적 제제에 대한 환상은 '한'의 마스터플롯에 대한 대항서사이자 우리 사회의 잠재적 공격성 자체를 대변한다.

무장한 무해함의 공동체에 대한 환상을 반영하고
있다. 특히 이러한 자기방어적인 낙관성, 그리고
냉소 속에 구성된 수동적인 욕망이야말로 우리를
피해자로 내모는 현실에 대한 대안적 삶의 가능성
을 더욱 희박하게 만든다. 과거 세윤의 결혼 생활
이 얼마나 불행한지에 대해서는 몇 가지의 힌트가
제시되는 것 이외에 구체적인 정보는 제한되어 있
다. 자신이 경험한 결혼 생활과 가부장제 구조의
폭력성을 환기하는 과정에서, 세윤은 빠르게 그러
한 과거에서 벗어나 정상성의 영역으로 나아가고
자 하는 회복의 열망을 가지지만 그러한 열망이
오히려 현실에서는 또 다른 취약함으로 비춰진다
는 사실이야말로 일상의 공포스러운 점이다.

　'누칼협'(누가 칼들고 협박함?)과 '알빠노'로 요약
되는 오늘날 공동체 내부의 개인주의＊＊는 공적 영
역에서 공동체의 실종을 요약한다. 「천사가 날 대
신해」에서 세윤이 이혼 이후 죽음에 이르기까지,
그녀가 결혼과 가족이라는 사회적 제도 속에서 발
생한 소외와 실패에 대하여, 그보다 사적인 관계
를 통해 상처를 회복하고 스스로를 지켜내고자 했
음을 짐작해볼 수 있다. '나'와 함께 준비했던 JLPT

시험 공부는 물론이고 브이로그 역시 세윤이 직장
생활이라는 공적 영역 내부에서 자신만의 사적인
기록을 만들어낼 수 있는 독립적인 프레임을 원했
음을 보여주는 장치다. '나'는 세윤의 사후에야 계
정을 찾아 브이로그를 보게 되었으니, 세윤의 새
로운 직장 생활에 대한 기대와 공적 영역에 대한
두려움은 '나'가 온전히 짐작하거나 경험할 수 없
는 영역에 있다. 반면에 로사는 '나'가 대신할 수
없는 직장 생활 내부에 있는 사적 관계의 가능성
이기도 하다. '언니'라는 이름으로 불리며 여성적
동료가 될 수 있으리라 생각한 로사는 오히려 조
직 문화의 관성적 태도 속에서 가면을 바꾸어 착
용할 수 있는 인물, 타인의 고통을 예민하게 발견
하면서도 그것을 취약점으로 활용할 수 있는 인물

** 2022년 온라인을 휩쓴 밈은 '누칼협'과 '알빠노'로 요약된
다. '누칼협'은 게임 커뮤니티에서 누군가가 활용한 "누가 칼 들고
협박함?"의 줄임말이고, '알빠노'는 말 그대로 상대의 사정 따위
는 내가 알 바 아니라는 온라인 게임상의 채팅에서 비롯되었다.
두 밈은 모두 공통적으로 대화의 상대가 놓인 상황의 열악함과
복잡성을 무화하는 태도이며, 그 핵심은 정치성과 사회성의 실종
이다. 타인의 고통은 내 알 바가 아니다. 적자생존과 무한경쟁의
한국 사회에서 우리는 누구도 협박하지 않는 삶을 살아내기 위
해 누구에게 호소할 수도, 설득할 수도 없는 상황에 처해 있다.

이다.

그럼에도 정작 로사가 세윤과 친해지는 과정에서만이 아니라 브이로그 기록에서조차 절대적으로 평범하고 나이스한 사람, 결코 세윤을 해치거나 피해를 줄 것 같지 않은 사람으로 비친다는 점에 주목해야 한다. 그렇게 평탄화된 인상으로만 브이로그라는 사적 기록에 출연하는 로사가 뒤에서는 세윤에 대한 악의적인 소문을 퍼트리는 것은 결코 그 캐릭터의 양면성을 의미하는 것이 아니다. 오히려 로사라는 인물이 가지는 입체적인 가면을 드러내는 것에 불과하다. 다만 로사 역시 여성의 얼굴을 하고 있으며, 누구보다 손쉽게 여성의 피해자성에 접근하고 그것을 소문화하여 퍼트릴 수 있다는 사실에서 여러 가지 분열적인 가면을 획득한 존재들이 어떻게 공과 사를 넘나들며 존재할 수 있지를 드러낼 뿐이다. 세윤이 직장 내부에서도 여성 간의 건강한 사적 관계를 구성할 수 있으리라 생각했던 기대는 완전히 무너지고, 앞서 김명순의 소설에서 보였던 남성에게 배신당하는 여성보다도 더 끔찍한 공포가 얼굴을 들이민다. 바로 세윤이 주장하듯 이층침대의 천장 사이에서 세윤을 내려다보는 로사의 존재가 그것이다. 이 소설은 여기서 돌연 공포물의 정서를 그대로 대변한다.

앞서 언급한 것처럼 한은 억압에 의해 발생하는 억눌린 감정이 아니라, 그 감정에서 발생하는 적극적인 마스터플롯의 구조로 나타난다. 즉, 한국적 마스터플롯에 대응하는 해결 방식의 도모와 연관된다. 멜로드라마는 흔히 남녀의 사랑 이야기로 알려져 있지만, 그 본질은 공적 영역에서의 갈등과 소외를 사적으로 극복하는 자기방어적인 환상의 구성이다. 또한 그러한 환상의 소유자가 아닐 때조차도 여성은 그러한 환상을 소비함으로써 대안적인 현실에 대한 기대를 달성하고자 한다. 문제는 그러한 기대가 배신당하고 사적인 관계에서조차 소외되는 결과에 이를 때, 멜로드라마는 너무나도 손쉽게 공포스러운 이야기로 전환될 수 있다는 점이다. 「외로운 사람들」이 이미 그러한 멜로드라마 내부의 남성적 환상에 배신당하는 여성적 소외를 그려냈다면 「천사가 날 대신해」는 남성뿐만 아니라 여성과의 사적 관계에서조차 배신당하는 여성의 복합적 피해자성을 경유하여 일상의 공

포가 가장 증폭될 수 있는 영역으로 나아간다. 그
것은 오늘날 여성 서사가 지향하는 '여돕녀'의 이
상적 환상을 굳이 넘어서는 방식으로 이야기를 전
환하며 가장 현대적인 여성병의 증상과 그 고통스
러운 감각을 환기하고 있다.

3. '여적여'의 대항서사는 '여돕여'인가?

세윤의 죽음을 톺아보는 '나'의 시선은 어쩌면
가해자 찾기의 욕망에 오염된 관점일지도 모른다.
바로 그러한 관점의 오염 가능성과 로사라는 인물
의 애매성 사이에서 「천사가 날 대신해」는 해석적
중층지대를 구성하고 있으며, 분명 로사라는 캐릭
터에 대한 묘사는 이러한 아이러니를 증폭시킨다.
'나'가 대학 시절 로사에 대한 이야기를 전했을 때
세윤이 반박하듯, 분명 로사는 소문 속에 구성된
여성, 흔히 괴물화되는 여성이기도 하지만 동시에
세윤에 대한 소문을 만들고 부풀리는 여성이기도
하다. 여기서 로사의 얼굴은 양가적이다. 하지만
온전히 이율배반적인 것은 아니다. 세윤이 현실에
서 마주해야 하는 여성의 얼굴은 남성의 반대가

아니다. 이는 선악의 이분법처럼 단순하지 않을뿐
더러, 결코 하나가 아니기 때문이다.

이 소설이 여성적 연대를 통해 남성적 가부장제
나 구조적 폭력에 맞서는 이야기가 아니라는 사
실은 앞에서도 강조했다. 무엇보다도 이미 세윤
을 짓누르던 결혼 생활에서의 남편이 상징하는 남
성적인 구조의 존재감은 무력해진 것처럼 보인다.
하지만 여전히 그 잔재로서의 사물이 남아 있으며
세윤의 일상에 존재한다는 사실은 중요하다. 다
름 아니라 결혼 생활에서 사용했던 이층침대 말이
다. 꿈에서 로사가 세윤의 이층침대 위에 서서 세
윤을 내려다본다는 사실은 이 이야기의 중대한 진
위의 영역이다. 물론 이 소설이 노골적인 호러였
다면 그 진위를 밝혀내는 것이 핵심이 될 것이다.
하지만 소설은 노골적으로 그 진위를 따지기보다
는 오히려 에둘러 암시하는 방식으로 팽팽한 긴장
감과 그에 대한 지속적인 해석적 관심을 요청하고
있다.

애초에 침대는 남편과의 결혼 생활의 불안정한
지속성, 혹은 배경이 되어서도 온전히 지워지지
않는 구조적인 영향력을 암시한다. "순전히 남자

때문에 써야만 했던 이층침대는 세윤이 없어진 날까지 그대로 있었다."(285쪽) 상징적으로 죽어서도 죽지 않은 결혼 생활의 구조적 영향력을 이어받은 존재는 남성이 아닌 여성으로, 로사는 복잡미묘한 직장 생활에서 사람 좋은 '언니'이기도 하면서 동시에 잔인한 방식으로 세윤에게 소외와 좌절을 안겨주는 폭력적인 현실 구조를 대변한다. 당연하게도 「천사가 날 대신해」의 공포는 단순히 가부장제 구조 속에서 여성의 한을 다루는 것만은 아니다. 이 소설은 전통적인 한국적 공포물의 구도를 벗어나, 낯익은 것이 낯설어지는 방식으로 같은 여성에게조차 언캐니uncanny하게 비춰질 수 있는 여성 존재의 얼굴이 돌출되어 나오는 순간을 그리고 있다. 남성적 구조에 의해서 고통받은 여성을 같은 여성이 도와줄 것이라 기대하는 순간에 오히려 그 기대를 배신하는 것이야말로 여성이 처한 구조적인 취약함을 가장 잔인하게 짓밟는 형태의 공포임을 제시한다.

그러한 관점에서 이 소설은 최근 '여적여'(여자의 적은 여자다) 서사의 대항서사로서 '여돕여'(여자를 돕는 여자)를 적극적으로 발견하고 강조하려는 동시대적인 경향에 있어서도 새로운 질문의 영역을 발견하는 것처럼 보인다. 온라인상의 남초 커뮤니티들에서 하나의 밈meme이 되어버린 '여적여' 서사는 물론 남성적 환상에 불과한 것이다. 사회적 현실 내부에서 여성은 남성적 환상을 충족하는 그런 방식으로 싸우지 않는다. 따라서 그러한 환상적 시나리오에 대항 가능한 인식을 구성하는 '여돕여' 서사는 오늘날 다양한 잠재력을 가진 이야기 양식일 수도 있다. 그러나 그것을 당연한 사실처럼 받아들이는 데에는 더 많은 갈등과 해결의 과정이 필요한 것 역시 사실이다. 반대로 '여돕여' 서사 내부에 더 다양한 여성적 인물을 조형하고 그들이 놓인 복잡한 국면을 재현하며, 더욱 입체적인 방식의 갈등을 다루지 않는다면 '여돕여'에 대한 관성적 이해는 '여적여'에 대한 대항적 환상에 지나지 않게 될 것이다. 우리의 현실을 바꾸기 위한 사회적 연대에는 그보다 더 복잡한 적대가 마주하는 갈등의 과정이 필요하기 때문이다.

　남성과의 갈등을 넘어서는 여성 서사가 그 자체로 여성 연대의 이야기를 향한다고 해서 모든 갈등을 단숨에 초월적으로 극복할 수 있는 것은 아니다. 오히려 거기에서 더욱 섬세하고 현실적인 갈등으로서의 여성 내부의 적대에 대한 발견이 요구된다. 그것은 '여적여' 따위의 이야기로는 환원할 수 없는 긴밀한 관계에 있는 여성 간의 대결에 있어서도 마찬가지다. "머릿속에선 세윤에게 하지 못한 말들이 맴돌고 있었다. 앞으로 우리가 살아갈 세상에선 선역도 악역도 여자야. 우리가 남자들이랑 깊은 관계 맺을 일 있어? 너나 나나 조심해야 하는 건 이제 남자가 아니라 여자라고."(292쪽) 이러한 '나'의 서술에서처럼 로사라는 인물의 특징이 가장 강력하게 드러나는 순간은 주변의 여성이 취약함을 노출하는 순간에 도움의 손길을 건넨다는 사실이다. 동시에 그러한 도움이 건강한 연대를 구성하는 것이 아니라, 오히려 취약함을 파고들어 더 큰 폭력을 휘두르는 자들 역시 여성일 수 있다.

대학 시절 '로사'가 이름의 기원에 대하여 페미니스트이자 공산주의자로서 로자 룩셈부르크를 끌어들이는 것 역시 상징적이다. 물론 로사는 결코 로자 룩셈부르크와 같은 방식의 의미항을 가진 존재는 아니다. 그럼에도 불구하고 로사 룩셈부르크는 사회 구조 내에서 여성운동을 위한 내부 투쟁에 있어서도 복합적인 영역에 있었다. 그는 사회주의 페미니즘의 관점에서 자유주의 페미니즘에 대해 비판하기도 했다. 여성적 연대는 자신이 놓인 더 큰 구조적 차원의 이해와 섬세하고 치열한 대결 의식 없이 초월적인 마법처럼 구성될 수 없다. 여적여 서사라는 주술적 효과에 대하여 여돕여 서사가 탈주술적인 의미를 가지는 데서 그칠 수는 없듯이 말이다. 때때로 탈주술은 그 자체로 재주술적인 효과를 가지기도 하며, 우리가 원천적으로 비판하고자 했던 영역을 넘어서서 열린 공론장으로 나아가기보다도 폐쇄적인 영역으로 수렴되어 가기도 한다. 따라서 불안과 공포를 감당하면서 '열린 상태'의 정체성을 지향하는 것은 정말이지 어려운 일이다. 피해자성과 피해자다움을 구별하면서, 오늘날 저마다 난립하는 피해자성 사이의 대결을 기꺼이 감당하듯 말이다. 박민정의 소설은 바로 그러한 어려운 조건을 환기함으로써, 평탄화된 여성성의 재현에 머무르기보다는 텍스트 해석의 위험성과도 대결의식을 드러내고 있다.

앞서 김명순의 소설들은 당대의 남성적 가부장

제, 그리고 근대의 남성적 자기구원의 주술적 효
과들 내부에서 탈주술적인 효과를 발휘하기 위해
여성의 소녀병을 더욱 가혹한 죽음으로 밀어 넣을
필요가 있었다. 마찬가지로 「천사가 날 대신해」는
세윤의 죽음과 로사에 대한 근본적인 의심의 과정
에서 발생하는 해석적 간극과 여성에 대한 재현의
복합성에 놓인 내재적 위험성에 스스로를 밀어 넣
는다. 그렇게 두 텍스트의 상호적인 교차성은 역
사화되었지만 탈역사적으로 존재하는 여성이라
는 병에 대하여 중층적인 방식으로 경험할 수 있
게 된다. 여기에는 멜로드라마적인 절충이나 공포
물의 승화도 없다. 존재하는 것은 완결된 한에 대
한 애도가 아니라, 지속하는 한에 대한 참여적인
대결의식이다. 세윤의 죽음을 추적하면서 '나'는
세윤이 아니라 오히려 로사와의 유사성을, 자기
내부에 존재하는 여성에 대한 적대성을 재발견하
는 것일 수도 있다. 그것이 이 소설이 결국 공포물
이라는 장르로 인접해 들어가면서 여성이 처한 공
포가 하나의 문화인류학적인 병증으로 발병하는
과정을 구체화하는 이유이기도 하다. 병인은 결코
하나가 아닐뿐더러, 그 치료 역시 한 가지 방법으

로 이루어지지 않는다. 그러나 그 항체와 면역의 가능성은 우선 우리 내면의 부정성으로부터 발견될 수 있다. 어떤 뛰어난 작가들은 눈앞의 뻔한 적과는 웃으면서 싸우지만, 자기 내부의 적과는 두려워 떨면서도 가장 치열하게 싸우는 법이다. 나는 이 책의 두 작가에게서 바로 그런 대결을 본다.

천사가 날 대신해

초판 1쇄 2024년 6월 18일

지은이 김명순, 박민정
펴낸이 박진숙 | **펴낸곳** 작가정신
편집 황민지 | **디자인** 이현희 | **마케팅** 김영란
재무 이기은 | **인쇄 및 제본** 한영문화사
표지 및 본문 디자인 석윤이

주소 (10881) 경기도 파주시 광인사길 143 2층
대표전화 031-955-6230 | **팩스** 031-955-6294
이메일 editor@jakka.co.kr | **블로그** blog.naver.com/jakkapub
페이스북 facebook.com/jakkajungsin
인스타그램 instagram.com/jakkajungsin
출판 등록 제406-2012-000021호

ISBN 979-11-6026-344-2 03810

소
설
―――――
잇   다

'소설, 잇다'는 근대 여성 작가와 현대 여성 작가의 소설을 한 권에 담아 함께 읽는 시리즈입니다. 가부장제와 식민지 체제 아래에서도 자신만의 삶과 문학을 만들어 나갔던 근대 여성 작가의 마땅한 제 위치를 찾아내고, 오늘날의 세상에서는 현대 여성 작가가 어떻게 당당히 길을 내어 그 궤적을 이어나가고 있는지 확인해보고자 합니다. 시대를 넘어선 두 여성 작가의 만남이 또 하나의 가능성과 희망으로 이어지기를 기대합니다.